年华无恙，岁月无伤

Meiwen
WORKS
枚雯
作品

天津出版传媒集团
百花文艺出版社

图书在版编目（CIP）数据

年华无恙，岁月无伤 / 枚雯著 . -- 天津：百花文艺出版社，2016.6

ISBN 978-7-5306-6929-7

Ⅰ . ①年… Ⅱ . ①枚… Ⅲ . ①长篇小说 – 中国 – 当代 Ⅳ . ① I247.5

中国版本图书馆 CIP 数据核字（2015）第 314881 号

责任编辑：魏　青

出版人：李勃洋
出版发行：百花文艺出版社
地址：天津市和平区西康路 35 号　邮编：300051
电话传真：+86-22-23332651（发行部）
+86-22-23332656（总编部）
+86-22-23332478（邮购部）
主页：http://www.baihuawenyi.com
印刷：北京航天伟业印刷有限公司
开本：880 × 1230 毫米　1/32
字数：283 千字
印张：10.5
版次：2016 年 6 月第 1 版
印次：2016 年 6 月第 1 次印刷
定价：32.00 元

目录

第一章
巨变

虞太太有三个女儿：虞美人、虞璧人、虞佳人。

她偏爱二女儿虞璧人。

为什么？

因为璧人最听她的话，自小出类拔萃；读书时，门门功课甲等；毕业后，早早觅得佳偶。一切顺顺利利，不曾叫她操半点心。

而聊到长女虞美人，虞太太即刻阴下脸："莫提她，只当我十月怀胎，一朝分娩，生了个孽障。"

再说老幺佳人，虞太太也扬扬手："唉，这个女儿，资质平庸，像幅临摹的字画，再美也是别人的味儿。"

所以，璧人是她的骄傲，她为自己能培养出这么出色的女儿感到自豪。

瞧，这日晚饭后，虞太太照例只给璧人去了一通电话：

"璧人，上次教你的金兰排骨可有做给君生与非非吃……什么？没有做，为什么……天气闷热，君生与非非没胃口？那你即刻给他们煲一份鲜荷叶老冬瓜解暑汤呀，一个全职主妇，未能照顾好先生与子女是你失职……怎么做？好，你且拿笔记下来：新鲜荷叶两片，老冬瓜些许，还要配上炒扁豆、赤小豆、土茯苓……”

电话那头，虞璧人唯唯诺诺，在笔记本上速速记下。

有钥匙转动门锁的声音，是户主徐君生回来。

恰好璧人也同母亲结束通话。

璧人即刻过去迎接。

“君生，你回来了。”她替丈夫取来拖鞋。

徐君生疲惫不堪，随意应一声，换上拖鞋入内。

璧人唤在房间内做功课的女儿：“非非，爸爸已回来，我们开始用餐。”

非非从屋内出来。

一家三口围在一起晚餐。

璧人替君生舀了碗汤。

“君生，下周是我母亲生日，这次我想送根南洋珍珠项链给她，你说好不好？”璧人征求意见，同时替女儿也端去了排骨汤。

“随你。”徐君生硬生生回句。

璧人看他郁郁寡欢，猜测是白天在酒店遇上了什么不顺心的事，于是自觉噤了声，再不敢多言一句。

果然。

不一会儿，徐君生将饭碗往桌上一推，愤愤道：“那个洋鬼子欺人太甚，居然升彼得，不升我，我在瑞希十二年，那个彼得才来多久？”

“是他们有眼不识金镶玉，你不要为此气坏了身子，”璧人劝慰，“君生，莫管升不升职，加不加薪，至少我们现在也衣食无忧；只要我们一家三口平平安安、健健康康、团团圆圆在一起就好了。”

“鼠目寸光，妇人之仁。”君生未领情，反倒斥责璧人，后起身，愤然离席。

他钻进房间，将房门关得砰砰响。

璧人望其背影吁口长气。

她即刻安慰身边幼女，“非非乖，爸爸在工作上遇上了烦心的事，他并非在同妈妈吵架。”璧人抚摸非非头顶。

非非镇静自若，冷冷道：“次次在公司受了气撒到家里来，他就是这副样子，才永远升不了职。”

璧人吓一跳，没想到八岁的非非说出这些，老气横秋不算，还字字雪亮，掷地有声。

非非安静地同母亲用完晚餐，之后回房间继续写功课。

璧人开始清洗餐具，收拾厨房。

一切办妥，又替徐君生做了鸡蛋色拉三文治做点心。

“君生？君生？”她敲着房门，轻声呼。

里头无人应。

璧人推门进去，徐君生已在床上睡着，外套也未脱。

璧人走近，她凝视累极熟睡的君生，忽泪湿眼眶。

一个男人在外边打拼已不易，况且自己又不劳作，家庭哪里都要用到钱，次次都是自己两手一摊向他索要……母亲说得对：一个家庭主妇未能服侍好丈夫与子女，是她的失职。

璧人手指抚摸君生额头，心疼无以言表。

外头有非非的脚步声。

她开始刷牙，准备休息。

璧人出去，替她放洗澡水。

伺候女儿上了床，璧人才得空休息。

她跑到书房上网搜寻鲜荷叶冬瓜煲的制作步骤。

一个男人，一个女孩……何时开始，璧人的生活只有他们二人，只围绕他们二人？

手机响起，璧人接听。

是越洋电话，来自美人。

“姐姐。”璧人欢愉。

“还没休息？”

“还有些事，浏览下互联网。”

“做什么？”

“在寻个药膳的制作方法，准备替君生煲汤。”

“好了好了，我这个孤家寡人不要听这种腻到家的话。”

璧人抿嘴笑。

“姐姐可好？”璧人问，“美甲店生意忙不忙？”

“忙，上周刚在唐人街请了一个华裔来帮忙。”

“璧人，我快递了份东西给你，母亲生日，烦你替姐姐送去。”美人开口相求。

“姐姐你又不回来？”璧人遗憾。

“你认为母亲愿意看到我？”美人苦笑。

“母女哪来隔夜仇。”

“隔夜？我与母亲的战役已打了十几年，你也看到了。”

“姐姐。”

“好了，不与你多说了，又有洋妞来美甲了。”

美人匆匆与她挂断。

璧人无奈摇摇头。

美人与母亲，一个针尖一个麦芒，十几年了，谁也不肯让谁。

翌日，璧人早起。

当然是替君生与非非做早点。

今日她备了煎蛋、烤土司、培根，外加苹果。

君生的饮品是现磨的蓝山咖啡。

非非的饮品是杯巧克力奶。

一切完毕。

父女也终于从床上爬起。

“璧人，我的蓝灰色领带在哪里？”君生在屋内喊。

“橱柜右手第二个抽屉。”璧人在厨房答。

“妈妈，今日有写生课，我的颜料盒在哪儿？”非非跑到客厅来。

“已放入你的书包。”

“璧人，我要换件衬衫。”

“妈妈，拿我的新球鞋来。”

……

两人又急急忙忙用早餐。

璧人无奈地笑，都是贪睡鬼，清晨早起五分钟都不肯。

送走君生，璧人载非非去学校。

之后，准点去手工香皂课堂报到。

不是所有主妇闲来只会同人搓麻将。

至少璧人不是。

那种盯着上家，防着下家，还须熟记 144 张牌在何处的游戏，璧人自觉没有能力玩，于是敬而远之。

她选择同一帮太太们学习制作手工香皂。

起初只是为了打发时间，后来对这些油脂、火碱、精油、纯水……渐渐产生浓烈兴趣，继而钟爱，最终欲罢不能。

因此一学已有三个年头。

连教课的徐老师也肯定说：“璧人，你技法娴熟，可以来这里应聘做教师了。”

璧人总不骄不躁地回：“老师谬赞了，学无止境。”

午后的安排是替母亲挑选礼物。

璧人驾车去商场，将车子停入地下停车库，锁好车后前去等电梯。

工作日的关系，来商场的客人寥寥无几。

璧人按下按钮，耐心等待。

身后有男生在讲电话。

璧人无意偷听，实在是那厮嗓门太大。

“艾玛，我十分想念你，我们已 48 小时没有见过面了。”

一定是刚恋爱，所以才会分分秒秒都想腻在一起。

电梯到达，门打开，璧人入内，转身与男青年面对面。

上帝，世上真有这么俊美的男子！

璧人吓一跳。

接近完美的脸部轮廓，修长高挑的身材。

一件衬衣，一条卡其裤，一双球鞋，只需如此简简单单的装束，就已足够叫人震慑。

璧人知道，要是早十年，她也会被这样的男子吸引。

这些人从来都是女孩的罂粟，一旦沾染，戒断无期。

青年进入，与璧人并肩而立。

电梯上行，璧人下意识站到一边去。

青年又有电话，他笑着接听，这回是英文：

“我是弗朗西斯……哦，是瑞贝卡……想你，当然想你……现在，现在我正在酒店开会……好，那晚上见，亲爱的。”

弗朗西斯。

自由，不受约束的男子。

这样的男子如何会只有一个女友？

刚刚一个是艾玛，现在是瑞贝卡。

开会？

呵。

看来说谎是他的家常便饭，所以说得如此脸不红、气不喘。

那位弗朗西斯忽扫一眼璧人。

两人对望，气氛古怪。

电梯到楼层，门打开。

一位红裙女孩冲了进来。

“弗朗西斯，我们终于见面了。”女孩搂住他脖子。

“我也想你，玛丽。”

二人相拥，深深接吻。

哦，够了。

这个风流浪子。

璧人厌恶至极，仓皇而出，谁要看这幅香艳的画面？

到珠宝专柜，璧人开始挑选贺礼。

“女士要送什么人？”营业员问。

“母亲生日。”璧人答。

“这条海螺珍珠项链如何？表面红润光彩，宛如燃烧的火焰。”

璧人笑：“我希冀老母亲内敛奢华。”

营业员即刻取出大溪地南洋黑珍珠项链。

“神秘的黑色，高贵典雅。”

璧人钟爱，即刻包下埋单。

时间尚早，璧人决定再逛逛衣店。

算来，今年还未替自己置新衣。

专卖店门口一袭黑色长裙吸引住她的目光。

款式虽简单大方，但胸口的手工刺绣花纹极雅致。

璧人入内，正准备喊服务员取来试衣。

一个男声在一边响起。

“这位大婶，这边没有你能穿的衣服，中年服装在三楼，请下一层。”

璧人转过头。

电梯里的“弗朗西斯”正冲自己幽幽地笑。

竟是这位浪子。

无节操加无道德。

璧人气得牙根痒痒：“你是谁？要你多管闲事？”

“是呀，你是谁？刚刚在电梯里，你为何给我脸色看？”

璧人气结。

刚刚的红衣女郎玛丽从更衣室里出来：“亲爱的，这身衣服如何？”

看到璧人在自己男友身旁，脸色一沉。

“那位大婶是谁？”

老天，大婶！

“我是弗朗西斯的阿姨，”璧人清清喉咙，“我来通知他艾玛明日抵沪的时间，以及瑞贝卡今晚同他见面的时间。”

“谁是艾玛？谁是瑞贝卡？”玛丽气得发抖，步步逼近男友。

弗朗西斯无可奈何，狠狠盯着璧人看。

璧人挑挑眉，拂袖而走。

乳臭未干的小子，是你自取其祸，与人无关。

出商场，璧人又去了卖场。

主妇，总是要想尽办法替家人做顿可口的晚餐。

挑选好食材，璧人心满意足地去接非非。

时间过早，璧人将车子停在附近的停车场，走到校门口等待。

陆续来了家长，邻居金太太挤上前来。

“呀，徐太太。”金太太笑着，过来招呼。

“金太太好。”璧人礼貌地回应。

“你看看我的眼睛，有何变化？”金太太贴近璧人。

璧人细看，惊讶：“你开了双眼皮？”

“还做了眼部抽脂呢。”金太太掩嘴笑，随后踌躇满志地讲，“人往高处走嘛，什么时候都要将自己打扮得美美的才行，你看我们二楼的李太太，随意邋遢，日日蓬头垢面，果不其然，不止一次被我看到李先生带着年轻貌美的姑娘上街。”

璧人最不喜张家长李家短，只得赔笑。

金太太又说：“不过自家男人也得看看牢才行，外头那些蝴蝶五彩斑斓的，躲在花朵里，有几个男人能抵住诱惑？我们要时刻提防，软硬兼施，备好蜜汤与皮鞭。”

听说迪拜的婚姻不同一般：如果丈夫发现妻子有不良习惯，可先拒绝与其同房，如还不改，可适度进行鞭挞。

这边反之。

璧人心底失笑，连连敷衍地应：“是、是、是。”

课程日终，非非终于跟着一帮孩童从里头出来。

璧人借机向金太太告辞。

她牵着非非走去停车场开车回家。

璧人觉得：婚姻的底线就是忠诚与信任，若对另一半日日疑神疑鬼，杯弓蛇影，草木皆兵，那还在一起作甚?

所以，自己对相濡以沫十个年头的徐君生百分之一百的忠心，百分之一百的相信。

天气炎热，晚餐，璧人弄了可口的凉拌木耳，炒了两个蔬菜，蒸了条鲈鱼，也听母亲的话，煲了鲜荷叶冬瓜汤，简简单单、清清爽爽的一餐。

非非从屋里出来：“妈妈，我饿。”

璧人看看墙上时钟，今日君生回来得有些晚。

她取出刚洗好的樱桃番茄递给非非：“非非乖，你先垫垫肚子，爸爸马上就回来。”

必须等到男主人回来才能开饭。

这是徐家的家训。

非非捧着番茄爬到窗口处的沙发上吃，小小脑袋向外头俯瞰，她希冀快些看到父亲的身影。

璧人又到厨房忙碌。

外头“砰”一声。

璧人惊一下，即刻出去看。

是非非手中的果盆摔在地上，番茄滚了一地。

“非非，别趴在窗口，这样危险。”璧人将非非从窗边抱走。

璧人拾起番茄，见非非坐在一边一语不发。

“非非。”璧人喊一声。

非非没应答。

璧人疑惑，这孩子为何忽然这般沉默？

此时，手机响起。

璧人接听，那头是君生。

“璧人，今日加班，我会晚回来。”

“好，晚上开车注意安全。”

璧人挂断电话，催促非非洗手用餐。

饭中，璧人准备替自己再添一碗饭。

面前的非非忽然开口：“妈妈，你也不稍微节制一下？”

“什么？”璧人不明所以。

“你看看这些年，你的身材走样成什么样子？似只鸭梨，毫无身段，晚餐还要吃两大碗。”

璧人气结，这个丫头今日还嫌弃起自己来。

“生你之前，我才 45 公斤。”璧人双手插在腰间。

“别将责任推卸到我身上，又不是我求着你生我。”非非吃完最后一口饭，起身进屋。

璧人气到再吐不出一句话。

怀孕。

女人只有挚爱这个男人，才会愿意替他生孩子。

原本鸡蛋大的子宫膨胀到一个篮球大，骨盆变宽，生完孩子后就回不到从前。

那些雀斑、妊娠纹已是小事，你要喂母乳，断奶后，胸部松弛下坠，再无美感。

可是非非说得是，不能将全部责任归咎到这件事情上去。

是自己放纵，才让腰间肥肉横生，整张脸似气球般涨大。

沐浴完，璧人看着镜中的自己，哪还有年轻时的玲珑。手粗腿粗，五短身材，小腹还似有孕三个月的模样，唉，现在细细地看，真有些惨不忍睹。

是该注意了。

已是午夜，徐君生未归。

璧人没有打电话给他，因为君生最厌恶在工作时被人打扰，她时刻谨记这一条。

璧人开着灯睡。

一觉醒来，灯依然明亮，而窗外天空已微微泛白。

呀，昨夜君生一夜未归，在单位加班，通宵达旦。

璧人恻然。

养家不易。

她起身，替君生取了干净的衬衣装起来。

此前君生熬了通宵，第二日就要她送身干净的衣裳去，他很忙，没空再赶回来更换。

璧人也谨记。

晨起，母女二人吃好早餐后，璧人将非非送至学校。

之后，给君生送衬衣。

酒店停车库李伯早已与她熟稔。

一见她的车子进来，李伯即刻拉开窗子招呼："徐太太来啦。"

璧人也按下车窗笑着挥挥手："李伯早啊。"

停好车子，璧人走进电梯直奔十四楼。

一组人员熬夜，想必今日一定精神萎靡，璧人又贴心地提了咖啡过去。

璧人记性好：军要黑咖，丽要摩卡，吴要美式，君生当然最爱蓝山。

到楼层，推门进去。

咦，人呢?

整间办公室空空荡荡。

璧人正打算给君生去电话，身后有一男一女的谈笑声正在渐渐趋近。

璧人回头。

只见君生与一名陌生美女聊得开怀。

“君生。”璧人唤。

一见璧人，徐君生意外，下意识与那名女子分开一定距离。

“你怎么来了？”他又两步并一步上来，一脸不满地问。

那名女子也直直钻进了办公室里，招呼也不打，连最基本的礼貌也无。

“我来替你送衬衫。”璧人将袋子递上。

“好。”君生催促，“送到了就早些回去。”

“那位小姐是谁？”璧人拉着君生问，“好似新来的，从前没有见过。”

“是，她是新来的秘书琳达。”

“昨晚你是与她在加班？”璧人怯怯，“小吴他们呢？”

“其他组员均在总公司培训，昨晚我有要紧文件要赶，琳达特意留下帮我，我们在办公室熬了一宿，刚刚才有空去趟员工餐厅用餐，你还想晓得什么？”徐君生怒。

“不，不，君生，你不要生气，”璧人解释，“我没有任何意思。”

“好了，快些回去，下次不给你电话，不用再特意送衬衫来，”君生蹙眉，“还有，记得出门时整理下自己的头发，乱哄哄，似堆杂草一样，全无个人形象。”

君生进办公室。

璧人颓然。

回到停车库，璧人将咖啡赠予李伯。

“李伯，请你的朋友们品尝。”璧人微微笑。

“呀，多谢徐太太。”李伯笑着接过。

璧人同他告别，又开车子出去。

刚刚君生的口气很是厌恶。

是的，是厌恶。

璧人望着后视镜中的自己，伸手试图抚平毛糙的发。

“你啊你，我梳不梳都是一副样子。”她喃喃。

脑海里又出现那个与君生并肩站的琳达——一身职业套装，头发盘起，干净利落的美丽。

再看看自己？

唉。

后头有车子按喇叭，璧人回神，面前的绿灯已亮，她踩上油门，加速向前。

璧人找了一家理发店停下。

当然是弄头发。

一直以来，她最在乎君生对她的评价。

如今，君生嫌弃她的头发。

她当然要立刻做出改变。

店员问她想要怎样的造型。

璧人不好意思地答：“你看看什么样的造型适合我？抱歉，我已经几年没有进过理发店了。”

店员笑着点点头。

他替璧人做了柔顺，发尾微卷，剪了斜刘海。

鼓捣好后，秀发顺滑、光亮不算，璧人也添了几分娇美。

璧人满意，即刻付账离去。

一路上，璧人一直在猜测徐君生看到自己后的各种反应。

他一定大吃一惊，之后赞美一番。

她偷偷发笑。

买好晚饭的原材料，璧人接上非非返家。

非非坐在后座上将她深深打量。

“妈妈你弄头发了？”非非问。

“是，好不好看？”璧人愉快地反问。

“嗯，比起之前的枯草要好得多。”

有非非的鼓励，璧人又信心大增，心情愈加好得无与伦比。

她开了音乐，哼起了小调，身子不自觉跟着节拍轻轻晃动。

心情好，做什么都干劲十足，顺风顺水。

比如今晚的晚餐，璧人也觉得每样菜都味美可口。

预备好所有，她与非非静静等待。

璧人急不可耐，盼望君生快快回家来。

她希望君生快些看到自己的新形象好眼前一亮赞扬一番。

终于，君生回来了。

璧人欢快地去开门。

“君生，回来了。”

“嗯。”君生却只应一声，低着头进来。

“君生。”璧人又喊一声。

“怎么？”君生依旧低头换鞋。

“你抬头看看我。”

“做什么？”

“快嘛。”

君生抬起头来。

“你看看我有什么变化？”璧人眨巴眨巴眼睛。

君生望着璧人横看竖看：“没有。”

璧人泄气。

君生入内，璧人在玄关整理皮鞋。

君生在身后喊：“璧人，你日日在家里，好好整理下屋子可不可以？书架上头一层灰，都不晓得擦拭干净。”

“好。”璧人闷闷地答。

“还有，买这么多香皂堆在书房做什么？洗衣还是洗澡？完全不知所谓。”

璧人不作声，内心一阵酸楚上涌。

他没有注意她做了头发，不但如此，他也遗忘了她有收集手工香皂的习惯，况且那里头也有他曾经去英国出差时买来送她的玫瑰精油皂。

璧人唏嘘，君生不再关注自己了。

可，究竟是何时开始的呢？

这个答案，却连璧人自己也回答不上来。

即便如此，她依旧听君生的话开始大扫除，将屋子里里外外、上上下下清洁干净。

没办法，这是君生的命令嘛。

有人来按门铃，璧人腰间系着围裙，一手拿着抹布跑去开门。

是EMS。

送来美人邮给母亲的礼物。

璧人打开，精美的丝绒礼盒内装有一副大溪地黑珍珠耳环。

璧人失笑。

这个姐姐，这会儿倒是和自己心有灵犀。

这副耳环同自己的项链正好配成一套。

夜间沐浴好，璧人坐在化妆台前抹晚霜，徐君生半躺着看电视。

“君生，母亲生日宴定在明天晚上。”璧人对他说。

“哦。”君生继续按着遥控器。

“妈妈本想在自家里随意吃一顿的，但佳人执意要在小南国开一桌。”

“哦。”

“明日我接非非先过去，你下了班直接过来好不好？”璧人坐到君生身边去。

“哦。”

君生看着电视里的滑稽片段呵呵笑。

璧人沉默，他对此事漠不关心。

床头电话响起，君生接听。

“喂……喂……这里信号不好。”

君生起身走到阳台去。

璧人将电视频道调到苦情剧观看。

“上月制的计划出了点问题，”君生挂上电话又跑进来，“我得马上去酒店一趟。”

“现在？”璧人看看墙上的时钟已是午夜12时。

“是，计划明日就要定稿，必须今晚修改完毕。”君生取着车钥匙出去。

“路上小心。”璧人不忘提醒。

君生未应，只听得客厅的大门关上的声音。

璧人等至凌晨方寐。

一觉醒来，天已蒙亮。

君生又一次夜不归宿。

璧人起身替非非制早餐。

推门出去，非非早已穿戴整齐，独自坐于沙发。

“非非今日起得好早。”璧人意外。

“爸爸昨晚又在外头过夜？”非非问。

“爸爸是在加班。”璧人答。

“妈妈，你都不知道管教一下？”

“什么？”璧人险些笑出声，这孩子说话一副大人模样。

非非张嘴，欲言又止。

“人小鬼大，”璧人爱怜地扭了女儿小脸一把，“妈妈即刻给你烤面包。”

璧人又跑进厨房，非非叹口气，这个母亲，真太没心机。

璧人没有察觉非非的异样，她一心投入在母亲生日的愉快气氛里。

到了傍晚，璧人早早换上套裙，施了淡妆，准备出席生日会。

璧人提着美人与自己的礼物，接上非非一同去了小南国。

佳人与父母均已到达。

“姐姐。”刚出电梯，便瞧见佳人坐在包间里头朝自己挥手示意。

璧人携着非非快步过去。

进屋，璧人先向父母问好告安。

“等你好久了。”佳人拉她坐下，非非也被外婆搂进了怀里。

“姐夫没有来？”佳人问。

“他稍后过来。”璧人答。

佳人替璧人满上荞麦茶。

璧人这才发现佳人今日穿着的湖蓝色裙装与耳上的水晶吊坠均是复刻她的模样，去年璧人还穿戴着它们，参加过远房表哥的婚礼。

“姐姐最近心情不错吧。”佳人说。

“何以见得？”

“比上次见到时，又丰腴了许多。”佳人笑答。

璧人又悲又喜。

一个陌生男子进来坐到佳人身边。

“菜已点好。”他对佳人轻声细语。

璧人看着他。

“姐姐，这是我男友郭俊。”佳人介绍，“也是酒店销售总监。”

恐怕是特地要大家见见这位男友，才请了这一桌吧。

璧人与郭俊寒暄：“年纪轻轻就能做到销售总监，前途无量。”

郭俊挠着后脑勺羞涩地笑。

“姐姐你快不要给他戴高帽了，我还在劝他快些换个岗位，”佳人撇嘴，“销售总监才没有什么前途，你看看我那个明敏的姐夫，做了十几年一级也没有升，何况郭俊这个老实人。”

璧人笑得尴尬。

母亲对璧人说：“快给君生去个电话，问他到了没有。”

璧人即刻拨号给君生。

良久，电话接通。

“君生，你到了没有？”璧人问。

“璧人，我还在酒店。”

“你还在酒店？”璧人压低声线，“那你还需要多久？”

“哦，抱歉，璧人。替我向岳母赔罪，我恐怕不能出席了，我依旧在修改计划，这份材料必须在今日定稿。”

“好吧。”璧人无可奈何。

那头又匆匆挂上电话。

璧人收起手机。

“怎么？来不了了？”母亲问。

璧人点点头。

“那让全家人等他到现在！”母亲的语气很气愤。

璧人羞愧难当，快快解释：“妈妈，君生有极要紧的事做。”

母亲不吭声。

“好了，妈妈，不要为此再生气了，姐夫一向是大忙人，上次父亲生日会不也没有到吗？我们不要管他了，快些来拆礼物好不好？看看郭俊备了什么好东西给您？”佳人笑得格外灿烂。

但璧人口中却如嚼了颗苦杏仁一般。

郭俊递上礼盒。

母亲打开，里头是路易威登的手提袋。

“郭俊上周出差去法国时，特意替您去挑的，新品，国内还没有。”佳人挽着郭俊手腕眯眯笑。

母亲满意地点头。

璧人忽然想起了美人。

记得有一年也是母亲的生日，璧人曾提议买路易威登的手提袋送给她。

美人听后掩嘴哧笑：“你要她挎着 LV 挤公车还是逛菜市场？我们的母亲已过了用一只手提袋来炫耀自己的年龄了。”

璧人想告诉她：美人，你错了，我们的母亲无论到了多少岁，都依旧会喜欢可以拿出来炫耀的手提袋。

轮到璧人。

璧人恭恭敬敬双手奉上两个丝绒礼盒。

“我与美人的礼物，希望妈妈可以喜欢。”

或是听到美人的名字，母亲收敛笑容，脸上一阵异样。

她取来礼盒缓缓打开。

父亲凑近细看，随后频频点头：“大溪地黑珍珠吧？大小与色泽都是绝佳的。”

“也是沙子变的。”母亲合上丝绒盖，将礼盒推至一边淡淡说一句。

璧人与老父互望一眼，双双噤声。

还是佳人打圆场，立刻催促着服务员快些上菜。

这场生日会也幸好还有她让老母觉得欢愉。

可是，璧人高兴不起来。

不只因为佳人有意无意地使她难堪，或者母亲或多或少的虚荣感。

而是当晚，徐君生又没有回来。

璧人打过几通电话给他，前三通均无人接听，最后一通才有人应答，可接听电话的不是徐君生，而是一名女子。

“你是谁？这是徐君生的电话。”璧人竟有些紧张。

女子不作答，只听见电话里头的对话。

“你不可随意接听我电话。”

是君生的怒斥声。

“我再不接，那个虞璧人打算将你的电话打爆掉。”

女子不以为忤，冷冷笑几声。

谁？

谁将她的名字喊得这么轻描淡写，毫无分量？

君生过来听电话。

“你要做什么？”他很不耐烦。

“君生，你何时回来？”璧人柔声问。

“我如何知道？计划还未修改完毕。”君生语气不善，“不跟你多说了，我要抓紧时间工作。”

“君生。”

“又怎么？”

“刚刚那位小姐是？”

“琳达，我的秘书，你见过她。”

“哦。”

电话里头传出嘟嘟声，君生早已挂断电话。

璧人愣坐半日。

金太太的话竟然迂回于脑海：

“自家男人也得看看牢才行，外头那些蝴蝶五彩斑斓的，躲在花朵里，有几个男人能抵住诱惑？我们要时刻提防，软硬兼施，备好蜜汤与皮鞭。”

哦，不，自己为何会想起这个来？

那是金太太的驭夫策，她与君生一向是你心换我心，她怎可以这般敏感地猜忌？

璧人翻个身，逼自己不去胡思乱想后才沉沉睡去。

如此到天亮时分才睡了一会儿。

第二日自然困得发毛。

璧人从手工香皂课堂回来，依旧哈欠连连。

璧人打开信箱，取出账单后进电梯。

本想回家舒舒服服地补会儿觉。

可一进屋，电话铃就响了起来。

璧人将账单放上茶几，立刻接听，原来是婆婆大人。

“婆婆。”璧人正襟危坐。

“璧人，最近身子可好？”婆婆在那头问。

“让婆婆操心了，我与君生都很好。”

“嗯，那就好。”

“婆婆有事？”璧人问。

“你小姑又怀孕了。”

“哦，是吗？恭喜恭喜。”璧人衷心祝福。

“你们呢？你们打算何时生老二？”婆婆原来用小姑作铺垫。

“婆婆，我与君生还没有这个计划。”

“怎么？你想学那些戏子，40岁做老母不成？”

“没有，没有。”璧人期期艾艾地答。

“那还不快些将这件事排上议程？替徐家延续香火，也是你俩的责任。”

“是，是，是。”璧人颔首低眉。

婆婆挂上电话。

璧人将听筒搁置原位，身子跌坐进沙发，深吁口气。

婆婆始终对没有男孙耿耿于怀。

她不是不爱非非。

只是比起非非，她更在乎男尊女卑，传宗接代。

说起二胎。

其实她也曾二次怀孕过。

只是胎儿未到三个月，胎心就停止跳动，胎盘亦停止发育。

璧人哭得死去活来。

君生送璧人进手术室后，也躲到一边泪流不止。

那始终是他俩苦命的孩子。

自此后，他们对再怀孕这件事心有余悸。

特别是璧人。

她说无法再忍受一次失去亲儿的痛苦。

君生亦赞同。

这种死别，一次足矣。

后来，再尝试怀孕也是因为婆婆。

君生日日接到他老母的电话。

老人家不是哭，就是闹，再不就搬出什么“不孝有三，无后为大”云云。

君生耳根子软，经不起这般攻势。

而璧人决定再怀，只是因为她爱自己的丈夫，所以愿意尊重他的决定而已。

可是天不遂人愿。

他们却再没有成功怀孕过。

医生也是看过的。

但所有检查结果均为正常。

君生无奈地对医生说：“医生，你说老天爷是不是有意要与我们夫妻玩笑？不想要孩子时送来一个女儿，想要孩子时再也怀不上。”

医生笑笑：“放轻松，不要有压力，俩人可去岛屿旅游，尝试再度个蜜月。一切慢慢来，你想想，孩子在娘胎里待十月，生下后，你还要与他折腾一辈子，这事儿，急不来。”

说得真有道理。

璧人与君生那时是制订了旅行计划的。

只是后来，君生忙得不可开交。

计划被迫延了一次又一次。

所以时至今日，旅行也没有去成。孩子也没有再怀上。

你说巧不巧？

璧人坐起身，轻轻摇头。

不想了，想这些往事，伤心费神又徒劳无益。

她开始整理茶几上的账单。

水费、电费、网费，还有一摞卖场宣传小册，上头标有印花。

璧人有集这些印花的习惯，因为集满一定数量，可以置换礼品。

免费礼品都爱呀，她也是主妇嘛。

其中一个白色信封忽然落地。

璧人拾起。

怪异！

上头空白一片，无收件人亦无寄件人信息。

璧人犹豫地打开，抽出里头物件细看。

是照片。

一名男子与一名女子的约会照片。

璧人身子顷刻僵住，呼吸不能自主。

居然是徐君生与琳达约会的照片。

第二章
挥别

是的，约会。

当然是约会。

两个人成双成对，牵手依偎。

他们在餐厅用餐，在街头拥抱，在电影院亲吻。

这些画面触目惊心。

璧人不忍细看这些画面。

君生是同自己结婚十年的丈夫。

十年来，他们相敬如宾，患难与共。

这样的君生怎会出轨？

璧人将照片扭作一团，头晕目眩。

璧人不愿相信！

21 岁，璧人就与君生相遇。

是三姑安排的相亲。

还记得那日是阴雨，天地间灰蒙蒙一片，淅淅沥沥，湿湿嗒嗒，人们的心情也同样糟糕透顶。

公车抛锚，璧人迟到，一顶小黄雨伞还折断了伞骨。

璧人狼狈不堪地出现在君生面前。

“对不起，对不起。”璧人道歉连连，雨水从发丝滴落。

君生起身，递上干纸巾。

璧人道谢，抬头。

倏地，身子好似穿过一阵电流。

电光石火间，这张脸孔烙印在璧人心田：相貌堂堂，温文儒雅，让人觉得舒适安宁，尤其在这种下雨天，他的出现，就好似一轮初升的红日，他到哪里，哪里就是艳阳天。

22岁，璧人就与君生结婚，早早嫁作人妇。

婚礼当日，她手捧玫瑰，眼里含笑，纯白头纱拖了几里路。

姐妹都歆羡，鼓掌替他们祝福：“愿你俩相携白首，情如纱长。”

母亲对她说：“自此已为人妻子，再不能淘气任性，出嫁之后要礼从夫君，持家执业，孝敬长辈，开枝散叶，教育幼小。”

璧人谨记教诲。

美人却抱紧她：“这么小就结婚，自己还似个孩子，不到几年又要生个小小孩，真替你担心。”

璧人莞尔，她早已对婚后生活无限憧憬，无惧无畏。

有君生呀。

怕什么。

于是，她与君生将这场婚姻苦心经营到现在。

要她现在放弃？

不可能。

璧人直起身子，将照片收起。

与其说是勇气，倒不如说是捍卫家庭的决心。

邮寄这些照片的人居心叵测。

璧人才不会让这些狐鬼妖媚的小伎俩得逞。

她决定当此事未曾发生。

她照样老时间去接非非，一路与她谈笑风生。照样做好美食，多晚也要等到君生回来用餐。

你别误会。

什么以静制动？

什么无为而治？

什么以柔克刚，欲擒故纵？

璧人可没有这些深谋远虑、高瞻远瞩。

她是传统妇女，在她这类人的思想中，自己丈夫出轨，均是另一名女子的错。

那女子是狐狸精，是她下了迷魂汤药，她该被浸猪笼。

至于君生，璧人只希冀他能悬崖勒马，早早回头。

只是她未曾预料，君生此次中的蛊惑已经太深，早已深陷泥潭，无法自拔。

一日，璧人送完非非后回家，君生意外地坐在客厅静静等着她。

“咦，怎么不去工作？”璧人推门进去。

“璧人，你过来，我有话同你说。”君生神色凝重。

璧人心口一紧，下意识回头：“哦，等等，我好像将东西忘在车子上了。”

璧人慌张，准备逃离。

君生过来将她一把拉住。

“璧人，我们需要好好谈谈。”

君生硬生生拉着璧人进屋。

他俩面对面坐下。

“璧人，你温婉贤淑、通情达理。你嫁入徐家十年，勤勤恳恳，任劳任怨，你是徐家好儿媳，非非好母亲，徐君生的好太太……”

“你不要说了。”璧人打断。

“可是，”徐君生依旧继续，“璧人，你或多或少也曾发现，我俩存在分歧，不管对事物的认知，或是对生活的态度。”

“好了，你不要说了。”璧人拳手握拳，额头滴汗。

“这些问题，我与你初初相遇时，就已存在，只是，在当时我双亲觉得你是‘妻子’的不二人选，我也幼稚地认为婚姻会将我们二人的分歧不断磨合。”

“够了。”璧人说得低沉。

“璧人，这一切都是我的错。”

“求求你，不要再说了。”璧人潸然泪下。

“直至今日，我才知道自己不能一错再错，否则，于你于我均不公平。”

“求求你，不要再说下去了。”璧人哭诉。

“璧人，我想结束这段婚姻，我们离婚吧，璧人。”徐君生终于说出口来。

璧人泪海翻涌。

徐君生叹口气：“这栋宅子，我会留给你，至于非非的抚养权，由她自己来选择。”

他去意已决，毫无留恋。

璧人依旧在哭。

君生静坐一边，她的哭声，使他厌烦。

一个男子不再爱一个女人，她笑是错，她哭是错，连她活着也是错。

良久，璧人调整情绪，缓缓开口问：“因为那个琳达？”

君生不再掩饰：“遇上她，我才知自己白活了几十年，是她让我识得了什么叫做爱。”

璧人似被人用冰水浇下，从外至内，寒冷刺骨。

她瘫倒在地上，无力道：“她让你识得了真爱，那你与我相守的十年算什么？”

“抱歉。”徐君生答得诚恳。

璧人呜咽，十指掩面，泪水溢出指缝，无法停止。

璧人哭了良久，乏累。

君生已离开。

离开时，他不忘将离婚协议书留下，上头已签上自己的大名。

他去何地，璧人不知道，他也不会再向璧人时刻报备了。

他准备与她离婚了。

璧人痛心。

她蜷缩至墙角，似只受伤的小动物。

璧人思绪万千，与君生十年中的点点滴滴在脑海萦绕。

此刻想来，与君生一起的日子，即使是阴霾日，每朵乌云也镶嵌着金边。

十年来，璧人觉得是君生替自己撑起了一片天，自己在他的庇护下逍遥自在。

君生不在了，这片天恐怕也要塌了。

想到这儿，璧人又止不住地落泪。

门外有声响。

“妈妈，你有没有提前给姐姐打个电话，告诉她我们今天过来找她喝茶？”

“当然没有，她又不用出去工作，一个家庭主妇而已，肯定会在家的。”

“咦，门怎么没关严？”

是母亲与佳人。

璧人听出二人的声音。

只是璧人已无力起身迎接。

母亲先推门进来。

佳人随后跟上。

“璧人，你坐在地上做什么？”母亲不明所以。

还是佳人目光犀利，瞧见姐姐的脸上泪痕斑斑，即刻小跑过来蹲在一旁。

“姐姐，发生了什么？”

璧人不作声。

“璧人？”母亲催促。

璧人依旧沉默。

佳人无奈起身，蓦地发现，餐桌上躺着的离婚协议书。

佳人瞠目，速速取来查看。

“妈妈，姐夫要与姐姐离婚。”她失声嚷道。

母亲面如土色，即刻夺下阅览，随后撕得粉碎丢到一边。

“一个八岁孩童的父母居然要离婚，当结婚是扮家家酒？”母亲呵斥。

璧人再次泣不成声。

半晌，佳人将她扶起。

母女三人围坐沙发。

“璧人，你与君生究竟发生了什么矛盾？”母亲疾言厉色。这帮孩子永似长不大，关键时候，还需她来坐镇。

“君生爱上了其他女人。”璧人极其痛苦。

“什么？看不出啊，老实巴交的姐夫也学人家找小三？”佳人一副不可思议的模样。

璧人无言以对。

“君生何等优秀，被那些狐狸精盯上也是人之常情！是你该反省，怎么连个小妖精都斗不过？”母亲不意外地埋怨璧人。

璧人噤声。

母亲拿起电话拨号。

“亲家……我是虞王素珍……是，好久不见……好，都好，你们也好？……哦，没什么大事，是君生与璧人小两口儿闹了些小矛盾，嚷着要离婚……可不是这样？两个人都跟娃娃似的。我说君生这么优秀，被外头的女人盯上再正常不过，只是任何事都要有个分寸……亲家说得是，野花哪有家花香……好，我这里会做好璧人的思想工作……那麻烦亲家了，再见。”母亲和颜悦色地挂断。

“璧人啊璧人，你竟然也不让我省心。”母亲对她又蹙起了眉头，深深叹息，一副失望至极的模样。

“好了，妈妈，”佳人用手捋着母亲胸口替她顺顺气息，“妈妈，你还有我。”

经过这么多年，佳人终于有机会强过姐姐，马上想得到母亲的首肯。

可母亲不理睬，自顾自与璧人说话，佳人泄气。

“一个女子一旦离了婚，身价全无。虞家已出一个美人，你不能再让家族蒙羞。”母亲晓以大义。

璧人眼观鼻，鼻观心。

母亲唠叨了许多，后，终与佳人离去。

璧人呆呆坐于沙发。

套用母亲的理论，她要是在此刻离婚就是大逆不道，罪孽深重。

璧人自嘲地笑，心底一阵苍凉。

窗外，天色渐暮，华灯初上。

璧人猛想起非非还在学校里。

她匆匆出门，开车过去。

校园里安安静静，只剩几位同学还在晚托班里。

他们的父母大多繁忙，下班晚，又无老人在身边照顾。

值班老师领璧人过去。

孩子们正坐在课桌前认真写功课。

老师对璧人说：“虞太太，见你没有来接，我正准备给你去个电话，非非阻止，说妈妈一定在忙，要我不要去打扰你。”

璧人望着非非的身影自责不已。

“也有几个孩子，听说父母加班，立刻哭出声来。非非最乖，不哭不闹，似个小大人，还懂得安慰同学，不得不说，虞太太你培养出了一个优秀的女儿。”

璧人惭愧。

老师唤非非过来。

璧人望着爱女情绪失控又一次哽咽。

她载着非非回家，二人下了西红柿鸡蛋面来吃。

非非问：“爸爸又不回来？”

“哦，爸爸又加班。”璧人只能在心底流泪。

当晚，璧人失眠。

望着天花板，看着时间一分一秒地流逝。

难道，真要习惯一个人睡觉的日子？

厅内有声响，是君生的脚步声。

璧人苦涩地笑。

是自己太思念他，以至于出现了幻听。

君生走了，怎还会回来？

旋即，房门被打开。

门口站着徐君生。

“君生，”璧人惊喜，“你回来了，君生。”

徐君生却怒目而视：“虞璧人，你能耐，竟找我母亲来教训我。”

璧人莫名，随后想到白天母亲的那通电话。

想必是那通电话起了反效果。

“不，不，君生，事情不是你想的这样子。”璧人立刻翻身下床准备解释清楚。

“你我均已过三十岁，找家长出头是三岁娃娃做的事。”君生怒不可遏，不愿倾听。

璧人无可奈何。

“君生，你听我说。”璧人上前拉住君生胳膊。

君生甩开："我不想听你再说半句。"

厌一个人时，即使她有千万条理由，均是烂借口。

君生打开衣柜取出行李箱，将自己衣物一窝蜂地卷入。

"君生，你在做什么？"璧人吓一跳。

"我无法在这里多待一秒。"

"君生，你不能走，你听我解释，君生。"璧人上前阻止。

君生手臂无情地一挥，璧人一个踉跄摔倒在地，额头撞上电视柜。

而他，依旧在装衣服。

璧人匍匐过去，抱住君生小腿哀求："君生，求求你不要离开我，非非不能没有爸爸，我不能没有你。"

徐君生忽然停止了手上的动作，璧人宽慰。

璧人抬头，徐君生手中正拿着他与琳达约会的照片端详。

是璧人将这些相片收纳在衣柜的隐蔽处。

"君生。"璧人喊他名字。

徐君生一张一张翻阅着照片。

"君生，这些照片……"

未等到璧人解释完，徐君生咬牙切齿道："虞璧人，你竟找人跟踪我。"

璧人脸色灰白，她知自己这回是跳入黄河也洗不清。

徐君生伸手握住璧人左手腕将她一把拉起。

璧人感觉自己的手腕快被他捏断，她仍咬牙未喊出声来。

"虞璧人，跟你结婚是我这辈子最大的错误。"徐君生怒发冲冠，将璧人推到一边。

璧人倒在地上，心头之痛胜出肉身疼痛千万倍。

非非在隔壁房间也被惊醒。

她冲到母亲身边，竟用小小身躯挡在前边。

"你凭什么打骂母亲？那日我在窗口，早看到你与那个女人一同回来，随后又跟着她一起走。是你不要这个家，是你准备毁了这个家，你有何资格责怪母亲？”

非非意外镇静，叫徐君生有些心悸。

他愤愤地提起行李箱，头也不回地离去。

非非转过身，关切地问：“妈妈，你怎么样？”

虞璧人抱着女儿失声痛哭。

她心力交瘁，伤痕累累，都说为母则刚，但此刻，璧人真觉得自己已无法再支撑下去。

璧人将自己关在屋内，茶饭不思，滴水不进。

任凭外头斗转星移，日月交替。

君生要离开她们两母女了。

自此后，再没有肩膀可以让她去倚靠了。

她要一个人扛起这一切，无人可以分担。

只是，谁来告诉她，这条路，一个人究竟该怎么走？

璧人越是想，越被这种未知的迷茫震慑住，使她惧怕不已。

床头电话声再一次响起。

肯定又是母亲。

昨日也来了十几通。

问的不外乎就是几句：

君生有无回来？

二人有无和好？

小三有无斗赢？

还有一些忠言逆耳：

切莫离婚，离婚后，千年功力一朝散。像件变旧了的衣裳，即使送给他人，对方还得掂量掂量，看看肯不肯收。

想到这些，璧人厌烦至极。

她将被子拉过头顶，预备做只鸵鸟。

可是电话依旧在响，似乎也没有在短时间内停止的意思。

璧人无可奈何，只好钻出来接听。

“喂。”

日日睡眠不足三小时，璧人早已疲惫不堪。

“璧人，是我，婆婆。”

“婆婆。”璧人强打起精神来。

“我与你公公想找你聊一聊，今天可有空？”

“好的。”

“那我们在家里等你。”

“好，我现在就过去。”

璧人终于从床上爬了起来。

她也并没有希冀公婆会给自己带来什么好消息。

因为对她来说，唯一的好消息就是君生背着包袱回到家里来。

可是，至今，徐君生依旧没有回来。

但是，今天，她也没有理由不去。

他们一是长辈，二是这场婚姻小半个当事人。

于情于理，璧人都必须要去赴约。

璧人吁口气，跌跌撞撞地走进浴室。

这些日子，自己神情恍恍惚惚，似个鬼魅模样。

总是不能这副样子去见公婆的。

她必须将自己打理干净。

整理好自己，准备出门。

璧人发现餐桌上留着非非替自己弄的早餐：一个煎蛋，两片吐司，一杯牛奶。

这些日子，这孩子忽然长大好几岁。

书包自己整理，书架自己收拾，自己坐公车上下学，还不忘替母亲准备早点。

璧人一阵酸楚，泪盈满眶。

是她该照顾女儿的，如今却反了过来。

心头深深愧疚。

璧人驾车到公婆家。

按铃，婆婆来开门。

“璧人，你终于来了。”

口气好似二老等了她良久。

“婆婆。”璧人强颜欢笑。

婆婆拉她进屋，公公正坐在客厅沙发喝着铁观音。

“公公。”

璧人唤一声，公公点点头，表情一阵尴尬，似笑非笑。

“璧人，来坐。”婆婆拉她坐下。

璧人入座，婆婆又殷勤地替她斟茶。

此时，公公却起身进了里屋，将门轻轻掩上。

婆婆白了一眼，鼻中发出轻蔑的一“哼”。

随后，她又一脸惆怅地对着璧人。

“璧人，自你母亲给我来过电话后，我已不止一次将君生逮回家里拷问。”

璧人静静听。

“我问君生：璧人嫁入徐家十年，安分守己，恪守妇道，没有功劳也有苦劳，你为何要跟她离婚？”

“君生回什么？”璧人急不可耐。

“君生叫我不要多管闲事，说他与你之间有不可冰释的矛盾，这场婚姻不可能再继续。”

璧人心头凉半截，干涩地苦笑。

不可冰释的矛盾？

这个理由，百里挑一。

“婆婆，我不想非非失去完整的家庭。”璧人对婆婆说出心里话。

“不和睦，完整又有什么用？”

“我也从未想过君生会离开我。”璧人掩面。

“生活常常会给人当头棒喝。不过，璧人，你才三十二岁，往后还有大把大把的时间。”

这是什么意思？

要她主动放弃，知难而退，不要再在徐君生身上浪费时间？

璧人看着婆婆，欲寻求想要的答案。

“璧人，你知道的，君生是百人也拉不回来的倔驴。”婆婆又对璧人说。

“您与父亲的话，君生是不敢不听的。”璧人回。

“他要是三岁，或许还愿意听我们的话。”婆婆重重叹口气。

“婆婆，你舍得您孙女儿身边没有父亲或者母亲照顾吗？”

婆婆不作声，从口袋中取出一张黑白照片递给璧人。

璧人一看，触目惊心。

她身子僵住，动弹不得。

自己生过孩子，所以知道这是孕检时候拍摄的超声波像。

“琳达怀孕了？”璧人吓得魂不附体。

婆婆毫不掩饰地点点头：“快四个月了。”

呵，看来那两个黑白无常早已过来这里拜会过二老。

璧人不知如何以对。

“璧人，非非是我孙儿，琳达肚中也是我孙儿。”半晌，婆婆颇为大义凛然地对她说。

璧人耳内嗡嗡作响，低头一阵昏眩。

婆婆明明坐于对面，紧闭双唇，神色凝重。

可璧人仿佛听见她哪里传来的埋怨声：你啊你，说了这么多，一点悟性也没有，这么不识抬举，活该这么难堪！

璧人晃悠悠地站起，告辞离去。

婆婆当然不会再起身相送，更不可能开口挽留。

璧人推门出去，脚步似千斤沉重。

身后响起了公婆的吵嚷声。

“你怎么这样对璧人说话？”公公出了房间，唉声连连。

“我怎样？”婆婆不服气，“难道我这么做不是为了你们老徐家？难道琳达肚里的孩子不是你孙子？”

“你就晓得是孙子？”

“琳达去香港做过检查，君生说这胎百分之一百是男婴。”

“我们对不起璧人。”

“咄，是她不肯替我生孙子在先。”

……

璧人不再理会，缓缓走进电梯。

这一刻，她终于体会到什么叫心灰意冷、万念俱灰。

璧人驾车离开，但她不想回家，也没有目的地，只是来回不断地穿行于这座城市中央。

胎儿的小像依旧定格在她的脑海，始终无法消散。

孩子也要快四个月了，那徐君生究竟瞒了自己多久？

甚至连非非都察觉出了她父亲的异样，璧人却一无所知。

事到如今，她还能说什么？

璧人哀怨，欲哭无泪。

她径直前行，魂游太虚，未发现路口绿灯已过，红灯亮起。

左手边一辆阿斯顿马丁正朝她冲来，车主猛按喇叭。

璧人回神，猛踩刹车，将方向盘打向另一边。

阿斯顿马丁在路中央急刹车，璧人的车子不偏不倚地撞上了路边的绿化带。

车子前保险杠损毁，车头汩汩冒着浓烟。

阿斯顿马丁车主怒不可遏，甩开车门，大步流星地走到璧人车子面前：“你神经病啊，红灯也闯，寻死换个地方好不好？”

璧人俯在方向盘上重重喘着气。

他透着挡风玻璃看清了璧人的脸。

居然是她！

而这位车主，也不是别人，就是当日在商场，托璧人“洪福”被女友惨骂的“弗朗西斯”。

璧人休整片刻，意外从容地解下安全带，缓缓推开车门出去。

一看是“故人”，弗朗西斯冷冷笑：“冤家路窄呀，大婶。”

这个老女人使自己颜面尽失，他怎会忘却？

璧人望一眼他，默不作声，反方向离开。

这让原本打算奚落她一顿的弗朗西斯无所适从。

这个女人好生奇怪！那日盛气凌人，气焰嚣张到不行，今天却这般黯然神伤，疲惫落寞到不行？

璧人是否也记得弗朗西斯？

答案当然是肯定的。

她当然记得他。

这么帅气的少年，英俊得希腊神话里的阿多尼斯一样。

璧人怎会忘记？

只是，今日，她觉得好累，累得连拿他寻开心的力气也没有。

璧人的手机响起，母亲又来电话。

璧人厌烦地接听：“妈妈你又想怎样？”

“我与你父亲为了你的事已愁白了头发，你不要狗咬吕洞宾，不识好人心。”母亲愤愤。

璧人心中五味杂陈。

“现在立刻回家来，我和你父亲有话跟你讲。”母亲命令，挂断电话。

璧人叹口气，扬手拦下出租，回到家里。

父母并肩坐于沙发，神色凝重。

佳人也来了，身上的裙装是璧人出席母亲生日会时的款式。

佳人唤璧人到自己身边坐。

母亲说：“你婆婆打电话给我，说你与君生有不可冰释的矛盾，要我们做好最坏打算。”

她当然不可能说琳达怀的男婴已三个月有余。

璧人凄凉地牵牵嘴角。

“璧人，夫妻床头打架床尾和，没有过不去的坎儿。”母亲又来劝说。

璧人噤声，她不想刺激二老。

“虞璧人，有我们一口气，你与君生休想离婚。”母亲恩威并施。

可是璧人软硬不吃，油盐不进。

母亲无计可施。

这时，有人开门进来。

众人抬头，是美人拉着行李箱，风尘仆仆地站在门口。

“列队迎接我回来呀？”美人调侃。

父亲愉悦地喊美人名字。

母亲看一眼美人，淡淡招呼：“你回来了。”

佳人小跑上去拉着美人手腕：“姐姐这么快就到了。”

璧人心如明镜，大姐也回来替她出谋划策了。

不消说，定是佳人将她的事与大姐说的，这个快嘴。

璧人喊：“姐姐。”

美人应一声。

一家人为了她的事奔波忙碌，璧人心头温温热。

傍晚，佳人去接非非过来。

大伙聚在一起晚餐。

餐后，非非进书房写功课，父母坐在客厅看《老娘舅》，三姐妹躲到房间里促膝长谈。

“璧人，你与君生究竟发生了什么？”美人先开口问璧人。

“美人姐，那个徐某学人家大老板跟自己的女秘书真好轧姘头。”佳人抢着答。

美人看着璧人。

璧人点点头。

“璧人你打算怎么办？”美人继续问。

“我不知道。”这是璧人的心里话。

“璧人姐，我真替你不值，你十年来在徐家做牛做马，那些牛鬼蛇神没一句感谢也就罢了，结果还把你扫地出门，”佳人一副义愤填膺的模样，“我老早对母亲说过，你是相亲的，这样匆匆结婚不太好，谁知母亲反过来骂我，说我又是在嫉妒你，还说那个徐某这也好那也好。你看，最后果然如此。不过见你这样，我也吓怕了，我与郭俊本打算年内办事儿的，如今看来，也得把婚期延一延，毕竟是一辈子的事，总不能结了再像你们一样闹离婚吧。”

璧人脸色难看。

美人看着佳人一言不发。

“还有，都说男人三十一枝花，女人三十豆腐渣，姐姐，你以后的日子可要辛苦了。”佳人继续忧心忡忡。

美人听不下去，指着佳人鼻子骂：“虞佳人，这个是你亲姐，不是你情敌，你何故对她说风凉话？你难道还要在这个时候，与她争个你上我下吗？”

佳人羞愧难当，重重垂下脑袋。

“姐姐，佳人说得没有错，男人是我挑的，这个结果活该由我来承受。”璧人感慨万千，十指掩面。

美人看见璧人腕上的淤痕，拉起手来细看。

美人瞠目：“这是什么？徐某对你实施家暴？”

佳人也被惊到，即刻抬起头来。

璧人连忙收回手臂：“没有，姐姐。”

美人又发现璧人青紫的额头。

“璧人，与他离婚。”美人愤愤不平。

虞太太却推门进来，横眉冷对：“你要谁离婚？你已经让虞家脸面尽失，如今却还要来怂恿妹妹离婚，你是何居心？怎么，难道要让你妹也学你，十八岁就跟男人私奔？”

美人最懂得适时装聋作哑。

佳人叫起来：“妈妈，那个徐某打姐姐啊。”毕竟是一奶同胞，同气连枝。

虞太太难以置信，大步上来求证。

她看清了女儿额头和腕上的伤势，随即，低声咒骂：“那个小赤佬。”

虞太太最疼惜的始终是女儿。

当夜，璧人与非非也睡在母亲家里。

璧人辗转反侧，难以入眠。

夜半起身上厕所，璧人看见父母房间虚掩，里头仍有光亮。

璧人好奇，走近，看到美人站在父母面前，将一个信封递到父母手里。

“后天上午的飞机，你与父亲一起跟我过去。”美人说。

“我又不会洋文，难道你要我们两把老骨头也替人去涂指甲盖？”母亲嗤之以鼻。

“你要是选择与三姑六婆一起聊‘璧人如何要离婚了’这个话题，我也随便你。”

母亲脸色灰白。

美人的话，戳中她的痛处，要知道，她最好面子。

璧人感动，她知道姐姐这么做都是为了自己。

带父母离开，璧人耳根子会清净许多。

须臾，美人出来，她掩上父母房门。

“你还没有睡？”美人看到璧人站在客厅，不禁上前询问。

“姐姐，谢谢你。”璧人由衷地说。

“什么？”

“你接父母去美国后，我至少会冷静许多。”

“我的美甲店也忙，爸妈过来也好，至少有人负责一日三餐。你晓得的，美国人力贵，依我现在的能力，是请不起家政妇的。”

“姐姐，我不敢同君生离婚。”璧人倾诉，“我不敢想象没有他的日子。”

“总是要学着一个人走一段路的。”

“姐姐，我没有工作过，与他离婚后，我要怎么生活？”

“没有做过，就学着做。谁都有第一次，谁都是从不会到会。遇上挫折时记得提醒自己：怕什么，反正死不了。我也是这么熬过来的。”

璧人安静。

美人抚摸她头顶：“好了，不要再胡思乱想了，夜深了，早些睡。”

两人互道晚安。

璧人返回房间，静坐在床边沉思。

床头柜上的手机开始振动。

有电话进来。

璧人拿起电话跑到角落接听，非非已睡着，不能吵醒她。

是徐君生。

此刻，璧人没有再惊喜。

“虞璧人，车子发生交通事故，你也可以甩手走人？还要交通队打我电话处理！你说你还有什么用？我很忙的，不似你，日日无所事事，饭来张口，衣来伸手。”徐君生在电话里头气急败坏。

虞璧人心已荡到谷底，十年夫妻，听说自己发生了交通事故，一句慰问的话也无就算了，还要第一时间来斥责自己，这种人，她还指望些什么？

璧人心底骤然澄明。

她重重打个哈欠：“夜深了，我要睡了。一些事，明日请早联系。”

“喂，喂。”

……

璧人早已挂上了电话。

她钻到非非身边，一手抱住女儿，倒头便睡。

一些事，看透彻、想透彻了，心也就变得明朗了，那自然就睡得安稳了。

父母跟随美人一起去了美国。

佳人对二老颇为担忧：“真不懂两人为什么跟姐姐去美国，一句外文都不会讲，去便利店买瓶饮用水都困难，这在异国他乡如何生活嘛？”

璧人淡淡笑，父母与美人住唐人街，那里也说中文，语言不会成为大问题，况且他们那年代出生的人，什么苦没吃过？有的就是绝处逢生的毅力。

母亲也是愿意去的。多少年之后，她肯定也会一身贵气地回来，华人到哪里都爱衣锦还乡，荣归故里。那时，这里的三姑六婆们大抵已经遗忘虞家璧人的“丑闻”了，肯定会与母亲围坐在一起，听她讲美利坚合众国的故事，母亲自然滔滔不绝，亦肯定会分些小礼物给她们，母亲又成了她们那个圈子里的中心人物，地位举足轻重，呵，这样子，母亲最喜了呀。

休息日，璧人约君生到了家里，是时候要彻彻底底地说个清楚，做个了结了。

璧人与君生面对面坐。

“你同意离婚了？”徐君生确认地问。

璧人点点头。

“感谢。”

璧人笑而不答。

“我会将房子留给你。”

“好。”

“我与你的存款，两人对分。”

“可以。”

“至于非非要跟谁，依旧让她自己做选择。”

“我无异议。”

“你还有什么要求？”

“没有。”

两个人离婚，维持最低限度的平和与尊严总是要的，毕竟当初是何其轰轰烈烈地在一起了。

须臾，非非将书房门打开，小小身躯立在门口。

“非非，你过来。”君生唤非非。

非非移步过去，入座，全家人似进行三方会谈。

“非非，我与你母亲之间存在不可冰释的矛盾，无法再继续我们的婚姻。但，这并不代表我们不爱你，无论你选择跟我们任何一人，另一个均有权与你时刻保持联系，你们的关系依旧是自由的。”君生对非非讲。

“你要离婚，是因为不爱妈妈了？”非非却反问。

“非非，成人的世界不似你想象的那般单纯。”

“是，所以任何事均有诸多借口与理由。明明已不爱母亲，却可说成是有不可冰释的矛盾。”

君生脸色难堪不已。

“你要选择跟谁一起生活？”君生卸下了和蔼的面具。

“若选择你，你将如何安排我？”

“我们带你一起去加拿大，你可以在那里先念几年语言学校。”

“我要寄宿学校。”

“什么？”

“难道你还想要我同晚娘生活在同一个屋檐下不成？”

君生克制心头怒火。

璧人身子前倾：“非非，你才八岁，你无法独立生活。”

“听说寄宿学校里吃饭有食堂，洗衣物有洗衣机，打扫有校工，妈妈，比起将来他们指挥我替出生后的小弟弟冲奶粉、换尿布，那里的生活是不是会舒坦很多？”

璧人一惊，非非猜测得何其准确，是的，小弟弟，徐君生终于要有个儿子了。

“那你是决定跟我走了？”徐君生忍怒不敢发作。

“当然，”非非镇定自若，“当然跟你走，你已毁了妈妈的前半生，为何还要我来毁了她的后半生！”

君生终于按捺不住，气急败坏地站起：“安排好一切，我来接你。”

他愤愤而走，大门关得砰砰作响。

璧人将女儿一把搂进怀里，热泪盈眶。

若不是他们俩，这个年龄的孩子，是该趴在大人的肩膀要糖果吃的。

璧人心颤。

非非与徐君生飞加拿大的那天，璧人没有去送行，君生也不希望她去送行，前任与现任见面，多少会有些尴尬。

璧人俯在窗口，望着天空，偶尔一架飞机掠过。

可是飞加拿大的？

一路平安，各位。

璧人摘下无名指上的婚戒，怔怔。

十年前，是徐君生替她套上的。曾经，她认为自己会戴着它进火葬场的。

如今，却是她自己将它取了下来。

璧人将戒指抛入垃圾桶。

是呀，变幻莫测的人生，实在是捉摸不定。

璧人换了家里的装修。

搬进了布艺沙发与法式复古的独立浴缸，上头白描了蔷薇藤蔓的那种。

因为徐君生爱牛皮沙发与淋浴房，璧人才肯为了他忍让。

但是现在，他们离婚了。

璧人不必再因为仰人鼻息而小心翼翼，也不必为他人随意放弃自己的意愿了。

下楼的电梯里，璧人又遇上了金太太。

金太太鬼鬼祟祟地问：“徐太太，许久没有看见徐先生回来了啊，你和他是不是……”

“是，我们离婚了，”璧人正大光明地笑答，“所以今后，你也不要再喊我‘徐太太’了，我姓虞，你可叫我‘虞小姐’。”

“是，是，虞小姐。”金太太唯唯诺诺。

“你化妆了？”金太太又盯着璧人看。

“是，我开始化妆了。”璧人答。

“你决心要改变自己？”

“是挥别过去，”璧人微微笑，“不然，怎么迎接未来？”

电梯门开了，璧人与金太太告别，头也不回地出去。

外头，骄阳高照，风和日丽。

即使没有徐君生，也有艳阳天呀。

咦，为什么没有早发觉到呢？

璧人自嘲地一笑，深呼口气，大步向前。

前面会遇上什么？

不知道呀。

怕吗？

怕什么，反正死不了嘛。

第三章
起航

话分两头说。

另一边，亚美酒店的五十四层，一切正混乱着。

女秘书正襟危坐，屏息凝神地听着总裁室里传出的动静。

“嘭——”

应该是总裁将文件摔在地。

女秘书心慌。

“啪——”

估计是案头的水晶制品落地。

女秘书用手捂住胸口。

行政总监捧着文件要总裁来签署，女秘书不好意思地拦下：“王经理，高总恐怕不太方便。”

王某看看秘书又瞅瞅里屋：“二世祖又来了？”

秘书点点头，苦苦笑。

“哐当”。

里头又一声。

秘书惊一下，王某识趣离开。

须臾，销售总监高以仁也拿着资料乘电梯上来。

“高经理……”秘书再度起身，面露难色，一双凤眼瞄着总裁室里看。

高以仁已猜到七七八八。

他大步流星地过去扭开房门，一本旅游词典正巧飞到他的脚下来。

高以仁入内，关门。

父亲高耀祖坐在椅子上余怒未消，物品摔得满地，办公室里一片狼藉。而他面前果然站着自己那吊儿郎当的胞弟高以诚。

高以仁上前恭敬地喊一声“父亲”，随后呈上手中资料。

显然，父亲没空理会这堆东西。

高以仁又面向弟弟：“你来了？”

高以诚正眼也未瞧哥哥一眼，继续同父亲对抗：“早知见了我会生气，何必又封了我的卡，这不是逼我找上门来？”

“你个不孝子，”高耀祖再次咆哮，“你已经二十七岁了，为什么还用我的钱去泡妞？”

“谁让你把我的工资卡也封了呢？”

“你去翻翻前厅的考勤纪律，你这个做经理的，一月来上几日班？我为什么要发工资给你这样的员工？”

“快叫人力资源炒掉我。”

“要不是你母亲哭着求我，你认为我会留你到现在？我老早要你滚出亚美，亦会登报与你脱离父子关系。”

高以诚沉默，半晌又追问：“你究竟肯不肯将我的卡解封？”

“想要钱，自己赚。我说过了，再也不会平白无故给你一分钱。”高耀祖刚毅果决。

高以诚死心，转身开门离去，女秘书慌慌张张站起身，鞠躬目送至他进电梯。

按下 B3，电梯门缓缓关上，一只手掌忽然伸进来，电梯门又再次打开。

是高以仁。

高以诚瞟一眼，下意识地站到一边去。

“听妈妈说你搬出去住了？”高以仁走进，按下八层，后与他并肩站立。

以诚不作声，取出口香糖来嚼食。

“搬出去也好，自由一些。”高以仁对他说。

以诚不以为然，取出手机，拨号：“艾菲啊，是我，弗朗西斯，今晚来见你啊……好啊，那老时间、老地方见。”

高以仁耐心地等弟弟挂上电话后继续：“有空给母亲打个电话，听用人讲这些日子她又有些失眠。”

以诚用口香糖吹着泡泡。

“呵，”高以仁冷冷一笑，“我终于明白伊丽莎当初为什么没有选择跟你在一起？”

提到伊丽莎，高以诚心头似被电流击过，他怒火中烧，一把揪住以仁领口：“你说什么？”

“不是吗？”高以仁不肯示弱，“你放纵不羁，恣意行事，也无长远计划，这样子的登徒浪子能给一个女人什么？”

哥哥说的是实话。

高以诚泄气，手缓缓放松，神色凝重地站到一边。

高以仁整理整理自己的领口，缓缓开口：“既然这么厌恶我，就让我们在亚美一决高下。”

以诚盯着他。

“明日去前厅报到，否则，我会认为你这个懦夫不敢与我正面交锋。”

电梯在八层停靠，高以仁大步而出。

门又关上，电梯继续下行。

高以诚思绪万千，久久无法平复。

到B3，他开上他的阿斯顿马丁去了一家叫“依露申”的酒吧。

依露申，英文里“幻觉”的意思。

它的主人或许睿智，早晓得人的一生不过是一场虚无，似幻觉一般。

以诚推门进去。

因为是下午，只有零星几个客人坐在角落聊天，喝酒。

他到吧台边坐下。

“弗朗西斯，今日要什么？”调酒师笑着过来招呼。

“苦艾加冰，谢谢。”

他是这里的熟客，这里的所有员工均与他熟稔。

台上的乐队也个个用眼神向他招呼。

以诚挥手回应，静静听。

他们演奏的是电影《蓝莓之夜》的主题曲《The Story》。

几年前，也在这里，同样的乐队，同样的歌曲。

演奏完这首歌后，他将伊丽莎拉上台，从口袋里取出早已预备好的钻戒，单膝下跪向她求婚。伊丽莎惊喜，掩嘴哭泣。他问伊丽莎：是否愿意与他走完一生？伊丽莎笑中带泪，频频点头。以诚欣喜，起身与她相拥，他们在众人掌声与欢呼声中深吻。

……

怎么了？怎么竟又回忆起这些？高以诚感慨万千，凄凄地笑。

如果可以，以诚真希望时间可以倒流，故事在那刻就终结，不要再有后续，因为后续实在令他痛彻心扉，不忍回首。

有人将一杯苦艾酒推至他面前，以诚回神，调酒师已走开，吧台里站立的是约瑟夫，这家依露申酒吧的主人。

“你在想什么？”约瑟夫问，这个微胖的美国老头，蓄着胡子，笑起来很像一个圣诞老公公。

“我在想你为什么将这个酒吧取名为‘依露申’？”以诚喝口面前的苦艾，胡乱寻个话题来讲。

“这是乔伊丝取的名字，”约瑟夫替自己倒了杯轩尼诗，“我也一直想问她缘由。”

“乔伊丝？”

“哦，是我太太，”约瑟夫耸耸肩，“她很漂亮，做的苹果派一级棒，可是记性很差，差到直至自己两年前因肺癌去世时，都没有告诉我为什么。”

美国人惯用的黑色幽默，却使以诚胸口似坠了铅一样。

“抱歉，约瑟夫。”以诚郑重道歉。

“嗨，伙计，我可没有生气，”约瑟夫微微笑，“要知道，我的乔伊丝此刻正在上帝身边。”

“约瑟夫，你想念她吗？”以诚感同身受，痴痴地问。

“当然，我想念她，可是我也只能止于想念。”

以诚看着他。

“因为在这个世界，还有我未完成的责任。”约瑟夫说得明白。

以诚举起酒杯与约瑟夫碰杯：“了不起，伙计。”

里头有个员工探出脑袋，唤：“约瑟夫，来听电话，美国长途。”

“就来。”约瑟夫回，随后又面向以诚，“估计是我儿子，你知道的，这里雾霾严重，他极其担心我的呼吸系统，他会一惊一乍地同我说‘爸爸，那些细颗粒会钻进你的肺泡里’。”

约瑟夫夸张的肢体语言逗笑了高以诚，他入内，以诚挥手同他告别。

以诚又想起了伊丽莎。

她将戒指还给自己时，含泪决绝地讲：“以诚，抱歉，我无法跟你结婚了，你还那么稚气，根本不晓得婚姻的责任是什么。”

“责任……”以诚捧着酒杯，独自喃喃，“这是个什么东西？”

手机铃音响起，一封电子邮件进来。

以诚拿起手机查阅：人力资源发来了入职人员候选名单，要其确认前厅经理助理的人选。

以诚将手机推至一边，继续饮酒，不去理会。

翌晨，以诚难得准点到亚美报到。

门口保安探出脑袋望着他的背影再三确认。行李部与预订部员工也三三两两地出来窃窃私语。

“今日西边出艳阳否？二世祖也准点过来办公？”

“啐，二世祖、二世祖，听上去似二百五。”

“二公子风流倜傥玉树临风……”

……

以诚一头钻进办公室，屋内空气清新，办公桌整洁干净，似田螺姑娘光顾了一般，他这才想起今日也是他的新秘书报到。

前一个秘书可不会替他收拾办公桌，她只会日日捧着指甲油涂抹，后来，听说与住总统套房的客人结了婚，做了少奶奶，于第一时间向酒店请辞，人力资源怕耽误工作又速速替他寻了新的秘书来。

以诚拨通内线，呼秘书进来，自己打开电脑，连接内网。

“经理，找我。”女秘书脚步声已入内。

“替我先去泡杯……是你。”

以诚不经意间抬头，看到女秘书真身后，吓得三魂去了七魄：“怎么会是你？”

可不就是虞璧人！

虞璧人见到面前的高以诚也大跌眼镜，这家国际连锁大酒店的前厅经理竟然就是这个登徒浪子！

“大婶……你……你在这里做什么？”以诚舌头都在打结。

“经理，在公司，请喊我的姓名，我的名字叫虞璧人，当然，你也可以喊我的英文名，我的英文名是劳拉。”还是璧人好修养。

高以诚却有些无所适从，即刻冲到人力资源部去。

女秘书见风风火火的以诚忙着起身：“高经理。”

“将老赵喊出来。”以诚颇为恼怒。

“抱歉经理，我们赵总此刻正在会议室与王总小会，您有何事？我来替你传达。”

“你们为何选了那个老女人做我的助理？”

“高经理，关于助理人选，我们已发邮件与您确认，您默许，所以……”秘书欲言又止。

高以诚这才想起那封电子邮件，Shit。

人力资源没有错，是他未进行最后核实，错过机会，与旁人没有关系。

以诚自知理亏，不再对抗，灰溜溜地转身回去。

以诚走后，人力资源总监室的落地百叶窗帘，忽被人从里掀开了一道小口来，一双深邃的三角眼正向外头张望。

随后，他又取出手机拨号：“老王，是我，老赵。二世祖果然来了。”

电话那头是行政总监：“他可生气？”

“是，火冒三丈，”老赵幽幽地笑，“我们这么做，是否妥当？”

“老赵，您说老高还有几年？”王总问。

“没几年。”

“高以仁与高以诚你赌哪一边？”

“自然是高以仁。”

“二世祖抱条腊肠犬，搂个金发美女去拉斯维加斯豪赌才是最佳归宿。”

“你说得极是。”

两人同时笑出声。

而电梯里的高以诚此时却在水深火热里。

他又气又恼地用手机打开邮件，取出璧人的履历来看：

虞璧人。32岁。离异。J大学酒店管理毕业。获得奖项：无。工作经验：无。行业职称：无……

无、无、无，什么都是“无”。

要这种大婶来做他的秘书？

开什么国际大玩笑。

高以诚抓狂。

人力资源一定瞎了眼，这种人只适合去客房部整理床单与刷马桶。

那她为什么可以应聘上经理助理？

是啊，为什么？连璧人也想知道为什么！

面试当日，她的对手均是貌美如花的双硕士，一个个意气风发、才华出众，与她们相比，璧人实在可谓百无一是。

面试官问她：你为何来亚美选择这个岗位？璧人也语不惊人死不休地坦白：她只有酒店管理一张文凭，离婚后，需靠它养活自己。

面试官面面相觑，璧人坦然，反正自己是绿叶。

想不到，一周后，她却收到了亚美的通知入职电话。

“我是虞璧人，你确定是我？”璧人难以置信，再三确认。

“是，是你，J大学毕业的虞璧人。入职培训三日，下周一正式上岗，实习期三个月。”

“好的，好的，谢谢，谢谢。”璧人兴奋到语无伦次。

那头准备挂断电话。

璧人又问对方：“抱歉，再问一个问题，为什么是我？”

“什么？”

“与其他面试的人员相比，我根本一无可取，你们为什么最终选择我？”

“因为你比她们之中的任何一人都珍惜这个工作机会。”

璧人感激涕零。

就这样，她来到了亚美，做了前厅经理秘书，终于有机会可以自力更生，却在此处与昔日“冤家”狭路相逢，“祸兮福之所倚，福兮祸之所伏”，或许说的就是这个道理。

第一天，璧人在座位上干坐了一日，因为那位“弗朗西斯”对她还在适应期，所以直至下班，半句话也没有跟她讲。

你试着想象，在同一屋檐的下两个人，半句话也没有的模样。

唉。

他准点下班，璧人也离开办公室，开着她的“老坦克”回家。

刚踏进家门，佳人的电话就进来：“姐姐，你怎么进的亚美？”

哇，传得好快，这个圈子果真很小。

“是，我进了亚美，我做了前厅经理的执行秘书。但我在亚美没有熟人，并未获得高人引荐，所以我也不清楚，他们为什么会要我，如果你想知道，或许可以尝试发封邮件至人力资源部问问。”璧人干脆一次性说清楚。

佳人果真被堵住了嘴。

随后，她又换了一个话题讲：“姐姐，听说徐君生和那个女人去了加拿大？”

“是。”璧人烦。

“又听说，他为了与她在一起，连销售总监也可以不做，宁愿调去加拿大瑞希只做一个销售员？”

“不清楚。”

“此刻那个女人一定骄傲得要死，一个男人为了她抛弃妻女，甚至舍弃了前途，说出去多威风。”

“谁知道呢。”

“姐姐是不是不想与我谈论徐君生的事？”

“是。”

璧人厌烦地挂断电话，她对徐君生不再有半分兴趣，若不是他是非非生物学上的父亲，虞璧人真不希望同他再有任何瓜葛。

怎么说？

进亚美之前，璧人是全职主妇，因而你挑剔她的工作好坏，这倒是情理之中，毕竟人家没有经验，但那个弗朗西斯却嫌人家咖啡冲得不好，这倒真有些意料之外，好歹璧人也替前夫煮了十年的蓝山咖啡。

“太甜。”今早的咖啡已冲过三次，高以诚依旧不满。

“这是三合一，就是这味。”璧人苦恼。

“谁要喝速溶？茶水间一应俱全，替我现磨一杯。”高以诚将咖啡杯推到一边，命令。

璧人只好上前，双手端起，反身重做。

她煮了美式过来。

“你干脆让我嚼咖啡豆。”高以诚险些吐出来。

她又换了摩卡。

“巧克力酱放多了。”

她重端了拿铁来。

“再加上打成泡沫的冷牛奶才上佳。”以诚翻着英文晨报，哼着小调。

璧人终于可以完全确定，这厮并非是要喝咖啡，这厮是要故意刁难自己。

克制。

克制。

她深深吐纳，劝阻自己不要因为这种人大动肝火。

她又进茶水间重做了拿铁，上头不忘浇上打成泡沫的冷牛奶。

“高经理，淋上冷牛奶泡沫的拿铁。”璧人“毕恭毕敬”的双手奉上。

高以诚呷口，眉头微蹙，之后依旧勉强地说道：“这杯，还算可以将就。”

哦……这头驴！

为了他，璧人一早在泡咖啡上花了整整两个小时。

她终于回到了自己的座位上。

还未坐定，内线又响起，还是高以诚。

璧人接听："什么事？"

"你来。"一句又挂断。

璧人入内。

"你，将此份材料复印三份。"高以诚递上资料。

虞璧人抱上材料，走进文印室，一看机器，即刻傻眼。

老天，全日文，完全不懂。

预订部的克莉丝汀从外头走过，璧人上前求助："克莉丝汀，不好意思，你能否教我使用下复印机？"

克莉丝汀忙摆手："抱歉，劳拉，我赶着回去录入订单。"

总机的朱莉恰好跟着过来。

"朱莉，拜托你教我用下复印机好不好？"璧人恳求她。

"你在讲什么笑话，复印机都不会用，那还来应聘做什么助理！"朱莉轻笑。

璧人羞愧。

"那台是新的，我也不会用。"朱莉抿抿嘴，扭着蛮腰向总机室走去。

璧人失望地站在一边。

这一幕，恰好被电梯间出来的高以仁看见。

他跨步上前："来，让我教你。"

璧人抬头，由衷感激。

两人回到文印室。

高以仁将材料放上复印机。

"这里放置文件，这个按钮设置复印张数……"高以仁细细讲解。

虞璧人一一记下。

"来，你来试试。"高以仁将最后一些资料交还给璧人。

璧人点头，放上机器操作。

顺利复印。

“你看，其实很简单是不是？”高以仁对璧人讲。

璧人从心底乐开怀：“谢谢你。”

璧人看看以仁胸口：“你没有员工名牌？也是新入职？”

自己的名牌今晨恰好破损，此刻正在人力资源更换。

高以仁笑而不答。

“我是劳拉，前厅经理秘书，很高兴认识你。”璧人微笑寒暄。

高以仁未来得及介绍自己，父亲的电话就进来，要他速速去办公室报到。

“抱歉，我有急事先走了。”他告辞离开。

璧人点头目送。

她回身扫视所有的电子产品，决心一定要在第一时间学会操作。

璧人将复印好的资料交到高以诚面前。

“那玩意儿，你会用？”高以诚一副吃惊的模样。

那厮果是想看自己的笑话。

“不会，”璧人反而清清喉咙，坦诚相告，“不过我会学，我相信天道酬勤，笨鸟先飞。”

见她信心爆棚的模样，高以诚不甘愿地噤了声。

总机领班洛丽塔此刻拉着哭哭啼啼的杰西卡走进来。

“弗朗西斯，这件事总要你想个办法。”洛丽塔冲到高以诚办公桌前愤愤地道。

璧人自觉站到一边。

“怎么了？”高以诚不明。

洛丽塔将杰西卡推上前：“好了，你自己说。”

高以诚望向杰西卡。

杰西卡抽泣：“1703 室的客人说我的声音甜美，次次在我上班之日找我聊天，原来一日一两通，后来变三四通，我不能说不，因为他是客人。只是最近他越发过分，要我分分钟与他说话不算，还要……还要……”杰西卡吞吐。

“还要什么？”高以诚问。

“还要我与他 phone sex。”杰西卡泪如雨下。

璧人一听脸颊红红。

高以诚看她一眼。

“弗朗西斯，他已影响到杰西卡正常工作，请帮忙处理。”洛丽塔要求。

高以诚思索片刻。

“他叫什么？”高以诚问洛丽塔。

“从客房部打听来的消息，客人叫渡边，日本人，在这里工作，他的公司与酒店签订了长期合同。”洛丽塔答。

以诚立刻起身拉上璧人冲出办公室。

“喂，你要做什么？”璧人失声嚷嚷，洛丽塔与杰西卡也站在原地面面相觑。

以诚将璧人推进女洗手间。

“进去卸妆。”以诚对璧人说。

“你说什么？”璧人怀疑自己的双耳。

“叫你进去卸妆。”

“为什么？”

“领导说什么就做什么，哪来这么多问题，执行力在哪里？”

璧人不甘愿地转身进入。她卸完妆出来。

“好了。”璧人走到以诚面前。

高以诚上下将她打量。他又在打什么怪主意？璧人警觉。

不出三分钟，高以诚果真伸手弄乱了她的盘发。

“你究竟要做什么？”璧人忍无可忍。

“从现在开始，没有我的命令，你不准发出任何声音来。”

璧人皱紧眉头望着他。

以诚拉她到了 1703 室门口。

“记住，半个字也不能吐出口。”以诚不忘提醒璧人。

随后，他敲响了房门。

须臾，门开了一条缝，里头探出一张油头粉面，黑框眼镜还遮了半张脸。

“你是哪位？”他用蹩脚的英文问。

“请问是不是渡边先生？”高以诚礼貌地用日文回问。

“是，是我。”渡边开始用日文作答。

“我是前厅经理弗朗西斯。听总机领班洛丽塔讲：我们这里的员工杰西卡处理问题能力不佳，虽然每每与你通话用了他人 N 倍的时间，但根本问题时常不能解决，还劳烦你一遍又一遍地来电说明，真是抱歉。”

“哪里哪里。”渡边客套。

“今日，我特意带杰西卡来向您致歉。”以诚说。

渡边心花怒放：“杰西卡在哪里？”

弗朗西斯这才将虞璧人推上前。

渡边一脸鄙夷，失望至极：“道歉已收，请你们速回。”他立刻关门上锁。

高以诚强忍笑意，拉着璧人离开。

“我保证这位渡边先生不会再骚扰杰西卡，因为他没想到杰西卡是这样邋遢的妈妈桑。”

走到远处，高以诚笑说。

璧人低头不语。

“喂，你怎么了？”高以诚觉出异样，伸手推下璧人臂膀。

璧人依旧沉默，狠狠甩开他的手，直冲进电梯独自下楼去。

高以诚一手悬在半空看着璧人消失的背影待一阵。

什么毛病啊？

这个女人……

璧人冲到楼下花园，寻个隐蔽处暗自神伤。

徐君生与自己离婚，自己出来抛头露面活受人气也就作罢，今日还要被那个小毛孩子拿来羞辱一番，璧人委屈，隐忍许久的泪水，在此刻一股脑涌出。

她蜷缩在墙角，抽抽噎噎。

蓦地，一个小小的身影映入自己眼帘。

璧人擦干眼泪，看个分明。

一名三四岁的男童，圆圆滚滚，像个小小丘比特，可爱非常。

他向她递上一粒包有紫色彩衣的糖果。

“给我？”璧人轻声问。

幼童不说话，只腼腆地笑。

“谢谢你。”璧人接过糖果。

院子外头有男声在呼喊：“天天，天天你在哪里？”

幼童即刻转身迎声奔跑过去。

你叫天天？

谢谢你，天天。

璧人突然破涕自嘲地一笑，她想起非非年幼时，次次一哭，璧人就会拿出一颗糖果来哄她开心，这个招数百试百灵。

如今自己已经三十二岁，却反要一个幼儿拿糖果来安慰，真太不应该。

璧人站起，拭去泪水，自己的眼泪早无分量。即使为了那点仅余的自尊，也毫无价值可言。

现在人人自危，均恨不能练就十八般武艺，扛枪挎刀，踩着他人尸体朝前冲，你还在这里哭？鬼来同情你。

璧人警醒。

璧人返回酒店，梳头，化妆，继续工作。

高以诚“偷偷摸摸”朝秘书间探头张望。

璧人端端正正地起身：“经理，有事找我？”

高以诚跨出办公室，半讽刺道：“你还在？我以为你开不起玩笑，去人力资源甩了辞职信件？”

璧人淡然，莞尔一笑：“我无文凭、无才学、无技能，只有他人来选我，轮不到自己来挑别人。”

高以诚没趣而归。

璧人继续工作，你有张良计，我有过墙梯，你休想赶走我。

临近日终，高以诚又扔给璧人一沓资料。

“你，明早，将翻译好的文件给我。”吩咐完，转身出去，又拿出电话，约新女友晚上见面。

英文对他何难，何止英文，他还会日文，搞不好精通七八国语言也说不定。

那他还要自己翻译?

呵，这个人，心中就那点小九九，司马昭之心路人皆知。

璧人将资料带回家里，挑灯夜战，她何时都不会向他认输。

什么英汉词典、电子翻译器，此刻又折腾出来，这是璧人当年应付英语六级的架势。

璧人开始翻译。

“蝈蝈也存在同类相食的现象。诚然，在我的笼子里，我从来没有见过像螳螂那样捕杀姊妹、吞吃丈夫的残暴行径……”

什么东西?

法布尔的《昆虫记》?

璧人汗颜，那个臭小子又来刁难自己。

她替自己倒杯咖啡，走到窗口小歇。

手机有邮件提醒，璧人拿起查阅，来自非非。

“妈妈，我在加国一切安好。同学有爱，老师和蔼，英文进步了不少。我还学会了自己洗头发，丽珍送了我瓶洗发精，打开有玫瑰花的清香，我很喜欢。遥祝妈妈快乐，勿念，非非。”

寥寥数字，看得璧人泪水汩汩而下。

非非只字不提自己的父亲，她果真是知道自己母亲的，她只担忧爱女，对前夫毫无兴致，他们已天各一方，自此后，他走阳关道，她过独木桥，切莫互相扰攘、纠缠不清。

直至凌晨，璧人方将《昆虫记》选段翻译完成。

沐浴后上床，不用五分钟即刻睡着。

四小时后，闹钟又将她闹醒，璧人起来，打理好自己后出门，临行前不忘饮用一杯黑咖提神。

到单位，那臭小子早已在办公室翻看财经杂志。

璧人将文章打印出，装订奉上："经理，你要的文章。"

高以诚接过，仔细阅读，当然是寻找纰漏。

一行，二行，三行。

正确、无误，没有问题。

未读到半篇，他已觉得自己大汗淋漓。

"经理，你爱《昆虫记》？"半晌，璧人不徐不疾地问。

"什么？"高以诚抬头。

"经理若是喜爱《昆虫记》这篇名著，自己又无能力阅读原版，可吩咐我去买本中文翻译版来给你看。"

高以诚颓然。

璧人一笑："我去替你弄咖啡，现磨，淋上冷牛奶泡沫的拿铁。"

她消失在以诚面前。

本想让这个老女人知难而退，岂料这次又是偷鸡不成蚀把米，搬了石头砸自己的脚。

高以诚双手挠头揪心不已。

大堂经理比尔在外头敲门。

"什么事？"高以诚没好声气。

比尔入内，一脸愁云惨雾："弗朗西斯，前厅有个中年妇女连续两天坐在沙发哭泣，说自己丈夫与小老婆在我们酒店偷情，已不回家一月有余，现在她要来接他一起回家。"

"我查过住客名单，确实有她先生的名字，但我们总不能轰客人离开，”比尔心焦，“弗朗西斯，我试图与她进行交流，但她一味哭，根本无法交涉。她的行为已影响到前厅正常营业与其他客人正常入住，极度影响亚美形象，安保部今晨也来找过我，说必要时，他们将报警处理，我们该怎么办，经理？”

高以诚蹙眉，怎么处理？亚美一向客户至上，如今，也不能真报警来处理客人，这是最烂的一张牌，不到万不得已，也决不能打出来。

璧人此刻端着咖啡入内，高以诚速速起身，指着璧人对比尔讲：“找她，让女人跟女人去谈。”

璧人一头雾水。

比尔将璧人手中咖啡拿下，拉着她离开。

一路上又将此事复述一遍。

“劳拉，我已无能为力，拜托你帮帮我。”比尔无奈。

璧人噤声，感同身受。

到达前厅，远远就看见那名妇人坐在角落，头发凌乱，衣衫不整，泪痕斑斑。

璧人心惊，那个不就是曾经的自己吗？以为失去了君生就失去了全世界。

她缓步上前半蹲下来，右手紧紧握住妇女的左手：“你好，我姓虞，叫虞璧人，你可以与我到里面去聊一聊吗？”璧人柔声问道。

妇女木讷地抬头。

比尔站在璧人身后亦苦苦哀求：“太太，我们到里面谈好不好？”

妇人又看看璧人，轻轻点了点头。

璧人与比尔共同扶起她进会客室坐下。

璧人替她沏杯玫瑰花茶。

妇人道谢。

“女士，我要怎么称呼你？”璧人坐到她的对面。

“我夫家姓陈。”妇人终肯开口说。

又一个视丈夫为天的女子，一旦结婚，可以丢掉自己原来的姓氏。

璧人叹息。

“陈太太，我前夫姓徐。”璧人对妇人说。

陈太太抬头看着璧人。

“我与他结婚十年，女儿八岁，就不久前离的婚。”璧人首次向陌生人吐露心声。

“为什么？”

“他爱上了其他女人，不愿意再无条件养我。”

“你没有挽留？”

“我哭着求他，他狠狠将我推到一边。”

“他一点情分都不念？”

“念什么？念你替他生儿育女了？呵，那又怎样，他只会觉得，全世界肯替我生孩子的女人何止你一个。”

“虞小姐，我没什么能力，我惧怕没有我丈夫的日子。”妇人再度抽泣。

“我也刚刚开始工作，学着自食其力。”

璧人看着妇人：“相信我，一个人的日子没有你想象中那么难挨。”

妇人沉默。

良久，她颤巍巍站起身子：“让我想想。”

璧人点头，将自己的名片塞入妇人口袋：“如果你愿意，随时可以来找我聊天。”

妇人热泪盈盈，重重点头。

比尔通知礼宾部派了车子送她回去。

璧人起身出去，高以诚站在走廊一侧，他始终在关注会客室的动静。

“你最大的本事，就是逼人揭自己的旧疮疤？”璧人苍白无力地一笑。

高以诚不作声，她误会他了，他真的只是怕与一把鼻涕一把眼泪的怨妇面对面而已。刚刚，听到她的故事后，他也为之一怔，他不知道她也有这么一段辛酸的过往。

璧人转身回办公室。

高以诚却始终站在原地，内心久久不能平复。

璧人极其喜欢亚美的员工餐厅，那里的主厨是广东人，煲的汤一级棒，璧人次次都要喝上两大碗。

看看餐牌，今日靓汤是：鸭梨南北杏瘦肉汤。一听名字就使得璧人馋涎欲滴，味蕾大开。

璧人心满意足地捧着餐盘寻个位置坐下享用，斜对角座位上出现一个熟悉的身影。

不就是上次教自己使用复印机的新人职员？

璧人准备挥手招呼，一个老者端着午餐，在他面前坐下，他恭敬地起身相迎。

两人开始畅聊，璧人不好去打扰，于是只管埋头扒饭。

身边过来两名年轻女性职员，身材模样无可挑剔，坐下后即刻开始窃窃私语。

“大少爷温文儒雅，相貌堂堂。”其中一人用手托腮，一副遐想。

“你说谁？”另一个云里雾里。

“你 1 点钟方向。”

恰好也是位于璧人 1 点钟方向。

“你说与我们高总面对面吃饭的那位？”一个终于看分明。

“你认得高总，却不认得高以仁？”另一人讪笑。

“我在酒店期刊上见过高总的照片，那另一人是谁？”

“销售总监高以仁，高总的长子。”

“年纪轻轻就做到销售总监，前途无量。”

“那可不？大少爷，绝无仅有。”

“啐，我们二少爷才风流倜傥好不好？”又一个美少女端着餐盘过来入座，三人叽叽喳喳个没完。

“谁是二少爷？”

“高以诚呀，前厅部经理，帅气得如同希腊神话里的阿多尼斯。”

璧人一怔，难怪那小子这般有恃无恐，原是王孙公子。

“那个二世祖疯疯癫癫好不好？”

“你的大少爷才不苟言笑，木头木脑。”

……

二人的粉丝开始对抗。

看来，兄弟俩魅力不小。

此时，璧人手机开始振动，她拿起接听。

“你，现在在哪里？”

这个口气还能有谁？

“食堂吃饭。”璧人回高以诚。

“现在立刻替我打包份红酒鸡肉蘑菇炒饭来。”

“什么？”

“我还要一份原味苏打水。”

“好，稍后替你送来。”璧人克制情绪。

“你听不懂中文？我说现在。”

“我也在用午餐，先生。”

“所以要你打包过来，这个时间也是我的饭点。”

什么逻辑？

“一个女人要懂得节制，顿顿吃半分饱就行，你都没有腰了，大婶。”

璧人气结，那边已挂上电话。

右前方，高以仁正风度翩翩与同事招呼问好。

璧人望着手机无可奈何。

这俩人是亲兄弟？

呵，完全云泥之别。

璧人被这头驴呕得哪里还有胃口吃饭？

她起身将餐盘放到回收处，替高大爷打包了原味苏打与鸡肉炒饭回去。

你当那位大爷在日理万机？

抬举他了。

璧人回去后，果不其然，瞧见高以诚跷着二郎腿，身子埋在沙发椅里与美女电聊。

“南茜，弗朗西斯啊，近来酒店日日繁忙，都没有时间与你见面，很是想念……”

璧人立刻扔下餐盒，转身离去。

他这样的天之骄子，有的是时间去风花雪月。

可璧人，闲来宁可向预订部的凯文讨教各类电子设备的使用方法。

他们从来就是两个世界的人，璧人知道。

又抽个午休，学会了扫描仪与传真机的用法。

璧人满意。

回到座位，打开邮箱，行政部发来了会议通知，璧人核对时间，替高以诚加上日程。

高以仁拿着资料赶过来。

璧人起身迎接：“下午好，高经理。”

这个女人前些日子还笑着问他是不是新人职员，今日终于知道了自己的身份。

“下午好，劳拉。”高以仁笑着点头。

他也还记得她的名字。

高以仁直接进办公室。

高以诚瞟一眼，一面冷道：“进来都不晓得敲门？”一面继续在电脑上进行超级马里奥的冲关游戏。

高以仁不以为忤，大大方方退几步，敲了敲门：“请问，我是不是可以进来？”

高以诚暂停游戏：“进来吧。”

高以仁将资料呈上：“这是明日会议的资料，父亲要我亲自带来给你，并提醒：里头有重要内容，明天切莫遗忘。”

高以诚接过文件夹，简单翻阅几页：“哦，知道了。”他将资料扔到一边，“要是没有其他要紧事的话，敬请早回。”

高以仁识趣离开，高以诚继续通关游戏。

会议在翌晨 9 时，地点：M 大厦 34 层。

高以诚没有去亚美报到，一早直接驾车过去。

路上堵得发慌，他却悠然自得地听着调频，身子随着音乐晃动。

还好，终于在会议召开前赶到了 M 大厦。

虽然他是最后一个入的座。

父亲早在一边，斜着眼看他。

对面的高以仁也向他无声示意。

高以诚看不分明。

高以仁挥动手中会议材料。

呀，资料？

糟糕。

高以诚这才想起自己将文件夹扔在了办公桌。

再看老父，早已铁青脸色。

高以诚沉默，面带愧色。

正准备接受责骂，一位工作人员轻轻推门进来，快步走到高以诚旁边，呈上资料。

“前厅部的高经理，你秘书刚刚将你的资料送了过来。”她对以诚耳语。

一定是她一早打扫自己办公室时发现的资料。

高以诚莞尔。

亏她及时送了过来。

女工作人员退出。

“好了，我们开始开会。”高总宣布。

高以仁先上台做第一发言。

会议进行了一天，内容繁多、要紧，参会人员打起十二分精神来听。

终熬到散会，窗外早已华灯初上，天色已暮。

众人疲惫不堪地退出会场。

高以诚也拿着资料离开。

高以仁大步跨到他身边来：“我们与父亲一起吃个饭？”

高以诚瞄瞄远处的父亲：“好啊。”

三人寻了家西餐厅坐下。

“我们要牛排好不好？听说这里的牛排一级棒。”高以仁捧着菜单翻阅。

“随意。”高以诚喝着柠檬水。

“爸爸，替你点份七分熟的沙朗？”高以仁了解父亲的口味。

父亲点点头。

高以仁伸手呼服务员过来，点了三客牛排、玉米汤与芝士虾。

须臾，料理上桌，高以仁的电话却不巧响起，他致歉，跑出去接听。

只剩高以诚与父亲面对面。

两人相对无言，默默动着刀叉。

“听说这些时日，你都准点上下班，表现完好？”父亲终忍不住先开口。

父亲在赞美自己，可高以诚不觉愉悦，只是感到悲哀。

在亚美，究竟多少人是父亲的眼线，时刻盯着他的一举一动？

“你老早循规蹈矩，我何必来骂你，”父亲继续教诲，“燕雀戏藩柴，安识鸿鹄游，身为男儿，志当存高远，不要终日昏昏沉沉，永在女人堆里打转，好的没学着，净专注些鸡毛蒜皮的儿女情长。”

高以诚不吭声。

“当初二人竟还为一个女人争得你死我活，伤兄弟情谊不算，还被他人当笑话来看，你说你值不值得？”

高以诚甩下刀叉，起身离开。

父亲怫然作色，怒火中烧，在大庭广众下又不好发作，只好坐于位上愤愤，闷声不响。

高以仁结束通话再进来，以诚座位早已空空如也，再看父亲横眉怒目，发生了什么，自己心底早已澄明。

他亦安静地坐到一边，继续陪父亲用餐，故意扯些话题来讲。

这种场景，父亲与以诚已演绎了成千上万次。

这两人只要独处，不出十分钟，每每会闹得不欢而散。

高以仁早已习以为常。

而高以诚也觉得，与其和他们二人勉勉强强吃顿晚餐，不如去依露申喝杯水酒来得逍遥自在。

于是，他驾车过去。

乐队正在演唱肖恩·沃德的《无法呼吸》。

台下观众听得如痴如醉。

高以诚要了冰苦艾，坐下静静欣赏。

不消说，比起那家西餐厅，这里才是天堂。

只是自己的耳畔，父亲的话语依旧在回荡：

二人竟还为一个女人争得你死我活，伤兄弟情谊不算，还被他人当笑话来看……

不管对你而言是多悲痛的过往，从别人嘴里吐出来的永是茶余饭后的低级笑料，谁来同情？谁会同情？均是带着看戏的心态来的，巴不得拍手称快：妙，再来一局，好，再打一拳！好不残忍！

以诚摇头，自斟自饮，一杯浊酒，掺杂着一味哀愁，可酒入愁肠愁更愁，他越发觉得困苦寂寞。

于是，只得继续喝。

喝得半醉，以诚找了代驾开车回家。

开门，即刻醉倒在地板上。

恍恍惚惚，模模糊糊。

午夜梦回间，以诚竟依稀感觉伊丽莎依旧在这栋宅子里活动：她躺在地板看书，坐在窗台饮酒，踩着他的脚背曼舞。她的一颦一笑，她的一举一动，都这么真实，真实到空气里也掺杂着她的味道，宛如旭阳下的一朵波斯菊，吐露出无穷无尽的芬芳。

哦，伊丽莎……

以诚哭醒。

周围一片漆黑，空空荡荡，死般寂静。

又是梦。

以诚掩面，痛苦不已。

真想永在这个梦里，过完这一世罢了。

何苦，还要醒来，活活受这相思的折磨？

良久，以诚不甘愿地从地板爬起，煮了黑咖，独坐沙发。

面前有幅巨型油画，画里，伊丽莎穿着红色长裙在艳阳下翩翩舞蹈。

这是他初见她的模样。

他痴痴望，静等天亮。

他去亚美报到，璧人早已整理好一切，备好拿铁等着他。

“经理早。”璧人鞠躬寒暄。

以诚应一声，坐下。

他看到璧人手肘包有纱布，不免问道：“你，手怎么了？”

“什么，哦，这里？”璧人看看手臂，淡淡回道，“在 M 大厦的地铁口被人绊倒，摔了一跤。”

以诚想到那份及时雨般的会议资料。

她为了将材料及时送达，亲自坐了畅通无阻的地铁送来，因而受伤挂彩，以诚知道真相，却依旧表里不一地回："自作自受，谁让你一个做秘书的，都不晓得在事前做下必要提醒？"

这个道理说得通。

璧人无言以对。

以诚坐下喝咖啡，看晨报，璧人依旧乖乖站在原地。

"你还在等什么？"以诚狐疑。

"等你叫我重泡咖啡啊。"璧人如实作答。

"你的水平不过尔尔，来回折腾也是一样。"以诚扬扬手，"好好去工作了。"

璧人垂头丧气离开。

以诚讪笑。

信不信由你，这个老女人俨然已成为他苦味人生中的一剂调味料。

第四章
适应

这些日子，璧人也觉得奇怪，这位高大爷有意刁难的频次居然有所减少，至少一周还会偶尔有那么几天，两人会相安无事地工作到日终。

好不奇怪？

可你不要认为，那主儿已经大彻大悟、从善如流、痛改前非了。

江山易改，本性难移嘛。

他除了日日对璧人“你、你、你”个没完之外，也会冷不丁地忽然消失上一天，让人着急不已。

比如今天，璧人已挂了四通电话给他，依旧无人接听。

“我的爷，我的祖宗，你倒是接电话啊。”璧人抓着听筒心焦，因为行政总监的电话又在一个接一个地进来。

璧人只能又佯装无事地接听：“王经理。”

“你们经理还没有来上班？”那头是质问的口气。

“高经理此刻正在处理一桩客户投诉。”

“哦？”

“赵经理有要事？是要我留言抑或高经理回电？”

“替我留言给他：清迈的亚美已装修完毕，不日即将开业，我们邀高经理一同去参加开幕典礼，具体时间与航班信息，秘书安娜稍后会电邮给你。”

“好的，王经理。”

璧人与王某挂断，内心忐忑不已。

预订部的克莉丝汀又哀怨地抱着文件过来：“他几时到办公室，我有好几份文件要他签署。”

“我会继续打电话。”璧人再一次拿起电话来。

克莉丝汀无奈反身。

再一通，无果，依旧无人接听。

全世界都在寻找高以诚。

璧人叹口气，起身去文印室复印材料。

大堂经理比尔过来。

“劳拉，你在这里。”

“找我？”璧人暂停手头动作。

“我找不到弗朗西斯，所以……”

“怎么了？”

“有个幼童，已坐在前厅半日，我们问他问题，均低头沉默，安保部怀疑其走失，或被人遗弃，他们打算报警。”

璧人跟出去探个究竟。

幼童小小身躯埋在沙发里。

商务中心的女员工将他围成一圈。

“小弟弟，你家人住在这个酒店？”

“谁将你送到这里来的？”

“可有家里的电话号码？”

……

璧人走近，女员工个个散开。

呀，不就是当日送她糖果的小小丘比特？这么巧？

“天天？”璧人脱口而出。

天天抬头望着她。

“你认识他？”比尔惊。

璧人点点头。

她走到天天跟前蹲下。

“你好，天天，我是虞璧人，我们之前在花园里头见过面。”

天天微微笑。

“天天，你为什么会在这里？”璧人问。

天天不作声。

“天天乖，快些回答阿姨问题。”一边的女员工亦来劝说。

天天捂住嘴巴频频摇头。

璧人会意，大胆猜测：“天天，可是家里人教育你不许随意与陌生人说话？”

这回，天天终于点点头。

家长均会教育孩儿：不要随意与陌生人说话，不准随意吃陌生人的零食，不能随意跟陌生人出走。

璧人也是个母亲，她知道。

“天天，阿姨现在问你问题，你不必开口说话，只需点头或者摇头来表示好不好？”璧人换个方法。

天天再也没有抗拒，小手乖乖放在膝上，点点头。

“天天在这里等人？”璧人问。

天天点点头。

“妈妈？”

天天摇头。

“爸爸？”

天天点头。

“爸爸住在这个酒店？”

天天摇头。

“爸爸在这里上班？”

天天点头。

“爸爸是不是在这个大厅里？”

天天环顾四周，摇摇头。

天天肚皮开始咕咕叫，他捂住腹部羞红脸蛋儿。

“天天是不是还没有吃过中午饭？”

天天点点头。

“阿姨有牛奶曲奇给天天吃好不好？”

天天犹豫不决。

“天天也给阿姨吃过糖果，况且我们吃完饼干就立刻回来等爸爸好不好？”

天天笑着点点头，起身拉起璧人大手。

璧人笑，牵起天天小手。

她起身对商务中心的吉娜说：“给各部门去封邮件，哪位是天天的父亲？哪位就立刻到前厅来。”

吉娜点头。

璧人拉着天天回办公室。

她将天天抱上沙发，取出果汁与曲奇饼干递给他。

天天吃得甚欢。

璧人微微笑。

里屋内线响起，璧人跑去接听，行政部的安娜发来清迈的行程安排确认表。

璧人打开电脑，接收邮件，核对信息。

完成工作，璧人出去。

天天手里拿着曲奇，身子曲成虾米模样，早在沙发里睡着。

这孩子的午睡点儿已到。

璧人蹑手蹑脚替他拿走手中的饼干，又取来平时用来遮膝的空调毯替他盖上，再将空调升高两度后，才放心回到座位继续工作。

天天早已开始美梦，璧人时而抬头看到他在梦里头偷笑的样子。

这个安琪儿。

天天一阵啼哭，惊到璧人。

璧人吓一跳，大步跨到天天身边，查看分明。

他依旧闭着眼，泪水却哗哗流。

分明是梦哭。

怕又是做噩梦了。

璧人立刻抱他进怀里："别怕，别哭，阿姨在这里。"

天天在她怀里安静下来，再次沉沉睡去，小小手掌不忘抓住璧人衣襟不肯松开。

呵，与非非多像。

这时，有人火急火燎地冲了进来："天天。"

璧人回头，看到高以仁神色慌张地站在门口："天天在这里？"

"嘘……"璧人对高以仁说，"小点声，他才睡一会儿。"

"哦，抱歉，"高以仁走上前来一脸自责，"我刚刚从外头开会回来，我不知道天天要求保姆带着他来这里找我。"

"他一直等在前厅。"

"是，他原本与保姆在会客室等，天天趁保姆冲奶粉时偷跑了出来，大家都以为天天又在院子里贪玩，没想到是跑来了前厅。"

高以仁爱怜地抚摸着爱子的头顶。

天天在璧人怀里轻轻扭动了下身子。

"妈妈。"他笑着梦呓。

高以仁一怔。

璧人将天天交还以仁。

高以仁道谢，抱着幼子离开。

原来天天是他儿子，这个世界真的很小。

璧人笑，她又开始了工作。

临近下班，人力老总又一通电话进来。

“我说，你们高经理到现在还未处理好投诉？”赵某质问。

璧人汗颜，消息走得如此飞快。

她清清喉咙，只得挺起脊梁骨迎上：“是，赵经理，那桩投诉依旧在处理。一小时前，我有联系过高经理，他说自己仍在客户的住处。客户是阿尔及利亚人，到浦东的友人家里才发现行李中缺少重要物件，他怀疑是我们的客房服务做的手脚，他不依不饶，誓要我们酒店给个说法。”

两天前的投诉案例，璧人将它搬了过来。

有什么办法，他是自己的领导，今后还要在他眼皮底下干活，总不能对 HR 说：高以诚无故旷班一日，电话无，消息无，寻也寻不到他。

谁吃口饭是容易的？

赵某一声不吭地挂断电话。

又过一关，今天真是惊险刺激。

璧人接着又抓起电话尝试联系高以诚，总要想办找到那小子的，她可不想明日再从早到晚去应付一人又一人。

意外。

这通电话竟有人接听。

璧人懊恼：“高经理，下次你有要事不能来工作的话，烦请提前通知我，我替你向 HR 告假。”

那头安静片刻。

“你是谁？”那头的男音却不是高以诚的声线。

“虞璧人，高以诚的秘书。”璧人气急败坏，“高以诚在不在，我需要他来听电话。”

“弗朗西斯现在无法接听你的来电。”那头又沉默一会儿，“秘书小姐，请你此刻来一趟。”

“什么？”

璧人在电话里头听见高以诚断断续续的歌声：你曾是我吻过我

爱过也伤过，拥有过却错过的情人，这样太残忍，你现在总是刻意保持陌生……

“他喝酒了？”璧人惊。

“从下午喝到现在，早已烂醉如泥。”

璧人又听见高以诚跑去打架子鼓的声音。

“虞小姐，烦请你过来一趟领他回去，他这般胡闹，已影响我们酒吧正常营业。”男员工又恳求一遍。

“你在哪里？”

“依露申。”

“哪里？”

“中心街 81 号的依露申酒吧。”

依露申，幻觉。

好有意思的名字。

璧人挂上电话即刻驾车过去。

高以诚正坐在高脚凳上吹萨克斯。

台下客人三三两两围坐，歪着脑袋看台上笑话。

一名酒吧员工过来：“可是虞小姐？”

璧人点点头。

“我是 Ben，乐队的主唱。”

“Ben，他怎么了？”璧人看着高以诚。

“不知道，下午一言不发地进酒吧，只顾喝酒，谁来都不理，喝高了，又跑到台上去闹。我们老板回了美国，他是老主顾，我们总不能轰走他。”Ben 无奈地摊摊手。

身边另一个员工倚着墙壁盯着台上，嘴里也在咕哝：“不晓得什么毛病，一年发作一次，年年在今日喝得烂醉、发疯。”

璧人再不多言，转身走上台去。

高以诚此刻又玩起了电子琴。

“咦，这不是虞璧人？”高以诚眯着眼睛看她，“呀，真是虞璧人。”

“你也来依露申？”他晃晃悠悠走到璧人身边来，“真是世界无处不相逢，来，我来请你喝杯苦艾酒，依露申最美味的就是苦艾酒，你不能错过……”

说罢，高以诚已醉倒到一边，身子压到了黑白琴键，发出刺耳的噪音来。

璧人请求 Ben 将高以诚扛上自己的车。

她发动引擎，高以诚躺在后座继续醉语：再一杯加冰苦艾……

璧人想今年自己一定流年不利，前与徐君生离婚，后与这个冤家相遇，她一定要抽空替祖先上上高香，去庙里打打小人，破破这厄运才好。

接下来的问题是：送他去哪里？

璧人可不知道他的住址，那厮的电话又巧没电，也不能随意找个旅店扔了他。

璧人思量再三，只得扛着他往自己家里走。

“高以诚，你定是我上辈子的债主，是我欠你的。”璧人气喘吁吁。

“虞璧人，虞璧人，我们一起去喝一杯，喝一杯……”肩膀上的高以诚醉到不清不楚。

璧人嗤笑出声，这会儿倒虞璧人长、虞璧人短了，平日里只会一脸蛮横地你、你、你。

这个臭小子。

好不容易两人挤上电梯，璧人将高以诚推到一边，让其倚着角落站立，自己也好稍作歇息。

可不出五秒，那厮又重重倒到自己身上：“虞璧人，虞璧人，我们去喝酒，一起去喝酒。”

“喂、喂，臭小子，你倒是站站好……我的老腰……”

电梯门忽然打开，这一幕被恰好被站在门口等电梯的金太太看到，她吓得目瞪口呆，魂不附体，连脚步都忘了挪进来。

不用说，明早开始，虞璧人又将成为这个小区三姑六婆茶余饭后的议论话题：刚离了婚的“徐太太”，不甘寂寞，深夜与年轻男子在家里幽会，伤风败俗哦。

想到这，璧人好不委屈。

可如今，米已成炊，后悔无用，忧虑徒劳，什么结果均要璧人自己去承受，她没有好的计策去应付，只得兵来将挡水来土掩，走一步算一步。

璧人将高以诚拖进屋，安置到沙发上，那厮早已醉到不省人事。

“我上辈子作了孽，今生才要服侍你这个醉汉。”璧人站在沙发边，两手叉腰，气喘吁吁地嗔道。

高以诚侧过身，面朝她，继续睡。

“哈，当此地是自己的大床？睡得倒舒坦。”

璧人跑进厨房，替自己倒了凉水来喝。

“伊丽莎……”客厅高以诚在梦呓。

璧人讽笑：“又新交一个叫伊丽莎的女友。”

“伊丽莎，你去哪里？”

“去天涯，去海角，就是不想待在此处。”璧人握着玻璃杯，走到窗边眺望。

“伊丽莎，不要离开我……”

“留在你身边作甚？你不是还有瑞贝卡、艾玛、玛丽？”

“伊丽莎，我爱你。”

“你爱的何止伊丽莎。”

“伊丽莎，求你别走，求你别走……”

高以诚痛苦的呻吟惊到璧人。

她即刻放下玻璃杯跑回客厅里去。

高以诚梦魇中，面容扭曲，身子抽搐，哭得泣不成声。

如此悲苦，好似魂魄去地狱走了一遭，看清人生如梦，从生到死，万劫不复。

璧人不禁生怜，抬起右手，悬在空中犹豫片刻后才敢落下。

她替他揩拭脸庞的泪水，随后轻拍他臂膀，一如哄受惊的婴儿。

缓缓，高以诚的情绪渐渐平复。

璧人再次听得他匀称的呼吸。

他又睡着了，这会儿，应该是个美梦，因为他在睡梦里头，嘴角也是挂着微笑的。

高以诚梦见了什么？

他梦见了自己与伊丽莎在海滩边。

伊丽莎赤脚踩在柔软的沙滩翩翩曼舞，自己正在一旁用把木吉他轻轻为她伴奏。

微风徐徐，吹乱了她的长发，飞扬起了红裙。

好美的一个红衣赤足精灵，以诚看得呆住。

伊丽莎前来捣乱，捧把沙砾撒向以诚。

以诚回神，她早已掩嘴嬉笑，灵巧地跑向前方。

“作弄我？看我如何修理你？”以诚放下木吉他，起身追上去。

“你追不到我，追不到我。”伊丽莎不忘回头朝他做个鬼脸。

以诚快步向前，一把拉住伊丽莎手腕，因惯性，两人一起倒下，在沙滩上滚作一团。

高以诚开始挠她痒痒。

伊丽莎吃不消，躺在他身下苦苦求饶：“我投降，我投降……”

“看你还敢不敢惹到我。”

“不敢了，再也不敢了……”

两人停止嬉闹。

以诚双手撩开伊丽莎面孔上的乱发，深深亲吻。

“伊丽莎，说你爱我。”良久，高以诚缓缓抬起头，深情款款地凝视她的眼。

“我爱你。”伊丽莎柔声道。

“你爱谁？”

“高以诚。”

“再说一遍。”

“我爱你，高以诚。”

“我想听上这句话三天三夜。”

“我爱你，高以诚。我爱你，高以诚。我爱你，高以诚……”

伊丽莎的声音久久回荡在沙滩，始终无法消散。

高以诚缓缓睁开眼，空间瞬间转移，此地没有沙滩、没有吉他、没有伊丽莎。他蒙眬地朝前望去，一个女子正拿着听筒在阳台踱步，晨曦倾洒在她身上，使她浑身散发着光芒，好似天使一样。

他的耳畔依稀可以听见她在喁喁细语，轻声唤他姓名：“高以诚……是……前厅的部门经理高以诚……抱歉，安娜，我也刚收到他的电话……好像是急性流感……是，请假一天……好的，谢谢。”

挂上电话，那女子又朝自己走来。

高以诚从沙发上坐起，这才发现趋近自己的正是虞璧人。

“这是哪里？”宿醉，高以诚头痛欲裂，手指按着睛明穴。

“我家。”璧人将电话放到机座：“你昨日在依露申醉得似烂泥，他们电话我，要我将你这个扰乱他们正常营业的酒鬼领回家。”

“你可以不用管我的。”高以诚不领情。

“我也这么想，下次我会告诉他们直接将你扔进黄浦江喂鱼，我也不必烧好些汽油来污染环境，”璧人转身，抓起茶几上的毛巾扔到高以诚手里：“快去洗洗，你全身都是酒味。”说罢，径直走进厨房鼓捣。

高以诚只好起身跑到浴室整理自己。

虞璧人已替他备好一次性牙刷，牙膏挤在上头。

高以诚笑，这个老女人，总是有些优点的。

这里没有剃须刀，无法清理自己的胡须，只能刷个牙，洗个脸。

完毕，神清气爽地出去。

他竟然在无意间光顾了一个单身女人的房间。

看看周围，利落、整洁、干净，除了些生活必需品，没有过多复杂的装饰物，这点倒同自己不谋而合，他也奉行简约主义。

茶几上摆放着几张照片，以诚拿起细看：一个幼女正在翻箱倒柜，上头配有文字：非非，一岁，刚走稳，开始折腾衣柜。

另一张，还是那个幼女正握着饭勺自己吃饭，米粒爬满了她一身，好不滑稽，依旧有段文字：非非，二岁，学着自己吃饭。

非非？定是她的爱女。

虞璧人用相片记录下她成长的一点一滴。

茶几另一头，摆放着一朵雕塑的紫色睡莲，这朵睡莲正散发出淡淡薰衣草的香。

以诚好奇，小心捧起端详。

璧人捧着煎蛋从厨房出来。

“这是什么？蜡烛？”高以诚问。

“手工香皂。”璧人答。

“你做的？”

“是。”

“想不到你还有这门手艺。”

“我只是爱手工香皂而已。”

璧人唤他过来吃饭。

以诚放下香皂踱步过去，看见餐桌上也摆放着一个木质锦盒，里头放满了玫瑰样式的手工香皂，好不精美。

璧人捧出土司。

两人入座，璧人替他满上牛奶。

“抱歉，我自作主张地替你请了一天假。”璧人对以诚说，“我想，身上的衣裳穿两天，应该不是你的风格。”

高以诚默认。

“况且……”璧人欲言又止。

高以诚看着她。

“我想你也需要时间独自安静一下。”

为何连个外人也能这么轻而易举地看出他的心思？

高以诚低头沉默。

“伊丽莎。”璧人忽然开口说。

高以诚抬起头。

“这个名字，你昨晚喊了一个晚上，”璧人放下玻璃杯轻声问，“她是？”

高以诚苦涩。

“抱歉，是我不好，我不该问的。”璧人收口，她已看出他的为难，那段或许是他最不忍提及的过往，自己何故去揭人家疮疤？

“快些吃，我等下还要送你去依露申开你的车子。”璧人转移话题。

高以诚淡淡笑，由衷感谢。

两人坐电梯下楼，左右两边站立。

一个不说话，另一个不言语。

谁的心里都有小秘密。

电梯到楼层停靠，金太太走进来：“呀，早呀，徐太太。”她笑着招呼，随即速速掩嘴，“呀，你瞧我的记性，你已经与徐先生离婚了，此时已是虞小姐了。”

璧人在心底冷笑，她清楚地看见金太太眼尾扫在了高以诚身上，不消说，她又想在外人面前千方百计使自己难堪，一直以来，璧人都是她的假想敌，或许不止她，所有女人均会成为这种人的假想敌，事事都争到自己赢，心头才会舒坦。

璧人才不屑同这种人计较，她颇有礼貌地点头示意。

高以诚却在此时，左移一步贴近璧人身躯，伸开臂膀搂住璧人。

璧人与金太太同时呆住。

倒是高以诚不紧不慢地对璧人说：“璧人，你也不同我介绍一下这位与你熟稔的大婶是谁？”

“金太太。”璧人是能猜到他的意图的。

“金太太，你好，我是虞璧人的男友，你可以叫我弗朗西斯，感谢你一直以来对璧人的照顾。”高以诚绅士地向前伸出右手，金太太尴尬地与他握手。

璧人在一旁强忍笑意。

语毕，高以诚又转向璧人：“璧人，我们何时带非非一起去迪斯尼玩？”

他怎会晓得非非？

璧人意外。

一边的金太太，脸色早已难堪不已，匆匆按下下一层，灰溜溜逃离出去。

电梯里又剩他们两人。

璧人看看高以诚搭在自己肩膀的手，高以诚会意，速速收回左手，离开璧人一步。

“这回你可赢了。”高以诚双手插进裤袋淡淡笑。

“什么？”

“我保证那位金太太可找不到像我这么优秀的男朋友。”高以诚嘴角上扬，狡黠一笑。

璧人也忍不住跟着笑出声来。

将高以诚送至依露申，璧人调头赶回酒店。

踏进办公室，刚打开电脑，电话、邮件纷至沓来。

行政部的会议通知、人事部的新人到岗通知、后勤的办公用品确认通知……璧人凌乱一阵，恨自己不能长成三头六臂去应付。

一忙忙到午后，连口水都顾不得喝，更没空去员工餐厅扒口午餐。

终于，邮件回复完毕，电话铃声也稍停片刻，璧人口干舌燥，赶紧替自己泡了菊花茶来饮用。

电话又响了。

璧人连忙放下杯子接听。是行政部秘书来电："前厅，有一份对礼宾部的投诉，我已发至你们邮箱，请尽快处理。"

璧人唯唯诺诺："是，是，是。"

电话挂断，培训部电话又进来："前厅，将开启新一轮员工培训，我来与你们核对人员名单。"

璧人即刻打开文件一一核对。

另一边的内线也在响起，璧人自顾不暇。

这个时候有人帮她接起了电话："这里是前厅，你好。"

璧人抬头，居然是高以诚站在自己面前。

两人一前一后结束电话。

"你不在家里休息？"璧人问。

"还是来这里工作，"高以诚耸耸肩，"忙个一下午，时间过得容易。"

无所事事，只会让人胡思乱想。

璧人的肚子不合时宜地开始咕咕叫。

"你还没有用过午餐？"高以诚问。

"一早忙到现在。"璧人用手捂住空腹。

高以诚抬起右手，递上一份高档寿司外卖。

璧人感激地望着他。

"嗨，别误会，可不是特地给你带来的，只是午餐点多了吃不完才要求打包带回，现在不是奉行'光盘行动'吗？"高以诚忙着解释。

璧人才没有兴趣去听，她早已接过，拆开，狼吞虎咽起来。

肚皮空空，思维也会慢半拍，璧人需要赶紧补充些碳水化合物才好。

高以诚笑，虞璧人真性情，不矫揉造作，这点倒挺好。

人力资源的安娜进来，她看见高以诚，意外道："高经理没有在家休息？身体好些了吗？”

高以诚装模作样地咳嗽几声：“好多了，谢谢关心。”

“我正要来通知高经理，两周后有个新入职员面试，需要你来做下面试官。”安娜递上文件。

高以诚点头接过。

安娜走后，璧人与以诚，为着那个小小的谎言，相视而笑。

又有人过来。

“弗朗西斯，你在，太好了。”

两人闻声抬头，预订部的克里斯汀惴惴不安地站在门口。

“怎么了，克里斯汀？”高以诚问。

克里斯汀上前几步：“预订部出了事故，费昂娜将一笔订单遗忘，未录入系统。P 旅行社的台湾旅行团，一行二十四人，今天 18 点抵沪，可是我们刚刚才发现了这个失误。”

高以诚色变。

璧人也匆匆放下饭盒，站起身来。

“酒店没有多余房间？”高以诚蹙眉。

“没有，”克里斯汀摊摊手，“一间也没有。”

“通常发生这种差错该怎么解决？”高以诚做了解。

“一、让客户入住亚美公寓。二、替客户联系好其他酒店。三、承认错误，联系行政部开启紧急预案，支付违约金，”克里斯汀绝望道，“我们已联系过亚美公寓，所有房间均已出租。销售部也帮忙联系兄弟酒店，但也无进展，现在只剩下第三个方案……”

“客人呢？”高以诚问，“选择第三个方案，承认完错误，支付完违约金后，客人如何处置？”

克里斯汀语塞。

“让他们去睡街心公园长椅，抑或在大厅沙发将就一晚？”

如何行得通？

克里斯汀垂下脑袋：“抱歉，弗朗西斯，是我的手下出差错，一切均是我的错，我即刻向人事部请辞。”

“你这会儿一走了之，是想让他人来替你收拾烂摊子？”高以诚愠，“要走也处理完此事再走。”

“是，经理。”克里斯汀敬谨如命。

“现在去拉一份亚美附近所有酒店的信息，前厅所有得空的工作人员一家一家电话询问尝试预订。”高以诚命令。

克里斯汀应诺，转身离开。

须臾，大堂经理比尔拿着资料过来。

“璧人，你负责这个区域。”他递上一份清单给璧人。

璧人点头，接过，拨号。

“我呢？”高以诚问比尔。

比尔意外：“经理，你亲自打电话？”

“多一人多一份力。”高以诚从比尔手里自顾自拿一份清单，跑进内屋拨打。

比尔感动，捧着资料又向商务中心跑去。

时间一分一秒流逝，电话一个一个接通、挂断。

高以诚隔着落地玻璃朝璧人看。

璧人失望地摇摇头。

高以诚又按下内线找克里斯汀问，也是毫无进展。

清单上的酒店，要么电话更改，要么回复客房满员，像是集体约定好了一般。

15 点，高以诚挂上电话，疲惫地倒进沙发里，时间正在一分一秒地流逝。

难道真要让客人露宿街头？

不，不，不，亚美不能出这样的丑闻。

高以仁来电话：“我们依旧在努力联系合适的酒店。”

高以诚感动。

事件不胫而走，以诚刚将手机挂上，行政部王总将电话打进来：“是不是要开启紧急预案，我得提前联系律师过来。”

“我们犯的错，自然由我们来弥补。”高以诚倔强。

“好。”王总乐得清闲。

当然，人力资源的赵总不可能不来插一脚的，与王总挂断，他也来电话：“弗朗西斯，前厅在此次事件后，一定要交份说明，我们HR对该名员工、领班以及你这位经理，均要做相应处罚。”

“自然。”

高以诚挂断，起身来回踱步，时间又过了二十分钟，他从未觉得时间可以过得如此飞快。

17点，克里斯汀与比尔垂头丧气地进来。

“打完了？”以诚问。

比尔点点头。

“没有进展？”

比尔又点点头。

“对不起，经理。”克里斯汀面色灰白。

“我去找老王。”良久，高以诚不甘愿地讲。

克里斯汀泪水滑到鼻尖。

比尔抬头，两道眉毛，成了个“八”：“经理，难道非要走这一步？”

“还有什么更好的法子？”以诚问。

比尔哑口无言。

高以诚拍拍他肩膀，拖着沉重的步子离开。

刚刚他还信誓旦旦地对老王讲自己有能力去解决。

现在还得去求他帮忙。

他移步进电梯，按下楼层。

“世界上有许多事情必须做，但你不一定喜欢做，这就是责任的含义。”

伊丽莎，这难道就是你说的责任？

电梯门缓缓关上，高以诚闭上眼：好吧，那我现在，就去承担自己的责任……

一只纤手忽然伸进了门缝里。

门又打开，高以诚睁开眼，璧人气喘吁吁地站在门口。

“经理……房间……房间预订到了。”璧人讲，高以诚愕然，随后笑逐颜开。

高以诚随璧人回到办公室。

璧人呈上材料，比尔与克里斯汀焦急地等在一旁。

“是一家位于郊区的苏式园林酒店，名叫‘荼蘼园’。”璧人向以诚汇报。

“荼蘼？”

“‘开到荼蘼花事了’那个荼蘼。”

“嗯？”

“一种花卉，在春季末夏季初开花，它凋谢后，整个春季才算真正结束。”璧人进一步解释。

以诚翻翻手中资料，是一篇有心人的游园手记，题为：养在深闺人未识，虽未人作，宛若天开。

寥寥数字已使高以诚心驰神往，再读几段，已被深深震慑，想不到这个繁华都市里竟还有这块桃花源。

比尔有电话进来，他站到一边小声接听：

“经理，礼宾部来电话，P 旅行团的飞机已降落，此刻客户正在办理通关。”挂断后，比尔报告。

以诚点点头。

“克里斯汀，你是否有导游的联络方式？”以诚问。

“订单上的紧急联络号码属于此次旅行团导游艾米。”克里斯汀答。

“与她取得联络，告知详情。”

克里斯汀应诺。

高以诚又望向璧人：“我们一起去机场。”

璧人点头。

两人驾车过去。

高以诚举着写有“艾米”的牌子站在候机人群里，璧人正朝涌出的旅客踮脚张望。

身后有人拍拍以诚肩膀。

以诚与璧人转身，一个女子站在两人面前。

“你们好，我是艾米。”

以诚看到已会合的游客们正拉着行李站在不远处等待。

“你好，我是高以诚，”以诚与她握手，“抱歉，艾米小姐，我们……”

“好了，”艾米伸出右手做停止的手势，“刚刚克里斯汀在电话里头已将此次事故与我说清楚了，责任追究、理赔道歉，由你们亚美与我们旅行社详谈，我没有时间听你再赘述，我只在乎你们的处理方案，你们总不能要我的旅客在大巴或者候机大厅里过上一夜吧。”艾米懂得轻重。

“当然，艾米小姐，你的旅客同样也是我们的客户，你且放心，我们已联系了荼蘼园，预订好了房间。”高以诚回复。

“‘开到荼蘼花事了’的那个荼蘼？”艾米问。

“是，”高以诚点头，“一家超五星级园林式度假酒店，在郊区，离此处有30分钟的车程。”

艾米看看手表：“OK，明日我也会适当调整行程安排。”

艾米带旅行团走去停车场，上大巴坐定。

由高以诚开车带路，大巴紧随其后。

到荼蘼园，众人下车。

“咦，这家酒店是亚美？”其中一名旅客疑惑地问。

“这里是荼蘼园，不是亚美。”艾米不慌不忙地笑答，“听说住过这里的旅客都会用‘人间仙境’这样的溢美之词来形容它。所以，旅行社特意想给各位一个惊喜，希望不会令大家失望。”

“‘开到荼蘼’那个‘荼蘼’哦？”又有人问。

“是，记得《红楼梦》中的袭人抽到的也是叫‘荼蘼’的花签。”

“艾米小姐，抽到这张荼蘼花签的人是麝月，并非袭人。”其中一人，指出错误。

艾米掩嘴一笑，忙不迭地道歉：“对不起，对不起，瞧我这个榆木脑袋，本想在各位老师面前班门弄斧一把，岂料记错个名字弄巧成拙了。”

这个想必是教师团。

众人不以为忤，哈哈一笑，拉着行李，跟着艾米踏入荼蘼园，办理入住手续。

璧人与高以诚并肩站立，望着他们的背影微笑。

“艾米刚刚是故意说错了的名字。”璧人讲。

“为着博众人一乐，缓和气氛。”以诚答。

“这个妮子知轻重，懂进退，心思细密，今后一定大有作为。”

“哗，你还会看相？”高以诚伸出右手，摊开手掌，“虞神婆，替我算算姻缘。”

“去你的。”

以诚收起手掌，二人同笑。

“喂，说真的，刚刚你有没有想过放弃？”高以诚问。

“什么？”

“打了无数电话毫无进展时。”

“没有。”璧人肯定地答。

“为什么？”

“我总在想，下一通自己一定会成功。”

“可我一度想过放弃。”

“自然，因为你从未真正走投无路过。”

“什么意思？”

“才舍得轻易放弃。”

璧人唏嘘，反身朝停车场走。

以诚在原地愣住，良久，才迈开沉重的步子跟上。

P旅行社对亚美的危机处理还算满意，因而并未做过多刁难。

倒是人力资源对当事人费昂娜的处置太轻，引起了其他职员的不满。

商务中心的姗迪就向裘依抱怨：“我们一群人被她弄得团团转，但此次事故，居然只对她做了少量的经济处罚，HR何时这么仁慈了？记得上次行李员小赵与客户在门口抽根香烟，HR就以毁坏亚美形象之名炒了他。”

“老马失蹄也是有的。”裘依整理一边的信件。

“她曾经做后勤保障，听说连新旧皮鞋的摆放位置都经常搞混淆。到预订部整整三个月，才能使用操作系统，你说她老马？”姗迪连连摇头。

“那这种人还在预订部？”裘依也意外。

“HR最偏袒销售部，精英均请去那里报到，糟粕才会推到前厅。”

“嘘，不好这么说。”裘依劝说。

姗迪没趣地闭上嘴。

这个时候，一名男性客人揪着一名衣衫不整的妇人连拖带拽地从旋转楼梯下来。

妇人反抗，男子甩上一耳光。

妇人再挣扎，男子左右各再甩一下。

好不残忍。

前厅顿时一片混乱。

姗迪即刻叫来保安。

裘依立马向经理高以诚汇报。

须臾，以诚与璧人赶至前厅。

妇人已蜷缩到地上呜咽，额头嘴角，鼻子均渗着鲜血，喉咙里发出痛苦的哀号。

那名男子的拳头依旧在重重挥下，一下二下三四下，嘴中还念念有词："荡妇，让你来这里私会野男人，打不死你。"

说完，一拳又将落下。

高以诚上前阻止。

安保部也迅速赶到，其他工作人员见机将妇人扶到会客室。

"我在教训自己女人，要你来多管闲事。"男子嚣张跋扈，"我辛辛苦苦在外劳作，赚来的钞票，她却拿来倒贴小白脸，我打她还错了吗？"

众人开始窃窃私语。

"虽如此，你也不能动手打女人。"有人替女客人愤愤不平。

"就是，就是。"大家云集响应，"君子动口不动手，要以理服人，又不是蛮夷，只会用武力解决问题。"

这种男人哪听得大义，反倒再次被激怒："她吃我的，喝我的，还给我戴绿帽子，有什么打不得，我今日就要打死她。"

说完，又朝妇人冲去，保安前来阻拦，高以诚也一把拉住他。

璧人看见有一群人正从电梯里出来，她认得高以仁，还有人力资源赵经理，后边的芸芸小辈不提也罢，但站在二人前面的威严老者想必就是亚美的总裁高耀祖。

他们不出意外地停住了步伐，目不转睛地盯着前方的动静。

而此刻，高以诚依旧与那名莽汉对峙着。

"滚开，白相人。"莽汉挑衅意味极浓地破口大骂。

璧人心焦，生怕那小子不能忍一时之气，鲁莽地在老父面前与客人交手，失了形象不算，对于亚美肯定又是一件沉重的丑闻，到时，高总岂有轻易放过他的道理。

所以璧人忧心忡忡。

岂料，高以诚却后退一步，行九十度标准鞠躬礼，嘴里还来一句："欢迎再次光临亚美酒店。"

璧人惊一下，那个整日拿她玩笑、傲睨一世的臭小子，何时已成长为了一个懂得适时卑躬屈膝的男人？

"什么东西？"莽汉凶神恶煞。

璧人也跨上一步，九十度鞠躬："欢迎再次光临亚美酒店。"

周围工作人员会意，陆续并排站立，亦齐齐鞠躬呼喊："欢迎再次光临亚美酒店。"

亚美正用最礼貌的方式对他下"逐客令"。

厅内的其他客人纷纷鼓起掌来。

莽汉也被这副场景威慑住，目瞪口呆地环顾着四周，不敢造次。

不知刚刚是哪个客人报的警，110 与 120 也同时赶到。

他们将奄奄一息的女客人抬上救护车，亦将莽汉带走。

一出闹剧就此结束。

工作人员回到了各自的岗位上，前厅又恢复了井然有序的正常营业。

他们谁都没有看见，刚刚，远处的高总裁满意地点了点头，销售总监高以仁浅浅地一笑，而 HR 老赵的表情则像啃了酸枣。

璧人替正在审阅文件的高以诚递上一杯拿铁。

以诚抬起头看着她，他没有要她冲咖啡来喝。

"祝贺你成长，高以诚，"璧人微微笑，"信不信由你，我第一次发觉一个愿意弯下腰的男人这么有魅力。"

这可不是一句缠绵的情话，可高以诚却在心底泛起一丝涟漪。

他捂住胸口：你是怎么了？适才为何似被重锤击打了一样。

以诚抬头望向落地玻璃窗外忙碌的虞璧人。

为着这个老女人？

他试图问自己的心。

可他感觉心脏又恢复规律且在平静地跳动。

哈，适才果真是错觉，原来什么都没有。

第五章
悸动

高以诚飞去了泰国参加亚美清迈分店的开业典礼。

他走的那几天，璧人一人在办公室里。

多少有些冷清，那个臭小子在时，总是对她呼来喝去，随意驱使，要求多多是肯定的，倒也不愁无聊寂寞。

“你，将这份资料去复印一份。”

“是。”璧人下意识地应一声，抬头，才发现是比尔正在走廊里头对另一新入职员说话。

璧人失笑，此刻那位高大爷已身在东南亚，除他之外才不会有人对璧人“你，你，你”个没完。

临近午休，商务中心的姗迪过来：“劳拉，有你一封信笺。”

她递上，璧人道谢。

姗迪转身离开，璧人拿着信笺细细端详，是谁呢？

上头用娟秀的楷体写了：亚美酒店前厅助理虞璧人亲启，右上方黏有一枚波斯菊图案的邮票。

波斯菊，愿你永远快乐的意思。

璧人狐疑，拆开细读：

“虞小姐：还记得我否？那个在亚美前厅打搅过你们的‘陈太太’。”

原来是她。

璧人欣喜，继续念下去。

我已与他离婚，现一人生活。我在一家日式料理店做店员，自己养活自己。料理店生意繁忙，日日站得腿脚发肿，但心头轻松，落得坦然，不再战战兢兢，患得患失，好不自在。休息日，煮份自己最爱的咖喱牛腩，捧本小说窝在沙发里。夜夜倒在床上即刻睡着，一觉至天明。这才发觉，原来时光如此易过。

虞小姐你说得对，一个人总要学着走一段路。

感谢、勿念。

遥祝：快乐！薛慧茹敬上。

短短一篇，璧人却读得热泪盈眶。

陈太太，哦，是薛小姐，自此后，她与自己一样变回了小姐。

薛小姐没有留下自己的地址。

她不想要璧人给她回信。

她已告别过往，切勿互相扰攘。

璧人尊重她。

亦祝你快乐，璧人微微笑，收起信笺。

裘依过来约她一同用午餐。

璧人点头，起身与她前往员工餐厅。

“劳拉，发生了什么？你看上去精神头儿百倍。”裘依看着璧人问。

璧人笑而不答，自己是看过了薛小姐的信件，才又信心倍增。

裘依在减肥，只要了一份三文鱼沙拉加了份蔬菜汤来食。

璧人则点了金兰排骨与虾米冬瓜，外加一份节瓜瑶柱瘦肉汤。

“劳拉，真羡慕你，生过孩子身材也这么好，都不用像我一样刻意去减肥。”裘依痛苦地喝着那份蔬菜汤。

璧人莞尔，她好去跟一个外人解释什么？别人总是先看到他人比自己更光鲜靓丽的一面。

而她，在两个月前还是肥肉横生，梨子身段。与徐某闹个离婚，才一月就瘦去了14斤，人亦苍老了许多。至今，晨起依旧可以看到枕巾上一把一把的落发，呵，那段过往，一碰就痛一想就悲，爱一遍叫人老十年。

姗迪给裘依来电话，要她即刻回商务中心协助处理一份棘手的文件。

裘依速速结束午餐向璧人告辞前往。

有人端着餐盘走到璧人跟前："我可不可以坐在这里？"

璧人抬头，竟是高以仁。

"当然。"璧人微笑，"高经理，请坐。"

高以仁入座。

"高经理没有去清迈？"璧人好奇，连前厅那位高大爷也出席，他是堂堂销售总监没有不到场的道理。

"这里临时有份重要合约要我亲自来签署，时间正好相冲突。"

"哦，原来是这个样子。"

高以仁喝口面前的汤，玩笑道："劳拉你呢？这些时间，你有没有学会前厅所有的电子设备？"

"说起这个，我还没郑重同你道谢过。"璧人正襟危坐，"感谢你教我使用复印器材。"

"举手之劳，你不用刻意记挂。"

"得人恩果千年记。"

高以仁微微笑。

"哦，对了，险些忘了正事，我今日是受人之托忠人之事。"高以仁对璧人说。

"什么？"璧人狐疑。

高以仁从口袋里掏出一粒紫色彩衣的糖果放到璧人面前。

“本周六是天天生日。当晚我们将替他举办生日派对，他希望你也能来参加，天天一早就冲进我的房里央求我，‘爸爸，爸爸，我要那日给我吃曲奇饼干的阿姨也来参加我的生日会。’”

璧人心头温热，他竟然还记得自己。

她拿起那粒紫色糖果，当日，天天正是用它来勉励自己的。

“劳拉，你会来是不是？”

高以仁的问话，将璧人从回忆里拉回现实。

“是，我当然会去。”璧人笑答。

接着，两人开始海阔天空地畅聊，偶尔同时大笑几声。

不过，就这几声笑，已惹得周遭的年轻女职员很是反感。

“大少爷为什么和那个讨厌的老女人坐在一起？”一个噘着嘴嗔道。

“那位大婶祖上一定积了很多德，今生才会做二少爷助理又与大少爷一起用餐，唉……”一个歪着脑袋长吁短叹。

“他们三人……你们说会不会发生一段感人肺腑的爱情故事？”一个却突发奇想。

“你言情小说看多啦？做什么白日梦啊，我的大少爷眼睛长到脚指头上也不会看上她好不好？”

“就是就是，她只配让我的二少爷喊声阿姨。”

两大粉丝帮派，群起攻之，自知说“错”话的女员工立即噤声，乖乖低头扒饭，再不敢“乱说”一句，唯恐再惹众怒，落得比“五马分尸”还“凄惨”的下场。

餐后，璧人回到办公室，隐约看见里屋内的沙发上躺着一名男子。

这个时间，谁会待在高以诚的办公室里？

璧人狐疑，走进细看。

只见他将健硕的臂膀枕在后脑勺，修长的双腿搁在沙发另一端，一张俊脸朝外侧，微微扯着鼻鼾。

璧人来不及欣赏这幅美腻人的画面，倒吓得后退一步，甚至不自觉失声尖叫：“啊。”

“你做什么？”男子被惊醒，一副憎恶扰其清梦者的模样。

“高以诚，你此刻不是应该在清迈？为何会在这里？”璧人显然“惊魂未定”。

“笑话，我何时还要向你来汇报自己的行踪？”高以诚翻个身继续睡。

这么会挖苦人，可不就是那位高大爷！

璧人走近：“你几时到的？”

“凌晨四点就已经在机场，飞机延误，折腾到现在才回来。”高以诚疲倦乏累。

“你不回家休息？这般事业为重可不像你。”

“几日不见，你嘴皮子的功夫见长了。”

“看是谁调教的。当然得与时俱进啊。”

高以诚转过头白她一眼，说道：“是我家老头急不可耐，非要我今日午时前送份他签署的文件回来，否则谁要这么早回来与你这个大婶待在同一空间。”

“是啊是啊，泰国有的是阳光，沙滩，精油，热石，水晶晶啊。”璧人抿嘴，转身离开。

“你，等下。”

“喊我做什么？”璧人又转过身来。

“替我拿来行李箱旁边的红色丝绒袋子。”

璧人替他取来：“给。”

“取出里头一个墨色锦盒来，其他归位。”高以诚继续命令。

璧人又照做。

“你要的锦盒。”璧人捧着锦盒端端正正站到一边。

“随你处置它了。”

“送我的？”璧人着实吃惊了一下。

“不是什么贵重物品，只是进机场时胡乱在杂货摊上买的。”

璧人拆开，里头竟是手工雕刻的香皂花，她看得呆住。那朵金莲惟妙惟肖，开得娇艳欲滴，那缕精油的幽香顷刻间沁入心脾，不禁叫人心意遐想。

他赠她香皂花？

许多许多年之前，徐某亦送了自己玫瑰精油皂。

如何想起了这个？

璧人心头一怔，这分明是毫无关系的两人。

一旁的高以诚此刻也完全清醒。他坐起身子，看到面前的虞璧人愣在原地。

“不喜欢？你不是对手工香皂情有独钟吗？”高以诚不禁疑问。

“哦，不，我很喜欢，谢谢。”璧人道谢，匆匆收起锦盒回到座位。

她将皂盒锁入抽屉，只是那一缕幽香依旧从那里偷偷钻出来，时刻扰乱着璧人的心志，让她思维频开小差，再无法聚精会神。

璧人抽空替天天去挑选了生日礼物，一本手绘的《小王子》图册。

“如果你爱上了某个星球的一朵玫瑰，那么，只要在夜晚仰望星空，就会觉得漫天的繁星就像一朵朵盛开的玫瑰。”

相信谁都会爱上这个温情的童话故事的。

周六，璧人收到了高以仁快递给她的香槟色抹胸礼服。

璧人换上，施上淡妆，头发高高盘起。

她凝神，连自己都忍不住多望镜中的自己几眼。

“这身衣裳，午夜12时后即会消失不见吧。”璧人淡淡笑，独自言语。

桌上的手机响起，璧人接听。

是高以仁，他在那头讲：“劳拉，车子已在你家楼下等待。”

哇，连南瓜马车都到了。

璧人挂上电话，拿上手提袋出发。

无论哪个年龄段的女人都会做这个梦的。

派对在高家的私人会所里举行。高以诚老早就已到达。

他待在会场一边，喝着香槟啃着芝士，林千惠过来从身后将他拥住。

“以诚哥。”千惠笑呵呵地说。

“嗨，嗨，你总是不能改掉这个随意抱住他人的习惯是不是？”高以诚双手悬在空中一脸无奈。

千惠放开手，走到他的面前来，一本正经地讲：“说清楚，我可只抱过你一人而已。”

高以诚嗤笑，这个丫头永远长不大。

“你又从美国逃学回来了？”高以诚放下香槟酒问。

“我去年已毕业。”林千惠两手叉腰，腮帮子气得鼓鼓，“以诚哥，你丁点儿也不关心我。”

“大小姐，我错了，我向你赔不是。”高以诚打躬作揖求她原谅。

千惠满意：“毫无诚意，赔不是的话，至少也该一顿饭吧。”

“好啊，什么时候？”以诚爽快。

“想到了通知你。”千惠做个鬼脸。

林父在不远处呼喊：“千惠，这边来，高叔叔要与你聊聊天。”

千惠应一声，即刻拉着以诚一起去。

以诚却步：“喊的是你，做什么拉上我？”

“你不想同你爸爸聊聊天？矛盾需要沟通才能化解啊。”

“你要不要我捧本《圣经》跪到你面前赎罪？圣母玛利亚。”

千惠一脸鄙夷：“不去拉倒。”她转身自己小跑过去。

这种阿谀奉承的表面游戏，千惠可比他会玩。

宴会入口，一个香槟色礼服的女子引起他的注意，她捧着礼盒，正向侍者询问些什么。

这个身影好不熟悉。以诚思索：虞璧人？

以诚放下酒杯，走近细看，可不是虞璧人！

以诚将璧人上下打量个遍，这位大婶，琢磨之后倒也蛮有味道。

璧人被他盯得浑身不自在："你在看什么？"她亦低头看看自己的衣裙。

"这种地方你怎么会来？"高以诚傲慢地问。

"你认为这种地方没有主人的邀请，我会进得来？"璧人骄傲地答。

"你何时与我哥哥认识的？"

"我为什么要向你报备这些？"

"呵，你这只麻雀穿上华服也成不了凤凰。"

"你这个浪子换上西服也变不了绅士。"

"谁稀罕做绅士？"

"谁又要变凤凰？"

"你是这个态度对自己领导的？"

"八小时外，亚美不付我工资，我为什么还要看你的脸色？"

高以诚无言以对，转身取来红酒喝。璧人眼睛瞥向另一边。

两个人将气氛搞得异常的尴尬。

高以仁牵着天天的小手，朝二人缓步而来。

"劳拉，你到了啊。"以仁冲璧人微微笑。

璧人笑着回应。

高以仁又面朝以诚："你几时到的？怎么连个招呼都不打？"

高以诚不作声，对他不理不睬，自顾放下酒杯，双手抱起一边的侄儿来。他笑着将天天举过头顶，爱怜地讲："小帅哥又长大些了啊。"

天天被他逗得在半空中咯咯笑。

而高以仁却不以为忤，依旧儒雅地站在一边，脸上浮着那抹浅浅的笑。

这对兄弟隔阂颇深。璧人当然看得清楚。

作为一个局外人，璧人本该一碗水端平，理性看待这件事情。但她却固执地站到高以仁一边。

倒不是对那个高大爷有多大偏见，只是看看他那副嚣张跋扈的模样，人家的涵养确好过他千万倍，如何比得了嘛。

高以诚将天天放下，璧人半蹲下来招呼："你好啊，天天。"

天天羞涩地躲在父亲的身后。

"怎么了？是你嚷着要见'曲奇阿姨'的，如今见了，倒像个女孩子扭扭捏捏起来，"高以仁摸摸他头顶，"快给阿姨问声好啊。"

"曲奇阿姨好。"天天小小声问候。

璧人递上礼物："天天，祝你生日快乐。"

天天望望父亲，得到父亲的首肯，他才肯接过礼物："谢谢，阿姨。"

他抱着礼物小跑到保姆跟前，保姆抱起他，与他一起坐上沙发欢快地拆礼物。

高先生派人来喊两兄弟过去。

以仁嘱咐璧人好吃好玩后告辞离开。高以诚则不吭一声，一脸不情愿地跟在后头。

璧人取了香槟退至一旁，此地衣香鬓影，乐曲悠扬，名为替高昊天小朋友庆生，这边却听见三三两两在谈论收购条款，那边成双成对在聊合约信息，人人均戴一张假面，笑得憨态可掬。

呵，都是三头六臂、八面玲珑，璧人自叹弗如。

一个着灰色西服的男子过来邀璧人跳舞。

璧人婉拒。

又一个白色西装的青年过来欠欠身："女士，能否赏脸与我共舞一曲？"

璧人笑着摆摆手。

另一个索性直接过来递上名片："希望宴会过后，可以有与你一起饮个茶的机会。”

璧人笑而不语。

身边的一帮女子全是一副腌臜的表情，开始对璧人评头论足窃窃私语。

水至清则无鱼，人至察则无徒。

她们恐是看不惯璧人一副高高在上的样子吧。

可她们误会璧人了，璧人真的只是跳不来舞，不想自己出丑而已。

但璧人也没有必要费尽心思跟她们去解释清楚的，人不知而不愠，况且这些人只是人生中的匆匆过客，偶尔一次擦肩回眸，记也记不住，想也想不起，何必去跟她们斤斤计较呢。

璧人放下酒杯钻到露台去。那里有微风、月光、蔷薇，比起里头，这里倒使她轻松欢愉，自由自在。

她倚着栏杆眺望，思绪不免又回到从前。

许多许多年以前，徐君生亦带她出席了客户的生日会。他挽着璧人跟这个笑语盈盈，向那个点头哈腰。几圈走下来，璧人笑到脸部抽筋不算，腿脚亦累得不听使唤。

事后，璧人向徐某抱怨连连，说自己是再也不会参加这种活动、出席这种场合了。

徐某哼哼几声，冷冷回：“你喊什么累？我就是这么愚己娱人，一日向他人鞠上万次躬挣钱给你花的，你哪有资格喊累。”

璧人感叹。这才发觉，一个女子必须工作的原因——为着生计，更为着在男子跟前的尊严。

“劳拉，你在这里？”

呼唤声将璧人从回忆里拉出来。

璧人转身，是高以仁。

他走到自己身边来：“怎么一人待在这里？为何不进去跳个舞？”

“在这里透透气，”璧人羞涩，“怎么办，我是跳不来舞的。”

“华尔兹、伦巴、探戈，哪个不会跳？”

“华尔兹、伦巴、探戈，什么都不会跳。”璧人掩嘴笑。

“好吧，”高以仁整整西服，朝璧人欠欠身，“美丽的女士，如果你愿意，我愿意教你跳一支舞。”

“你这样会让我出洋相的。”

高以仁才不听，他早已牵起璧人的手，搂上她的蛮腰，缓缓开始舞动。

璧人只好硬着头皮开始学。

“来，我们先来练习华尔兹。首先是基本步法，前进后退、左右横拉。”

“这样？”

“右边步伐过大。”

“那，这样？”

“很好，就是这样。”

“我是个愚笨的学生是不是？”

“非也非也，孺子可教也。”

璧人骇笑。

这幅画面，却被落地玻璃窗另一侧的高以诚目睹。

他凝视良久。

千惠跑到以诚身边来：“以诚哥，你在看什么？”

以诚不言语。

千惠顺着他的目光朝前看。

“与以仁哥跳舞的女人是谁？”千惠问以诚。

侍者端着苦艾酒过来，以诚取来一杯，一饮而尽。

“谁知道呢。”他淡淡回，之后又转身钻进了人群里。

千惠紧跟其后。

露台上的璧人与以仁一曲也已经完毕。

“怎么样？很容易是不是？”高以仁与虞璧人面对面，笑着问。

璧人摆摆手：“你没瞧见我整个身子都僵了吗？”

以仁笑：“要多多练习，熟能生巧啊。”

一个用人敲敲玻璃门进来：“大少爷，老爷在找您。”

“好的，就来。”以仁回头对璧人讲，“我去一会儿，很快回来。”

璧人点头。

以仁与用人隐没在人群里，璧人再度转身倚靠着栏杆深深呼吸。

“是不是所有女人都会这样装模作样？”

璧人闻声回头。

高以诚不知从哪里钻了出来，走到了明处，与她面对面站立。

“你说什么？”璧人不明白。

“刚刚不知是谁，有人邀她跳舞还一副矜持的模样，这个不要，那个不肯，现在却像只猫一样躲在这里和我哥哥跳舞。”以诚双手插在裤袋，嘴角牵出一抹冷笑。

“我跳不跳舞，和谁跳舞，与你有关系？”璧人反唇相讥。

“这倒没有。”以诚右手食指挠挠笔直的鼻梁。

“那为何老盯着我不放？”

“只是，觉得你应该坦率一点。”

“坦率？”璧人不置可否，“你要我一个三十二岁的女人学三岁娃娃一样坦率？”

“你还记得啊。”

“什么？”

“我以为你披上彩衣，心也跟着飞上天了，也忘记了自己的年龄，觉得自己成了二十三岁的少女，花的年纪，什么样的梦都可以做。”

“是的，我记得自己是三十二岁，谢谢你提醒我。”璧人光火。

此时，高以仁结束与父亲的谈话，走到露台来：“劳拉，我……”

他一抬头看到以诚，只见他们两人不苟言笑，气氛僵持。

以仁大致猜出所以，他的这位弟弟，最强的本领就是将气氛搞到糟透。

以仁试图缓解，笑着问道：“咦，两个人是在此地聊天？”

谁都不理睬，高以仁自觉噤了声。

半晌，璧人对他讲：“高经理，不好意思，我还有事，先告辞了。”

“我让司机送你。”高以仁不强人所难，体贴道。

“我来送吧，”一边的高以诚上前一步，“我也正巧要走。”

“你也走？你不和父亲告个别？”以仁问。

“这种场合，我和他再闹起来不好收场了吧。”高以诚耸耸肩，之后面朝璧人，“走吧，虞小姐。”

他先一步离开。

璧人向以仁鞠躬告辞，后一步跟上。

两人消失在夜色里。

千惠捧着两杯香槟寻到露台来：“以仁哥，你可有见到以诚哥？”

“他走了。”高以仁答。

“走了？”千惠气得直跺脚，“又耍我？刚刚还要我去拿香槟酒喝的。”

以仁淡淡一笑，又步入宴会厅，忙着和父亲一起，招呼其他客人。

以诚与璧人走到停车场，司机阿辉早在劳斯莱斯里等待。

以诚拉开车门坐进去，璧人依旧站在原地。

“你不进来？”以诚问。

“我自己去坐公车。”璧人倔强。

“虞小姐，你穿这身衣裳在街头，等来的不是公车，而是色狼。”

这可不是高以诚危言耸听，半夜三更，一个女人在街上“流窜”，还穿成这副模样，怎会不提心吊胆？

璧人泄气，只得俯身钻进车里。

阿辉发动引擎，驱车向前。

两人坐在后座，你不言，我不语。

璧人朝着窗外看，不经意回头，眼尾正好扫到以诚的侧脸。

上帝创造他时，心情尤好，才将这张脸庞雕琢得这般恰到好处。

璧人又看得呆住。

以诚稍动身躯，轻瞥眼璧人，璧人即刻心虚地将头转向窗外，心底一阵起伏。

前方堵车，车子停住。

“发生了什么？”以诚问。

阿辉下车打探分明。

“少爷，前方三车连环相撞，交通队正在处理事故现场。”阿辉再度上车汇报。

120急救到，所有车辆靠边，留出空隙，让出生命之道。

仅有一条道，前后车辆已堵得水泄不通。

以诚索性推门下车，这倒急了璧人：“喂，你去哪里？”

他不应声，径直朝前走，璧人亦下车，疾步跟上。

跟他穿过一条小径。

曲折、蜿蜒、黑暗，璧人拎着裙摆一个踉跄，眼看重心不稳就要摔倒，高以诚及时伸手一把拉住。

璧人心慌未定。

高以诚拉着她的手，一起行走，直至到达光亮的大道才放心松开。

璧人心头温热。

这条大路，两侧植满了梧桐，郁郁葱葱，微风徐来，树叶轻轻摇曳在路灯下，煞是好看。

久在樊笼里，复得返自然。

高以诚放缓脚步，贪婪地呼吸。

“喂，我们要去哪里？”璧人在他身后吃力地问，穿着一双高跟鞋走了几里路，真心叫人吃不消。

“你现在可以回去的。”高以诚却幸灾乐祸。

回去？

她还有的选择吗？

这条路，一旦决定开始跟他一起走了，就注定没有办法回头的。

约莫又行了二十分钟路程，道路变宽，豁然开朗，一栋水景别墅映入眼帘，四周铁艺栅栏爬满藤蔓，上头垂下一朵朵凌霄花，门口左上方垂有一块木牌，上头镌刻着楷体字：涧水落花。

“桃源定在深处，涧水浮来落花。”

这里可不是这座喧嚣城市里的桃花源？璧人眼前一亮。

以诚按下密码，铁门“哐当”一声打开。

原来这就是高大爷的府邸。

璧人惊讶，不禁再次环顾四周。

“你是要继续待在门口还是怎样？”

璧人回神，高以诚已入内，手扶铁门，一副即要关上的样子。

璧人速速跟上。

以诚又用密码打开了别墅木门，水晶灯感应亮起，将里屋照得顿时通明。

里头灰、黑、白三色装潢，简约大方，毫无累赘。

高以诚换上拖鞋疲惫地入内。

璧人倒颇为兴奋，拖着裙摆，直接赤脚踏到地毯上去。

“对不起，我知道这样很没有礼貌，我应该首先征得主人的同意才能进来参观这栋宅子，但是这里实在太美丽了，简直就像天堂一样。”璧人毫不掩饰对这幢建筑物的热爱。

天堂？

怎从这个女人口里吐出了他想听见的字眼？

以诚凄凄苦笑。

璧人却已在飘窗前打转："这里看日落夕阳最最好。"

"这套是骨瓷吧？听说上好的骨瓷要含有51%以上的牛骨粉。"她又跑到了榻榻米前打量起茶具。

"哗，你这里有多少藏书？"她又登上了右边的楼梯，两侧的图书使她流连忘返。

她也毫不客气地推开了左边的房门，对室内游泳池啧啧称赞。

厨房是日式，卫生间是巴洛克风格。

这里只有你想不到，没有你看不到。

"你在哪里办公？"璧人没瞧见着一个书桌。

"谁要将工作带到家里来。"以诚走进厨房倒水来喝。

"这里也没有卧床。"

"睡袋，沙发，地板，哪里不能睡觉。"

"这些多肉植物是什么？"

"星美人、樱水晶、凝脂莲、紫弦月、锦上珠、条纹蛇尾兰。"

"走廊的壁画叫什么名字？"

"拂晓。"

以诚从卧房取来衬衫与休闲裤，璧人却在伊丽莎的画像前驻足停留。

"这个红衣赤足的精灵是谁？"璧人痴痴凝望，"裙摆卷起了寂寥，眼里吐露着寂寞。"

以诚心头一怔，她明明初见她，却能读懂她，而他自认为最懂她，却最不了解她。

高以诚笑得苍凉。

"你在笑什么？"璧人问。

"笑你从哪部剧里听来这种台词，腻死人了。"以诚胡乱讲。

他将手中衣服抛给璧人："快去洗洗，换上这个，你总不见得要穿着身上这身战袍就寝吧。”

璧人意外：“你不打算回去？”

“这里是我家，你要我回哪儿？”

“可是……”璧人踌躇。

“我们俩是第一次在同一屋檐下？”高以诚反问。

这倒是。

璧人消除芥蒂，乖乖进浴室冲凉。

衬衫与裤子都大好几个码，璧人穿上，只好卷起衣袖与裤管，松松垮垮地出去。

透过落地玻璃窗，她看到以诚已在后院燃起了篝火。

她出门，走到他的身边坐下。

刚想嘲笑他“这种夏末秋初燃篝火是为哪般”时，却看见，高以诚正将一张张稿纸撂到火上，稿纸瞬间化为一团明火，片刻烧为灰烬。

“你在做什么？”璧人夺下以诚手中的稿件看，建筑平面图纸、建筑立面图纸、建筑装潢效果图……

“你学林黛玉？焚谁的设计稿？”璧人没有好气。

“烧我自己的东西，难道也要跟你汇报？”以诚嗤笑，一把夺回稿件，全数丢入火中，火苗蹿高一阵，照得两人的身影通红。

“你还学过建筑设计？”璧人甚觉惊讶。

“怎么，看不出来？要不是我家老头硬拉我去念酒店管理，信不信我老早就拿下了普利兹克奖？”

瞧他这副嘚瑟的模样，璧人是该要嘲笑一番的，但她笑不出来，这种天之骄子，却连选择学业的自由都没有，好伤悲。

璧人只好惋惜地问：“这么多心血付之一炬，你舍得？”

“有什么不舍的，反正没有人会去在乎。”

“又学哪部肥皂剧里的台词，腻死人了。”

这回轮到璧人讲。

以诚被逗得发笑。

他仰头靠上长椅背，缓缓合上眼眸。

“涧水落花也是你自己设计的？”璧人轻声问。

“看得出来？”

“很有高以诚的风格。”

“呵，可是天马行空，章法全无？”

“是无拘无束，潇洒不羁。”

“可伊丽莎却不这么想。”

伊丽莎？不正是那日以诚梦呓中的名字！

“纵使我们在这里有过那么美好的时光，但当我决定要在这里与她一起生活时，伊丽莎依旧吓了一跳，她一脸茫然地问我：这里没有卧室、餐厅、婴儿房，高以诚，你确定要在这里生活，而不是度假？”

“你向她求婚了？”

“是，我向她求婚了。还捧着钻戒学电视剧里头单膝下跪。”

“既然决定在一起，你就听下她的意见改变下装潢又如何？婚姻里头，总是有一方要学着先妥协让步的。”

以诚盯着她看。

“哦，抱歉，我不该教育你的，我自身也是婚姻失败的例子。”璧人叹口气。

“你说得对，你说得很好，只是我明白得太晚而已。”

“为什么这么说？”

“因为我的伊丽莎早在两年前已经永永远远地离开我了。”

璧人愕然，胸口似压上一块花岗岩石，堵得她喘不过气来。

“对不起，高以诚，我无意提起你的伤心事。”良久，璧人才有力气缓缓开口。

“好了，”以诚却站起身子，一副玩世不恭的表情，“再说下去，恐怕就会变成一出又臭又烂的苦情戏了，时间不早了，早些睡吧，晚安。”

他转身匆匆逃离，只是璧人依旧捕捉到了他眼底无限的悲伤。

长椅另一角的地面，一张侥幸逃过此劫的设计稿不知何时飘落在那里。

璧人拾起，上头是一栋住宅效果图，右上方注上四字：蔷薇岛屿。

璧人忽然明白，不管是“涧水落花”抑或“蔷薇岛屿”，均是以诚设想的与伊丽莎在一起的梦想天堂，只是如今，她不在了，只剩下他，那这个天堂，再美也没有存在的必要了。

璧人唏嘘，沉重地收起图稿反身进屋。

高以诚已替她在客厅铺好了地铺，雪白的床单，雪白的被褥，一盏落地夜灯放在床头。

璧人坐上地板，双手抱膝，对面正是那幅红衣赤足精灵。

“你可是伊丽莎？你可知道高以诚至今仍在深深想念你？”

璧人在心底问。

借着这种夜色，忽一阵凄楚上涌，不胜悲切。

啊，这究竟是怎么了？

第六章
调岗

休息日遇上艳阳天，真是可喜。

璧人乘机将家里里里外外打扫一遍，所有被单床褥洗涤干净。

这个清洁工作至午后才完工。

她满意地替自己泡了壶红枣玄米茶，身子半躺进沙发里小歇一下。

沙发的另一头放置着高以诚的衣物。

璧人已清洗干净，整整齐齐地折叠在一起。

屋内很安静，只有微风吹动窗口的风铃偶尔发出的清脆声响。

这种静，最耐人寻味，如此，又叫璧人想起了高以诚与伊丽莎的故事。

这种生离死别均是世间的极苦。

璧人唏嘘，感慨万千。

手机开始响起，璧人回神，接听。

是佳人。

佳人在电话里头喊：“姐姐，此刻快到中山路 1 号来。”

“什么事？”

“陪我去S影楼试婚纱。”

“你专喜欢扰乱别人的计划，永远不知道提前预约这回事情？”璧人蹙眉。

“提前预约？”佳人讪笑，“姐姐，你行程满满，你比总统夫人还忙？我搞不懂，你现在，一无老公照顾，二无孩儿在旁，除了工作，你还能忙什么？”

璧人气结，扯着嗓门回：“我忙恋爱啊。”

佳人笑得更大声了：“姐姐，三十二岁的你说这些话，很不可爱，只会叫人发笑好不好？好了，不说了，我到了，你快些来。”

璧人还想说她几句，佳人早已挂上电话，怎么回电亦是无人应答。

璧人愤愤，只好抓起手提袋，开着老坦克出门。

到达中山路1号。

影楼工作人员恭敬地开门迎璧人进去。

她问璧人是照相抑或选纱？

璧人直直回：她是被一位叫虞佳人的巫女召唤来的，快些去请她出来。

工作人员尴尬一阵。

佳人听得璧人声音，穿着一身珠绣婚纱，就从里头直接走出来。

“虞三小姐，报到一声，我到了。”璧人举手致意。

佳人未理她的玩笑，疾步走近，反而将璧人从头到脚细细打量一番：“姐姐，你怎么瘦了这么多？皮肤也亮了一个度？”

璧人不置可否。

佳人继续追问：“你去了哪家美容院，用了哪家的产品，快说说，我也要去试试。”

“离婚啊，你要试吗？”璧人淡淡讲。

“啐，乌鸦嘴。”佳人脸色一沉，重重拍下璧人臂膀。

璧人笑。

服务员捧着另一条长纱过来："虞小姐，这是你想试的鱼尾婚纱。"

佳人提着裙摆跟随她进试衣间，窗帘重新拉上。

璧人坐到窗口的沙发，随意捧本杂志来欣赏。

工作人员上一壶金盏花茶，璧人道谢，替自己满上一杯，小小呷口，果真口齿留香。

"姐姐。"佳人在里头喊。

"又做什么？"

"你还记得罗琳吗？"

"你的初中同桌，两人互抄作业被班主任留堂责罚。"

"姐姐为何专记我的糗事？"

"没法子，好的坏的，都是你的过去，擦也擦不干净啊。"

"罗琳嫁到了加拿大，现已在那里定居，安心在家做个全职太太。"

"只要她觉得开心，这样的生活没什么不好。"

"我想说的不是这个。"

"那是什么？"

"有日她在微博上发了自己与新邻居的照片，我一看，险些吓昏过去，你猜是谁？"

"不清楚。"

"居然是徐某与那个女人啊，你说世界小不小。"

"这样啊。"

"当然，我可没告诉罗琳，那个徐先生就是前姐夫。"

"甚好。"

"倒是罗琳很是厌烦，经常三更半夜更新微博信息，说是隔壁徐先生一家的吵架声时常扰她清梦。"

璧人波澜不惊，继续翻着杂志看："两个人一起生活，有些口角再正常不过了。"

佳人探出脑袋："姐姐，难道你不开心？"

"我为什么要去开心？我有什么好开心的？"璧人不明白。

"见着徐某搬石头砸自己的脚呀。"佳人继续问，"难道你不恨徐某？"

"恨一个人也要花感情，我不想在他身上再浪费感情，我做什么还要去恨他？"

佳人泄气地将脑袋钻回更衣室里。

须臾，帘子拉开，璧人抬头看佳人，满意地点点头："这身倒不错。"

工作人员亦在一旁赞美有加："虞小姐纤瘦修长，穿鱼尾婚纱最最好看。"

佳人不称心，仍对着镜子横看竖看。

"不，不，不，我还是想要那件复古蓬蓬裙试试看，你且快些替我拿来，哦，对了，再替我配条头纱来。"

工作人员应诺。

璧人不言语，记得自己成婚那日，即身着蓬裙婚纱，头绾发髻，缎绒镶边的古董头纱别于后脑勺，拖得长长，有千人义务替她提起，盛况空前。

佳人来来回回又换了十几套长纱，但全无中意。

工作人员对她讲，下周将有另一批新货从意大利空运来，并问她是否有兴趣再来看看。

佳人连连点头，即刻约下时间。

二人出S影楼，寻了一家西餐厅喝下午茶。

璧人要了布朗尼蛋糕加伯爵红茶，佳人则含蓄地点了一份水果沙拉加温开水。

"你已经开始节食了？"璧人问佳人，"你们打算什么时候办婚礼？"

"下个月。"佳人喜滋滋地笑。

“这么快？之前还说今年内不打算办的。”

“姐姐，”佳人闪烁其词，“我……我怀孕了。”

“多久了？”璧人并不十分惊讶。

“三周。”

“妈妈知道吗？”

“可不敢告诉她，那个老顽固，晓得我未婚先孕，非骂死我不可。”

“她到底还是会知道的。”

“所以趁肚子还未明显之前赶紧将婚礼办了呀。”

“你们要结婚，通知过二老了吗？”

“上周电话过了，妈妈喜欢郭俊，爸爸亦不反对，说择日、酒席之类的事情，他们不插手，统统交由男方做主好了。”

“甚好，省得这边要定十八，那边要选初六的，起些不必要的纷争。”

“郭妈妈说酒席要摆在郭俊上班的酒店。”

“这当然是不二之选。”

“可我想要邮轮婚礼啊，我一直幻想有一个超浪漫的夹板仪式。”

“你也说是幻想。”

“我不管，反正我就要邮轮婚礼。”

佳人噘着嘴，璧人是知这个妹妹的执拗脾气的，因此不再多言，呷口红茶，淡淡讲：“你且与郭俊好好商量一下吧。”

“商量什么？反正他全听我的，我要什么他都会给，哪怕把天上所有的星星都摘来。”佳人一副胜券在握的模样。

璧人本来想回：郭俊心甘情愿被你呼来喝去的日子不过就这么些年，结婚后，谁不被开门七件事琐碎？谁不为五斗米折腰？不出几年，就会统统打回原形，双方丑态毕露，一不如意，便控诉对方：结婚前，你不是这个样子的。

但想到佳人一来年轻，二是怀孕，自己总不能在这个时候说这些话来煞风景的，所以乖乖噤声，任佳人家长里短说个不停。

两小时后，郭俊开着他的奔驰来接佳人。

见着璧人，郭俊识礼地先问姐姐好。

璧人点头，佳人却在一边盛气凌人道："你在干什么啊，加个班折腾这么长时间，不知道我在这里等你啊？"

郭俊打躬作揖，道歉连连，一味地赔笑。

他扶着佳人上车，不忘回头鞠躬与姐姐再见。

商场上的圆滑、世故且放到一边，单看佳人对他霸道无理的模样，璧人情感的天平多少是向着郭俊倾斜的。

况且一周后，郭俊还拎着水果篮，亲自登门造访。

不过，璧人有些意外，他独自来找她作甚？

璧人邀他入内，沏了杯菊花茶端过去。

"姐姐，我是无事不登三宝殿。"郭俊开门见山地对璧人讲。

"快别这么见外，你我都快成一家人了。"

"姐姐，我来是想问问你，你成婚当日的头纱是哪里买的？"

"头纱？"璧人莫名一阵。

"佳人说，姐姐成婚当日的头纱，拖了几条街，千人义务提起，好不夺人眼球，她极其喜欢，想自己结婚当日也披上一条，他要我去寻，"郭俊苦恼，"姐姐，我要从哪里去寻出条一模一样的头纱嘛？"

璧人就知道会如此。

"那条头纱是专门定制的，绝无仅有，只此一条。"璧人不好意思地开口。

"那哪里有的订？"郭俊颓然，"寻不到头纱，佳人是不会善罢甘休的。"

"那条头纱是法国货，哪怕你现在订，时间上也赶得很。若不介意，拿我的去使好了，你只说是你订的，省得佳人对此事念念不忘。"璧人替郭俊出谋划策。

郭俊感激涕零："谢谢姐姐，谢谢姐姐。"

"我隔日整理出来，就快递给你。"

郭俊点点头。

"抱歉，郭俊，我这个妹妹是老幺，在家恃宠而娇惯了，大小姐脾气，但秉性善良，毫无心机，况且她现在有孕在身，脾气越发大了，你多担待点，毕竟两个人今后要一起过日子的。"

璧人本是客套话，却戳中了郭俊痛点，他一脸愁云惨雾地回："姐姐，我也是时常这么劝慰自己的呀。"

郭俊叹口气："你也一定听说了，佳人要邮轮婚礼，为着这事，我已顶撞过母亲好几次了，母亲想要摆在我们酒店，毕竟熟稔，员工还可打八折优惠，我母亲的意思是：有时要记无时，结婚后哪里都要钱，现在能省一笔是一笔。"

"那个年代的人，均有勤俭节约的好传统。"

"可是佳人不肯，说没有夹板仪式，她宁可不结婚，母亲知道后，不想再让我为难，终做出了让步，要我们去订了'挚爱号'。"

璧人尴尬，虞三小姐是出了名的固执鬼。

"还有婚庆，妈妈要摆红玫瑰，佳人一定要放白玫瑰，一个说红色喜庆大吉，一个说白色高贵浪漫，我就挤在中间，今天替这个传话，明天替那个回答，有人说一场婚宴会让两个人结不成婚，如今看来，真会有这个可能。"

"郭俊，结婚正是两个人或者两个家庭磨合的开始，不要轻言放弃。"

"当然，姐姐，"郭俊牵牵嘴角，"我只是发发牢骚，你且听过算过。"

璧人点点头，她不是好事之徒，也懂得息事宁人。

郭俊告辞离开，璧人送至门口。

结婚，是两个人万里长征的开始。

而现在，璧人孤家寡人，孑然云水。

也没什么不好，至少耳根清净，无琐务烦恼，虽然偶尔多少还是会觉得有些寂寥。

亚美举行了新一轮的员工培训，为期四天，需住宿，璧人也在培训名单之内。

四天内，商务中心的吉娜去顶她的秘书岗。

璧人交代完手上工作才安心去参训。

本次培训课程内容是服务制胜，老师从亚美的经营理念——永不向客人说 no 开始讲起。

璧人聆听，受益匪浅。

培训内容繁多，直至课程日终，均是每晚的 21 时。

室友来约她："璧人，可有兴趣去吃夜宵？"

璧人婉拒，独自挑灯夜战，复习功课。

这个年龄，不比二十几岁的年轻人，精力旺盛，记忆超群，反应灵敏。

璧人自知，她，势必要比他们付出千百倍努力才行。

那些授课老师也在私底下议论："那个虞璧人年龄最长，听得却最认真。"

"其他人年轻呀，这个优势得天独厚，课堂上刷刷微博、玩玩微信也无碍，反正得空只需捧起教材通看一遍，即可过目不忘。"

"我还是宁愿教虞璧人那样的学生。"

"谁说不是呢。"

最后一日培训，原定要讲服务双赢的课程，可当日，授课老师突发急性盲肠炎，凌晨即被送去了医院，又来不及找新老师来，培训负责人即刻决定将余下的课程改日再续，今日就放大家一日假期，早早回去休息。

众人欢腾，即刻收拾包裹打道回府。

璧人替老师祝福，但未听到课程，她心头亦有些惋惜与遗憾。

璧人未回家，开车去了酒店，虽说有吉娜在帮忙，但有些事，是非她本人不能做的。

到酒店，换上工作服进前厅。

吉娜不在工位上，高大爷正气鼓鼓地坐在办公室里。

“吉娜呢？”璧人不免问。

高以诚抬头望一眼，没好气地问道：“你怎么来了？今日没有课程？”

“授课老师急性盲肠炎入院，课程改期。”

璧人再问：“吉娜呢？吉娜没有来帮你忙？”

“谁知道她又上哪儿去了。”

他在气头上，璧人自觉噤声，自个儿去寻吉娜。

复印室没有，休息室没有。

璧人再进茶水间，果不其然，看到吉娜正在操作咖啡机，手边放有一杯杯调制好的咖啡。

又是那位高大爷。

璧人无奈，走近吉娜。

“吉娜，交由我来弄吧。”璧人柔声道。

吉娜回头，一看璧人，喜极而泣，激动道：“劳拉，劳拉，你终于回来了。劳拉，你再不回来，我要跳黄浦江了，那个主儿太挑剔，那个主儿我服侍不了。”

“嗨，嗨，你冷静点。”璧人上去接下她手中的器具。

“你不知道，日日要我一遍又一遍地冲泡咖啡不算，那日开完例会，整个人像吃了枪子儿一样，将一沓资料飞给我，我未及时反应，他就板着脸骂我：‘还杵在那里干什么？复印啊。’”

“别放在心上，他许是遇上什么不顺心的事了。”璧人开解。

“璧人，那位暴君非你不能服侍，我投降。”吉娜趁机而逃。

璧人失笑，制好拿铁，替高以诚端过去。

“你这样子，吉娜会误会你欺生。”璧人将咖啡放到高以诚面前，柔声劝慰。

高以诚意味深长地看着她。

璧人莫名。

一通电话进来，高以诚亲自接听，他脸色一沉，直直冲话筒里头嚷：“我有说‘不’的权利吗？”

璧人识相，自觉去办公室，高以诚却叫住她：“你……”

璧人回头，高以诚将听筒扔在办公桌，独自起身离席。

这是要让自己去听电话？

璧人犹犹豫豫地抓起听筒：“你好，这是前厅劳拉在听电话。”

“劳拉，这是 HR 安娜，请你速至人力资源会议室一趟。”

璧人应诺挂上电话。

办公室里已不见高以诚，整间屋子已空空荡荡。

HR 找她作甚？

去会议室的路上，璧人忐忑，脑袋里不停思索自己是否在哪里犯了错。

到达会议室，HR 总监赵经理与安娜已在那里头等候。

“劳拉，来，请坐。”赵经理颇有风度地伸手朝前面的空位示意。

璧人惴惴不安地入座。

“劳拉来亚美已两月了吧。”赵经理先开口，秘书安娜在一边唰记录。

“是，已两月零六天。”璧人答。

“我还记得你面试当日，对手均是双硕才女，还是我执意要留你下来的。”

“谢谢经理。”

“经过这些日子，也再次证明了我的眼光，你工作勤勤恳恳，细致入微，任劳任怨，之前还平息了一场预订部的差错风波，完全是不赏之功。”

“经理谬赞了。”

“像这样的优秀人才，不能只在秘书岗位屈就，总要到更高更好的舞台发光发热才好。”

这话是什么意思？璧人惶恐。

“经我们会议商榷，决定将你调至销售部，担任一级销售员的职位。”

璧人晓得，销售部是所有亚美员工觊觎的地方，那里人人均是精英能手。

璧人心头涌出一阵难以名状的欣喜。

“劳拉，希望你到新岗位也能勤勉如一，与时俱进。”

璧人点头应诺。

璧人握紧拳头，信心满满，前方的路无论多么曲折艰险、布满荆棘，也阻止不了她一往直前的勇气与决心。

她也要离开前厅了。

不知怎地，两月里头的嬉笑怒骂豁然全数翻江倒海过来，真可谓往事历历在目。

心头想到某个人，怀念之余竟还有一丝不舍。

呵，为什么会想起他，真是疯了。

璧人摇摇头，提醒自己：“虞璧人，清醒点，你三十二岁了，不是什么梦都可以做。”

电梯已到达一层，璧人出去，比尔他们即刻围了上来：

“劳拉，听说你要去销售部了。”

“劳拉，你好厉害，才来亚美两月就可去销售部。”

“我要以你为榜样，劳拉。”

“劳拉，加油。”

他们你一言我一言说个不停，璧人不知从哪句先回应起。

另一边也有几双眼睛盯着这群人看：

“凭什么让这个女人去大少爷手下。”

“阿弥陀佛，我的二少爷终于要脱离这个巫婆的魔掌了。”

“唉，我来亚美两年了，一级也没有跳。”

高以诚也从花园透气回来，瞧见虞璧人被一群人簇拥，自己的手下们个个喜笑颜开。

开完例会，他就已经晓得了这个消息，HR 老赵找他谈过话。

高以诚气愤：“什么东西！前厅难得出个能人，又挖到销售部去，你们HR 是怎么做人事分配的？”

“高经理，你怎好这么说？亚美哪个岗位不是要紧的，只是一个小小的人事异动，你至于发这么大的火吗？况且走了个虞璧人，HR亦备好新的秘书人员供你挑选，均是留洋硕士，个个才华出众，年轻貌美。”

高以诚不说话。

是的，他没有必要为一个小小的人事异动发火的。

只是……这次走的是虞璧人。

虞璧人。

是啊，她有什么特别的呢？

似乎没什么。

只是心里总有几分不愿与不舍，这种滋味交杂发酵蔓延，使他无法安之若素、淡然处之。

好生奇怪。

比尔提议替璧人开个欢送会。

众人云集响应。

吉娜说：“要烤肉加唱 K。”

“同意。”裘依答得飞快，比尔亦不反对。

“要不要请弗朗西斯？”比尔问。

“他肯去吗？”裘依怀疑。

“好啊。”高以诚在远处应一声，众人闻声抬头。

高以诚走近，璧人与他对望一眼。

“五花肉调上酱汁卷在生菜里，听上去就很美味，”高以诚微微笑，“可有推荐的料理店？”

大家欢愉。

比尔自告奋勇：“弗朗西斯，这个包在我身上，行程我来安排，我保证各位满意。”

比尔挑了一家新开业的韩式料理店，材料新鲜，服务周到，消费还打七八折，大伙吃得很是满意。

裘依无奈：“好不容易节食了一月，如今又‘大开杀戒’，真是罪过。”

比尔揶揄道：“取些生菜沾些烤肉酱吃，意淫一下算了。”

“呸，凭什么你吃肉，让我嚼菜叶子，我不管，我宁愿吃了这顿，再断食三日。”裘依噘嘴。

璧人跟着大伙一起笑，高以诚则坐在一边，取着烧酒自斟自饮，偶尔才扬扬嘴角。

酒足饭饱后，比尔带各位到附近的量贩式唱K。

又是他首当其冲，唱了刘德华的《今天》。

只是他的公鸭嗓子一亮出来，吉娜直直捂住了双耳。

“好了，好了，求求你不要蹂躏我们的耳朵了。”吉娜轰他下台，抢了话筒与裘依合唱了一首《下一站天后》。

大家听得极其享受。

一曲结束，吉娜将话筒交给璧人：“劳拉，你来。”

璧人忙摆手：“求求你别让我出丑，我上去，恐怕只会念歌词。”

“弗朗西斯？”吉娜又转向高以诚。

高以诚也扬扬手，只顾与比尔喝着啤酒。

裘依与吉娜不客气地继续。

接着是《莫斯科没有眼泪》《恋爱大过天》《星光游乐园》……

可见两人是TWINS的忠实粉丝。

她们唱得不亦乐乎。

时间一分一秒地流逝，比尔已微醺，半躺在沙发打起了瞌睡。

不知是不是璧人的错觉，她总觉得高以诚在有意无意地盯着她看。

她别过脸去瞧，他依旧捧着啤酒静静喝，静静听，什么都没有。

吉娜与袭依唱了今天的最后一首歌：

“我很想爱他，但是眼睛在说谎，隐瞒比较容易吧，免得感情变得复杂……”

这是 TWINS 的《我很想爱他》。

欢娱有时，曲终人散。

吉娜、袭依扶着喝醉的比尔走。

璧人挥手与三人道别。

“我送你回去，”身边的高以诚对璧人讲，“阿辉正在开车子过来。”

这是这厮今日对自己说的第一句话。

璧人点头，跟他一起走到路边。

两人并肩站立，看着面前的车辆飞驰而过。

她不说话，他亦不言语。

璧人想，总得寻些话题来讲的，总不能这么僵持着站着，正在寻思如何开口，高以诚先一步问：“下周一走？”

“是，下周一正式调岗至销售部。”璧人答。

“很开心吧。”

“什么？”璧人看着他。

“终于脱离前厅这个苦海，自此走上康庄大道，要知道，销售部是亚美人人争破脑袋想要挤进去的地方。”他的目光始终朝着正前方。

“我只感谢领导给予我这个锻炼的机会。”

“哈，好假，你内心恐怕在说：谢天谢地，自此终于要同高以诚这个麻烦鬼分开。”

“这倒是，大少爷一定比某人好服侍得多。”璧人有意讲。

高以诚笑。

“喂，学着聪明点，那里的人个个八面见光、长袖善舞，与他们相比，你就是一个二愣子。”

“谢谢提点。”

阿辉的劳斯莱斯停在两人跟前。

以诚替璧人开了后车门。

璧人钻进车里，高以诚又关上门，嘱咐驾驶座上的阿辉将璧人送至家里。

阿辉应诺。

“你不上来？”璧人从窗口探出脑袋问。

高以诚笑而不答，只挥手再见。

阿辉发动引擎驱车向前。

以诚直至劳斯莱斯完全消失在自己的视野里才反身跨步而行。

秋初，有风，着件薄衫略有凉意。

他踯躅于街头，试图整理自己颇为凌乱的心绪。

一些事，故意想忘记的忘不去。

一些人，明明隔在外头的，却闯了进来。

呵。

为何？

周一，璧人准点去销售部报到。

高以仁同她握手，微笑道：“劳拉，欢迎加入亚美销售部。”

他又带璧人去见其他成员。

“劳拉，这是安琪、朱丽、比伯、伯尼、克劳德……”

高以仁逐一介绍，璧人一一问好。

“来，大家欢迎劳拉加入我们团队。”高以仁号召，掌声却寥寥。

璧人淡定，高以诚老早为她打过了预防针。

“安琪，璧人由你来带教。”高以仁命令一边的女职员。

安琪扫眼璧人，不情愿地回：“好。”

第一天，安琪领着璧人先认识宴会厅。

“这是凤羽厅，选自诗经中‘凤凰于飞，翙翙其羽’，指凤和凰相偕而飞，有祝福夫妻恩爱的意思，因而常用来办理婚宴。1500 平方米无柱设计是它的特点，它还有一个特色，就是头顶这盏水晶吊灯，这是大师乔·利文的设计，意大利空运而来，垂下的巴洛克水晶枫叶均是人工雕琢而成，共 999 枚，无一雷同……”

璧人认真记下。

安琪有电话进来，是预订婚宴场地的客户已到达亚美。

安琪与璧人告别，亲自下楼迎接。

璧人只得独自逐一熟悉。

二层参观完毕，按下电梯准备上三楼。

电梯到达，门打开。

高以诚正站在里头。

璧人欠欠身：“经理好。”

以诚不作答。

璧人进入，两人左右两边站立。

电梯上行。

“在做什么？”高以诚问。

“逐一熟悉宴会厅。”璧人答。

须臾，电梯停靠三楼，高以诚先她一步出去。

跨出电梯门时，轻声叮咛一句：“加油，虞璧人。”

璧人愣，望着他远去的背影，等着电梯门再度关上又打开。

刚刚那几字，春风化雨般飘上她的心田，使得一潭死水，又泛起了涟漪。

虞璧人走了。

高以诚又何尝习惯她走了呢？

新来的秘书叫狄安娜。

狄安娜，以诚不明白她为什么要用月亮女神的名字来作为自己的英文名，他保证她不是那个“床前明月光”。

狄安娜年轻，有时下流行的锥子脸，喜浓妆艳抹，一身浓重的脂粉气，睫毛似把扇子整日整日忽闪不停。

她还用香水，整间办公室充斥着她身上的味道。

香奈儿 5 号。

套用香奈儿自己的话来说：“这是我想要的，一种截然不同于以往的香水，一种女人的香水，一种气味香浓、令人难忘的香水。”

有人还这么评论：它强烈得像一记耳光一样叫人记忆深刻。

很可惜，在高以诚的嗅觉记忆里，它远不及虞璧人发丝的柑橘味。

他依旧在晨时读报。

有人捧来咖啡。

以诚端起，蹙眉。

浓浓的黑色，是美式，他最爱的淋上冷牛奶泡沫的拿铁呢？

“你……”

“什么事，经理？”

以诚抬头，这才发现面前站着的早已不是虞璧人，而是“月亮神”。

“没事。”以诚合上报纸，转向电脑屏幕。

狄安娜转身离开。

以诚望着黑咖待一阵，原来喝不到拿铁会叫他这般怅然若失。

他轻叹口气，拿起咖啡杯，亲自走到茶水间重泡了一杯。

当然是拿铁。

他不爱美式，即使有人煞费苦心地替他送来，不爱就是不爱。

门外走廊有一阵又一阵急促的奔跑声。

以诚狐疑，走到门外看个分明。

他拉住其中的比尔："为什么在这里跑来跑去？这么大的动静岂不会惊扰到客人？大厅来往客人最多，这里也在他们的视线范围内。"以诚不悦。

"弗朗西斯，劳拉被人劫持，现在正在顶楼天台。"比尔一脸焦急地回。

以诚脑袋瞬间空洞。

"你说谁？你说虞璧人？"以诚求证似的问。

"是，虞璧人。弗朗西斯，安保部已在顶楼，110 也正在赶过来。"

以诚瞠目，即刻放下咖啡杯跑出去。

未放稳当，瓷杯落下，碎了满地，咖啡渍飞溅。

如今，谁也顾不得这里了。

两人到顶楼，一群人簇拥在一起。

以诚推开人群闯进去，看见一个男子将璧人从背后挟持，并用尖刀抵在她的咽喉处，他有恃无恐地站在栏杆不远处，与保安人员僵持，嘴里还念念有词："有种再上来一步，我即刻叫她喉管爆裂，血溅三尺。"

保安人员不敢轻举妄动。

比尔拉一个女职员来问："他是谁，与劳拉有什么仇恨，为何这般凶残？"

"客房部缇娜的丈夫徐某，听说两个人正在闹离婚，他不应允，缇娜直接上了法院，并从家里搬离，到如今已整整两月没有回家，再加上前几天他又失了工作，家庭、事业两重打击，想不开，今天才拿着刀子到我们酒店里来要人讨个说法。"

"解铃还须系铃人，缇娜呢？"比尔急急问。

"缇娜上月早已离职，她现在的男友是阿拉伯的石油小开，此刻她恐怕早身在中东，肩上停只隼，骑在骆驼上逍遥快活，还管他死活？”

“那还不对他说。”

“你有能力和神经病对话，你去说，”女职员白比尔一眼，“人力资源老早已和他对话过，他不信，坚持认为我们亚美窝藏了缇娜。”

“劳拉呢，那劳拉为什么会在他手里？”

“‘无差别挟持’，”女职员定论，“他被人力资源赶出来后，愤愤不平，正在寻思报复的方式，正巧倒霉的劳拉从电梯里走出来。”

又一阵惊恐声。

原来徐某又拉着璧人后退了两步，与楼体边缘仅一栏之隔，摇摇欲坠，岌岌可危。

上帝，这里足足有五十四层。

比尔捏把汗。

以诚说服自己冷静，绝不可在这种时候乱了阵脚。

他环顾四周，与其这般坐以待毙，不如主动出击。

右边的水箱引起他的注意，越过它，可从二人斜后方出其不意地进攻。

那里有个视线盲区，绝对是个突破口。

但是越过它，必须小心谨慎，一不留神滑下五十四层，必死无疑。

以诚却不假思索，冲锋向前，此刻在他心头有一股莫名的力量，叫他勇往直前，义无反顾。

比尔看出以诚计策。

“缇娜，我知道缇娜在哪里。”比尔上前一步高声呼喊，引开徐某注意，方便以诚突围成功。

“她在哪里？”徐某果然中计。

“东京，首尔，吉隆坡……”比尔看以诚已成功穿到水箱背面。

“究竟在哪里？”徐某咬牙切齿。

“阿拉伯，缇娜在阿拉伯。”

“你少骗我，她去阿拉伯做什么？”

“旅游，放松，与你结婚多年，感情怎可说断就断，相信她，她是不得已才走到离婚这一步的。”

“放屁，那个贱人才不讲感情，她要与我离婚，她连儿子也可以不要。”

“徐先生，那你又舍得儿子再没有父亲？”璧人也来旁敲侧击。

徐某踌躇。

璧人继续“煽风点火”：“看你的年龄，应该比我年轻，娃娃至多五六岁，懵懵懂懂，初上学，正需要父亲来教育的年纪。”

徐某举棋不定。

“你想想，你若出事，往后他在学堂受人欺负，谁来出头？他半夜突发疾病，谁抱往医院？徐先生，我们做父母的将孩子带来这个世界，我们有义务教育抚养，陪他长大成人，这个责任我们逃不掉。”

徐某怔怔落泪。

此时，高以诚成功突围，将徐某从身后抱住扳倒一边，他手中的刀子飞出好远。

徐某趴在地上只是哭泣。

以诚大口喘着气，望了望惊魂未定的虞璧人。

高以仁与 110 也赶到，带走了徐某，众人鼓掌，欢呼雀跃。

高以诚却冲着璧人冷冷笑：“你还跟他谈什么责任？你当自己是谈判专家抑或圣女贞德？这种情况下还跟他讲道理？他情绪不稳，手上有家伙，他随时都会要你的命，你会死，死啊，死你懂吗？”

高以诚冲着璧人气急败坏吼完，即刻拂袖而走，众人自觉退至两侧，留出通道。

璧人未曾见过这小子发这么大的火，再加上刚刚的胆战心惊，她早已三魂去了七魄，只得愣愣坐在原地，吉娜他们上来安慰了一番。

璧人独自坐在员工休息室里，刚刚那一幕依旧叫她心有余悸。

那把尖刀抵在喉部，哪 个人是不惧怕的？

还有那几声野兽般的嘶吼与鬼魅般的哀鸣，想想都毛骨悚然。

高以仁端了杯洋甘菊茶来。

他将杯子推到璧人面前："听说这茶有宁神的作用。"

璧人道谢，双手捧住茶杯呷了一口。

热流注入体内，四肢重新得以舒展。

高以仁坐到她对面："受惊了，劳拉。我已找安保部谈过话，要他们日后增派人手巡逻，做好外来人员登记，时刻戒备，避免再发生此事。想堂堂亚美，竟连一个员工的人身安全都保护不了，传出去真叫人笑话。"

"谢谢。"璧人客气地回。

"需不需告假一日回去休息？"高以仁体贴地问。

"不用。我只是……有些不明白。"

"不明白？不明白什么？"

"他与缇娜也曾经深爱过，为什么……"

"为什么会刀兵相见？"以仁替她问。

璧人点点头。

"世上大抵没有完美的爱，要不燃烧，要不持久，两者不可共存，能够和平分手，已经幸运。"

璧人为之一怔。

"这是哪里的话？"她问。

"《掰》，我太太生前最爱读的一本小说里面的。"高以仁淡淡笑。

门外头秘书在喊："尼克，总裁的电话。"

高以仁起身告辞："好了，我先过去工作了，你且再休息一阵。"

璧人点头，与他告别。

刚刚，他说“太太生前”。

璧人顿悟。

难怪天天生日会也未见他夫人的身影。

原来如此。

璧人感慨，又一对“上穷碧落下黄泉，两处茫茫皆不见”。

休整片刻，璧人又投入工作。

今日安琪又带她去了客房部，参观并讲解。

璧人受教。

回来即刻整理笔记，复习巩固。

下班时分，销售部组员陆续离开。

璧人留到最后。

好不容易忙完，一看时间已近19时，便速速关闭电脑准备离开。

而高以仁的办公室，此刻灯光依旧明亮。

璧人轻轻敲门：“尼克，很晚了，还不回去？”

以仁抬头看看窗外，天色已暮。

“已经这么晚了？”高以仁叹一句。

“人生天地之间，若白驹之过隙，忽然而已。”璧人笑。

“老庄？”

璧人点头。

高以仁莞尔，起身亦关闭电脑，二人结伴下楼。

到地下停车库，挥手告别。

以仁上了他的宾利，璧人钻进了她的“老坦克”里。

璧人绑上安全带，脚踩刹车，发动油门。

车子没反应。

璧人再次尝试。

依旧毫无反应。

璧人无奈，只好下车来。

璧人不怪它，这辆老坦克已伴了她近十年，大修、小修无数次，早已“油尽灯枯”“行将就木”，它已“功成”，早该“身退”。

高以仁的宾利开过来。

“劳拉，怎么了？”他降下窗子问。

“它又休克了。”璧人摊摊手，一副无可奈何模样。

高以仁笑：“上车来，我送你。”

“不必麻烦，外头坐巴士很方便。”璧人想婉拒。

“北清路 245 号，文华东苑？”高以仁忽然问。

这是她家。

他如何知道？

璧人惊。

“希望我没有背错简历上的地址。”高以仁说出缘由。

人家都说到这个地步了，实在盛情难却，璧人只好上车去。

“那麻烦你了。”璧人对他讲。

高以仁只是笑。

两个人一路上聊些琐碎。

到达文华东苑时，高以仁竟感叹：“今儿是怎么了，这段路开的时间竟比平常短了一半。”

璧人清楚，那人一定孤单了太久，偶尔有人陪他谈天说地，就觉时间飞快流逝。

璧人下车，再次道谢，并同他挥手道别。

她看着他的宾利汇入车流，才转身跨步走。

“虞璧人。”

恍惚，有人喊她的名字。

高以诚？

璧人停顿，她竟听见高以诚的呼喊声。

随即她又断然否认，那位高大爷此刻怎会出现在这里？

璧人继续朝前走。

“你给我站住，虞璧人。”

又一声。

难道又是自己幻听？

璧人求证似的回头，果不其然，那位高大爷两手插在裤袋里，一副施施然的模样站在自己面前。

“你耳背？这么久才听见我在喊你？”高以诚悻悻。

璧人想到今日这厮在天台对自己鬼吼鬼叫就一肚子莫名火。

“你一个人？今儿周三，轮到哪个女友陪你？”璧人讽刺他。

高以诚不以为然，淡淡问：“我哥哥送你回来的？”

“怎么？这还要向你报备？”璧人昂着头问他。

“你最近同他走得有些近，又跳舞又搭车的。”

“跟你有半毛钱关系？”

“工作上另当别论，私下里就别同他来往了。”

“要你来指挥我？”

“你别去见他了。”

“什么？”

“我不喜欢你去见他。”

“你不喜欢，我就不能做，这是什么道理？”璧人只觉这人不可理喻。

“哪来这么多废话，乖乖顺从一次会怎样？”

“哈，我为什么要听你的话？”

“因为我喜欢你。”

“什么？”

“我说我喜欢你。”高以诚逐字逐句再讲一遍。

第七章
告白

璧人脑海一阵空白，只听得耳旁飞驰而过的汽车声，双脚似被钉在路面上，无法行动半步。

以诚上前一步，央求道：“虞璧人，做我女朋友好不好？”

岂料，璧人忽然大叫起来：“保安，保安，我是文华东苑的业主，有个神经病跟踪我……”

以诚傻了眼，顿时没了头脑。

这种反应真是前无古人后无来者。

两个保安提着手电筒从门卫室匆匆跑出来：“什么事，什么事？谁在跟踪你？”

璧人退后几步，指着以诚喊：“这个人，就是这个神经病……”

以诚被保安团团围住，璧人趁机落荒而逃。

以诚又尴尬，又气愤，又好笑。

保安开始问他姓甚名谁，以诚不答，他们又搬出报 110 来恐吓威胁。

上帝。

都因这个女人……

你一定不知道，今晨高以诚在翻越水箱突围时，险些失足滑落，就在千钧一发之际，他一手抓住了栏杆，才得以幸免。

当时朝下看，110 连同黑压压的人群已压缩成小黑点，唯有那块浩大的橘色气垫醒目。

另一边，那个神经病依旧在叫嚣。

隐约还听得虞璧人的声音：……做父母的将孩子带来这个世界，有义务教育抚养，陪他长大成人，这个责任逃不掉。

什么时候了，还说这些？

高以诚觉得这个女人肯定会把他逼疯。

真的。

他永生都会记得，刚听到她被挟持的消息时，那种心如火灼、坐立不安的感觉。

这种感觉如此熟悉。

亦如两年前，听到伊丽莎发生交通事故时的情形。

他不得不承认自己又恋爱了，又陷入了该死的爱情里了。

彼时，他双手用力，攀住栏杆一跃而上。

他要将她完好无损地救下来，因为他再也无法忍受失去爱人的痛苦。

是的，他做到了。

他成功地制服了那个疯子。

可当望向脸色惨白、坐于地上惊魂未定的虞璧人时，他依旧破口大骂。

但是，请你原谅他。

因为他当时有些无措，他当时的感情太复杂了，他什么都不能做，他只有选择默默地逃离。

他需要时间来整理。

手臂磨破了一大块，也只得自己去卫生间冲洗，像只受伤的小动物，独自舔着伤口的模样。

自来水淋过伤处，洗手盆内的水被染得一片殷红。

他忽然愤愤，双手握拳，大力地擂到大理石台面上。

不，他不能再失去她了，那种随意放弃爱情的傻事，一辈子做一次就可以了。

这回，他再也不松手了，他一定要死死地抓住自己的爱情。

于是他来找虞璧人。

他将车子停在文化东苑门口。

值班的交警一次次过来敲他的窗：“先生，此地不能长久停留。”

他才不管，他还没有等到她，他依旧在等。

终于，他看到她从哥哥的宾利里头走出来。

又一次。

以诚苦笑。

为什么他爱的女子总要与这个人扯上关系？

以诚黯然。

璧人亦被他搞得心神不宁。

她跑进屋子，没有开灯，锁上门，半蹲在门后边。

自己的心脏好似被人调快了一个频率，“咚咚咚”跳个不停。

一切来得太突然，突然到她没有心理准备去应付。

良久。

璧人才起身，挪动步子，坐到沙发上去。

她开了茶几上的台灯，客厅片刻被朦胧的橘色洒满。

此刻想来，刚刚那一幕是多么的不真实。

璧人搓搓脸，不行了，她需要找人倾诉一番才好。

她拿起电话，想拨号给佳人。

不好，不好。

那个丫头听后，一定大笑几声，随后讲：“姐姐，三十二岁要懂得克己修身，又不是二十三岁，看见风儿就起浪花。”

璧人匆匆挂上电话，取来笔记本给美人发电子邮件。

不可，不可。

姐姐事忙，二老亦在一旁，哪好拿这种小事去烦她。

璧人只有写信给非非：

吾女非非：

可一切安好？妈妈甚是想念你。

妈妈换了新的岗位，一切从头开始，要学的东西甚多，每每觉得一日24时太少。我很开心三十二岁时可以寻到自己钟爱的工作。

小姨不日将成婚，你是否可以回来观礼？

你是妈妈前进的动力。

妈妈爱你。

璧人合上笔记本，深吁口气。

她幡然醒悟，这才是她的世界。

奋斗、生活、八岁的小女。

时间又过了零点。

几个小时后，天又将重新亮起。

她得抓紧时间淋浴、休息。

因为天亮了，再美的绮梦总会醒，而她，又将会回到现实的生活里去。

翌晨，她早早起身，吃了土司，喝了黑咖，坐公车去上班。

坐在车子上，璧人想：今天还得联系修车房，“抢救”自己的老坦克。

月底了，水电煤的账单也得缴了，还有买的医疗保险，新一期费用也得交了。

忘了，还得抽空去次银行给非非汇些生活费。

哇，这么多事情。

到达办公室，安琪就呼她一起去见客户。

璧人应诺，带上笔记本跟随。

又是忙碌的一日。

去见的是 T 旅行社的张总。

安琪说："T 旅行社，近一年在这个圈子声名鹊起，除了产品质量过硬外，领袖的人格魅力也常常被人啧啧称赞，张总热衷于慈善，他曾发起'蓝嘴唇'公益活动，意在让公众重视、关心肺部高血压患者。如此，他一时成为热点，T 旅行社亦成为焦点，进而成为行内竞相追捧的香饽饽。"

璧人记下。

安琪驾车过去，车子开到一半，安琪却接到 T 旅行社秘书的电话："安琪小姐，非常抱歉，张总今日有要事告假回家，与你们的会晤时间将移至下周二上午，届时我会再联系你。"

安琪应"好"，调头返回。

她又无奈地冲璧人讲："你看，跟进一个客户，像是追个男友，要过一关又一关，除了厚脸皮，还得耐心、决心、锲而不舍。"

璧人轻笑。

回到办公室，克劳德来找璧人："劳拉，有位客户想订婚宴，此刻在凤羽厅，你去接待一下。"

璧人点头，赶紧马不停蹄地赶过去。

璧人走后，安琪疑惑地问克劳德："既有生意，你怎么不去？"

克劳德躺在背椅上淡淡讲："我这是在给新人锻炼的机会。"

伯尼在一旁偷偷笑。

"你们在玩什么？"安琪看出端倪。

比伯答："这位老者一月跑来三趟，次次说要替女儿订婚宴场地，来回均说这么几句，每每都要从头讲起，克劳德、伯尼与我都已与他照过面。"

伯尼摊摊手："没什么好去跟进的，他或许根本没有女儿。"

安琪不再多言，拉开椅子入座。

随他们去闹好了，她才不参与进去，每个新人都要过这一关，何况虞璧人来亚美两月就能进销售部，能力怎会一般？总要让大家见识见识她的过人之处吧。

安琪一笑，开始敲打键盘。

璧人到达凤羽厅，一个耄耋老者拄着拐杖正在门口徘徊。

他弓着背，步履蹒跚，如此，竟无一个员工去接待。

璧人两步并一步上前。

她上半身前倾，礼貌地问："您好，是您要订婚宴？"

"哦，是，是我，"老者转过身，面朝璧人，和蔼地笑，"是我要替女儿订婚宴。"

璧人扶他到一边坐："老先生贵姓？"

"免贵姓张。"

"张老先生，我是销售部的虞璧人，很高兴为您服务。"璧人淡淡笑，"您先稍作休息，我这就替您沏杯茶来。"

张老点头。

璧人端来桂圆八宝茶。

张老道谢，璧人坐到他身边。

"张老先生，请问婚宴初定在何时？"璧人轻声问。

"下月中旬，"张老眯眯笑，"我女儿月初从瑞士回来。"

"具体哪一天定了吗？"

"这倒还没有确定。"

"大约摆几桌？"

"你又提醒我了，人数也还没有核定过。"张老踌躇。

"还有婚庆，是选用酒店的还是外头的？"璧人再提醒。

张老垂头，蹙眉思索。

"这些都没有确定，"张老喃喃，"我曾在此地替女儿办过成人礼，仪式结束后，她拉我的手说，‘爸爸，我也要在这里办婚礼，那时你会牵着我的手踏上红毯对不对？’”

所以他才急不可耐地来替她预订婚宴。

“张老先生，您先回去同张小姐商量，我下周一再和你联络好不好？”璧人柔声道。

“怎么办？我又记不得家里电话了。”张老苦恼。

他纵忘却所有，亦不会遗忘女儿的话语，哪怕只是一句戏言。

父亲是最爱女儿的，女儿要什么都会给。

璧人感喟。

“下周一这个时间，我在这里等你好不好？”璧人提议。

“再好不过，再好不过。”张老愁眉舒展。

璧人送他下楼，替他拦了出租车。

临行前，张老不忘按下车窗对璧人讲：“虞小姐，说好了，下周一我们不见不散。”

璧人笑答：“是，不见不散。”

张老与璧人挥别。

璧人目送他离开才转身回去。

又经过前厅，这里来往客户络绎不绝，前台又有几张新面孔。商务中心的裘依与吉娜依旧繁忙。而此刻，高以诚又在做什么？

璧人又想起了昨晚突如其来的告白。

见鬼。

怎么会想起这个来？

她是不能想起这个的。

璧人不断提醒自己。

此刻，高以诚究竟在做什么？

那位爷，因红鸾星动，昨晚激动得一夜未合眼，此刻正倦得发毛。

他冲了杯咖啡，走到窗口，休息片刻。

经过昨晚，他终于晓得：与虞璧人势必要打一场持久战，心急不来。

有人从背后将他环抱住。

除了她还有谁会如此这般？

以诚抬起双臂："林千惠，你不去购物娱乐，来这里做什么？"

千惠从他腋下钻到面前，咯咯笑："你怎晓得是我？你与我有心灵感应？"

"我后脑勺有一双眼睛。"以诚推开她。

"《笔仙4》正在选角，我推荐你去啊。"千惠又黏上来，"以诚哥，我好想你，你有没有想念我？"

高以诚将她硬拽开，后退一步，伸出右手顶住千惠前额："离这些距离再说话，你像条八脚章鱼，缠得我喘不过气来。"

千惠噘着嘴，只好立定。

"好了，快说，你来这里做什么？"高以诚收回右手。

"和你一起吃饭呀，不要忘记，你还欠我一顿呢。"

以诚记得，那日在天天生日会，他曾许诺请她。

"你怎么不提前说一声，我今日还有文件要赶，会很晚下班。"

千惠半躺到沙发上，玩起了手机："没关系，我有的就是时间，等你啊。"

以诚回到座位，对着面前无所事事的千惠讲："千惠，你不寻个工作？"

"爸爸只求我嫁个好婆家。"千惠漫不经心地答。

"那，快些找个男友陪你玩。"

"找你啊，"千惠冲着以诚笑，"以诚哥做我的男朋友好不好？"

"我有女朋友。"以诚一本正经地答。

"哦，这回是谁？艾玛，苏菲，玛丽？"

"璧人。"

千惠大笑几声："是璧人，当然是'璧人'，我不认为你会找

‘无盐’啊。”

她还是不懂。

以诚只好噤声，埋头工作。

偶尔抬头看看，那个小丫头正兴致勃勃地玩着自拍。

以诚淡淡笑。

算了，不扫她兴致了，找机会再跟她说个明白好了。

此刻，璧人已神色凝重地回到了销售部。

她入座，克劳德就扯着嗓门问：“怎么样，劳拉，可有结果？”

“我们约了下周一再谈。”璧人回。

“抓住机会，好好努力一把。”克劳德佯装勉励。

“是。”璧人信心满满地答。

随后，克劳德偷偷与比伯相视而笑。

安琪瞥一眼，冷冷地牵牵嘴角，反正事不关己，她且愉悦地哼哼小调。

一旁的朱丽对这副场景再熟悉不过，一年前，她是新人，亦受到了这般待遇。

己所不欲，勿施于人。

朱丽愤愤，一跃而起，一旁的伯尼连忙使来眼色，像是在说：你要替谁强出头？你自己也是泥菩萨过江，还想保别人？

朱丽默不作声，只得重重坐下来。

大家打着电话，敲着键盘，各自干着自己的工作，勿多言，勿多事，少说话，多做事，这才是职场生存的王道。

高以仁提着公文包从办公室里出来，又看到独自加班的璧人。

“劳拉，还需要多久？”高以仁走到她面前。

“什么？”璧人抬起头，“哦，你说加班？哦，好了，刚好将资料录完。”

“那快些收拾，我们一起去吃个晚餐怎么样？我晓得一家不错的西餐厅。”以仁大大方方地邀请。

璧人踌躇片刻，随后点头："好啊。"

她即刻关闭电脑，与高以仁一同下楼。

电梯按下 B2，却在一层停了下来。

进来的不是别人，而是高以诚。

璧人熟视无睹。

高以仁招呼："你也加班到现在？"

以诚应一声，走进电梯来。

电梯继续下行，三个人并排站立。

高以仁又问以诚："吃过晚饭了没有？要不要与我们一起去用餐？"

以诚正要开口，璧人抢先一步答："这位高经理今日已约了女友。"

以诚看着璧人。

以仁会意不再多言。

电梯到地下停车库，三人出去。

"劳拉，我去将车子开过来。"高以仁说。

璧人点头，以仁朝前方走去。

以仁走后，高以诚质问璧人："我有对你讲过要你离我哥哥远一些的是不是？你竟拿我的话做耳旁风？"

璧人冷冷笑："你一不生我养我，二不付我工资，我为什么要听你的话？"

这个女人今日吃了炸药！高以诚最会察言观色。

他口气只得软下来问："昨晚的问题你考虑好了没有？"

"考虑？考虑什么？想起来了，做你女朋友。可我还有许多问题想问你，比如，你要把与我的约会安排在周几？周一？周二？还有，你打算多久同我约会一次？一周一次？一月一次？抑或一年一次？"璧人随便地回答。

"虞璧人。"以诚怒。

璧人闷不作声。

以诚的手机响起，他不接，它也没有打算要停的意思。

以诚只得拿出来接听。

千惠在电话那头喊："以诚哥，你开个车子怎么这么慢？"

以诚挂上电话。

璧人提醒高以诚："你的小公主等得心焦了，还不快走？"

高以仁的宾利也在前方按喇叭。

璧人收敛笑容，转身过去。

当时，她情不自禁地走到了高以诚的办公室外头。

本打算偷偷瞧他一眼的。

只是……

她却看到一个可人儿偎在他怀里诉说着思念。

该死的，她本该有心理准备的才是，他身边怎会缺女友？

只要他愿意，多少粉蝶会朝他飞来。

可是为什么？

瞧见那幅画面后，她的心依旧不能自已地抽痛。

璧人与以仁去了一家名叫"锦丽"的西餐厅。

门口有服务员开门迎他们进去并替二人选了一个靠窗的位置。

高以仁满意，绅士地替璧人拉开了座椅，邀她先坐。

璧人道谢。

二人入座，以仁直接呼服务员来点单。

蔬菜沙拉、鹅肝酱，芝士龙虾、三文鱼菠菜、玉米鸡茸汤。

他还替璧人要了份草莓拿破仑做甜点。

"先生，请问要什么酒水？"服务员问。

"2008 年的雷司令干白搭配海鲜一级棒。"高以仁微微笑。

服务员会意即刻记下。

"曾经，你与你太太一定常常来这里用餐？"璧人猜测。

高以仁意外："你如何知道？"

“你看，你快把整本菜单背诵下来了。”

高以仁又笑。

“是，我们常来，第一次还是她带我来的这里。我太太请我吃了一客草莓拿破仑，她说上海滩上再难寻出这么美味的甜品了，为了它，她宁可绝食三天。”

璧人难以置信。

“我太太是芭蕾舞者，常年节食，她对热量摄入要求苛刻，但依旧无法抵御这份甜品的诱惑，她还说食了这客东西不知为何会让人觉得愉快。”高以仁喝口面前的纯水，幸福写在脸上。

“听说吃甜食可叫人的大脑释放更多的多巴胺与羟色胺，这些元素均是人们快活的源泉。”

“那是不是亦可替失恋者慰藉情殇？”高以仁突发奇想。

“听上去这真是一个不错的主意。”

璧人与以仁同笑。

菜肴陆续上桌，以仁亲自替璧人满上了雷司令。

隔壁桌恰好坐着一对情侣，此刻，男子正捧束玫瑰深情款款作着告白：

“梅，我对你的爱已泛滥成灾，分分秒秒均无法停止思念你，怎么办？这是病，且无药可医，我想，只等你来牵我的手才能救赎。”

璧人忽然想起昨夜高以诚站在黑夜里那一声突如其来的：喜欢。

她不自觉地嘴角上扬，她不再有意地否认自己对这句话的欢喜。

“这样的告白才真正动人啊。”璧人笑，垂头喃喃。

可，不巧。

这般的喁喁细语，依旧被高以仁听了去。

高以仁轻声笑：“你说情诗？”

“是，女孩子都会被它吸引对不对？”璧人只好这样答，她总不能对高以仁说，不，不，不，我此刻不是在说那首苍白无力的情诗，而是想到你胞弟直白的情话。

“包括你？”高以仁问。

“什么？”

“也会被动人的情诗吸引？”

“我可不是十六岁。”

“什么意思？”

“听一首情诗就可以温饱，认为爱可以成为人生的全部。”

高以仁又笑出声。

“那十六岁以后呢？”高以仁好奇，“十六岁以后怎么样了？”

“会期盼更多更多的爱，或者更多更多的钱，没法子，人总是那么的贪得无厌。”璧人喝口干白，“都是那条该死的蛇，为何要引夏娃吃那颗红苹果？”

“是，要不是它，人类就不会有七情六欲、爱恨情仇。现在依旧衣不蔽体，赤裸裸躲在伊甸园里优哉游哉，好不快乐逍遥。”

“不，不，这样也不好，”璧人又自我否认，“这样人类就不会繁衍，世上将无可爱的孩子，他们都是精灵，这个世界不能没有孩子。”

“似乎这样或者那样，总不尽如人意啊。”

璧人歪着脑袋讲：“可不是？矛盾结合体，说的就是我。”

“劳拉，我很好奇为什么你先生会同这么有趣的你离婚。”高以仁笑得开怀，脱口而出。

璧人看他一眼。

“哦，对不起，我说错话了。”高以仁意识到自己犯了错误，立即道歉。

“他不爱我了。”璧人不以为忤，用刀切着龙虾，轻声道，“因为他不爱我了，所以他再不肯包容我。”

高以仁不说话。

他原以为她会倒出无数苦水，说出千万借口，什么生活习惯差别，什么价值取向有异，什么子女教育不同。

可她没有。

她玲珑剔透，聪慧过人。

她晓得那些理由均是不爱她的烂借口。

以仁对她刮目相看。

两人结束晚餐，以仁开车送璧人回去。

半瓶干白，喝得人微醺，璧人摇摇晃晃地从车子里钻出来。

以仁赶忙上前扶一把："你确定自己没事？"

"是，没有，"璧人站直了身体，"当然没事。"

璧人面朝以仁微微笑："好了，我到了，你先回去好了，晚安。"

高以仁犹犹豫豫地上了车。

璧人与他挥手告别。

车子绝尘而去，璧人才转身走进小区里。

深夜，四周静得发慌。

璧人慢慢踱回家里，一个人走，哪条路都是不平坦的。

出电梯，灯光明亮。

璧人抬头，瞧见高以诚倚着墙壁站立在对面。

璧人意外，他如何在这里？

哦，是这样：

以诚与千惠吃了一顿无味的饭。

整顿饭的时间，虞璧人的身影充斥着他的脑海，散也散不去。

他催促千惠快快结束晚餐，并送她回到家里。

千惠又气呼呼地抱怨："以诚哥，你赶着去投胎？为何这般急急忙忙的？"

以诚只得赔笑，与她告别，又匆匆赶到了这里。

可是不巧，璧人还未回来。

于是，他只得在门口等了又等，等了又等。

终于，他等到了虞璧人出现在电梯里。

以诚对她讲："你终于回来了。"

璧人看他一阵，跨步出去。

以诚走上前来又问："同哥哥喝酒到现在？"

璧人依旧不答话，自顾从包里头取出钥匙来开门。

门打开，璧人进入，以诚拉住她手腕，璧人挣扎，以诚握得更紧。

璧人放弃，站在那里一动也不动，以诚才肯将手放开。

他嘘口长气，缓缓对璧人讲："她叫林千惠，是我父亲故友的女儿，我们一起长大，我视她如胞妹。"

璧人对他的解释恍若未闻，她收回右手，轻轻掩上门，在黑暗中，摸索到沙发上去坐。

她随手拿起遥控器开了电视看。

是怀旧剧目——《九品芝麻官》，璧人看得捧腹大笑。

时间又在流逝，高以诚可还等在外头？

不知道。璧人也不想去思考。要还是二十三岁，她肯定在刚刚就已扑到他怀里感动得痛哭流涕，随后他说一，她不会再讲二，跟着，再谈场恋爱也无妨，再死一次也不会怎样，反正年轻，大不了从头来过嘛。

但是她做不到。

还是那句：今年，她已经三十二岁了。

在一个公司，璧人与以诚总还是免不了要见面的。

在走廊，在食堂，在休息室，在会议室……

这些时候，璧人通常远远就躲开，万不得已碰到一起，她总是客客气气、恭恭敬敬地喊声："经理好。"

如此这般，惹得以诚十分光火。

璧人到商务中心送材料。

两人又在走廊相遇，一个这头，一个那头。

璧人捧着文件夹，又想转身溜走，以诚疾步上来一把将她拉到一边。

“虞璧人，你究竟要躲我到什么时候？”以诚怒目而视，语中免不了还带着丝丝无奈。

“经理，你可有事要我做？如果有，可直接叫秘书来吩咐我。”璧人又开始鸡同鸭讲。

“虞璧人，你究竟在惧怕什么？”

“销售部的高经理讲，这一季的客房订单又加了，前厅接待人员是否考虑增加席位？”

“虞璧人，难道你对自己就这样不自信？”

“经理，抱歉，我赶着回去工作。”

“你信不信我此刻就昭告天下，高以诚在追求虞璧人？”以诚忍无可忍。

“你敢！”璧人急了，红着脸，鼓着腮帮子低吼，“你这样做，我一定会杀了你。”

“来呀，”以诚反倒笑了，“反正我的心早已千疮百孔，何惧你再来一刀。”

璧人站在原地无措。

秘书狄安娜过来寻高以诚：“经理，你手机没有带？总裁来电话，要你此刻就去接听。”

以诚回头应声“好”。

再转身，虞璧人早已借机逃得毫无踪影。

以诚自信地笑。

不急，你且逃，我有的是时间来追你。

周一下午，璧人如约去凤羽厅等张老。

可张老失约，璧人等了他良久。

她垂头丧气地回来，克劳德朝她幽幽笑：“新人劳拉，那位张老先生，可预订了宴会厅否？”

“我没有等到他，张老失约。”璧人如实回。

比伯讲：“不要轻言放弃，正所谓锲而不舍，金石可镂。”

璧人应诺。

克劳德与比伯相视而笑。

朱丽终于按捺不住，起身对璧人说：“劳拉，茶水间的咖啡机又坏了，你同我一起去修一修。”

朱丽拉璧人出去。

伯尼一副恨铁不成钢的模样：“那个学不乖的朱丽，迟早有好果子吃。”

安琪闻声只静静冷笑。

璧人将咖啡机折腾来折腾去：“朱丽，可以使用，似乎没有坏掉。”

朱丽不回答，璧人抬头看她，只见这个妮子气鼓鼓的双手抱于胸前，站在一旁闷不吭声。

“怎么了朱丽？”璧人不免问道。

“那个该死的克劳德与比伯专喜欺负新人。”朱丽愤愤。

璧人不明。

“劳拉，那个张老分明有老年痴呆，神志不清不楚，一下说东，一下说西，克劳德、比伯、伯尼均与他照过面，他们知道实情，却对你隐瞒，他们明知道是坑，却让你跳。”

原来朱丽是在替自己打抱不平。

璧人感喟。

“谢谢你，朱丽。”璧人感谢，随后对朱丽讲，“不管是不是张老，有客人我们依旧还是要去接待。”

“就任他们欺负你？”

璧人笑：“总有一日新人会变旧人，他们欺负不了我多久的。”

“你心态完胜我。”朱丽佩服。

“不管你信不信，能选择离婚的女人，心头一定伏着一头猛虎，”璧人挺直了脊梁，“谁都不要小觑了我们。”

朱丽当笑话听去，笑到弯了腰。

璧人淡淡笑，毫不介怀，一个小女孩能懂什么？不用跟她说得太明白。

二人回去工作。

又到了旺季，人人都将工作表排得满满。

但是为了见到T旅行社的张总，安琪与璧人早将其他琐事一一推掉或者延后。

周二上午，安琪与璧人准时到达T旅行社与张总会晤。

安琪滔滔不绝，将亚美的产品信息奉上不算，还替T旅行社量身制订了合作计划，这份计划详细周到，诱惑力十足，璧人觉得，要是她是T旅行社的CEO，一定举双手双脚赞同。

可那位张总显得漫不经心，许是公务缠身太过于疲倦，没有兴致不算，途中还好几次打断安琪：“抱歉，麻烦将刚刚那句再说一遍。”

终于，安琪汇报结束。

“张总，亚美是贵公司合作的不二之选，请给予一次我们为您服务的机会，相信您一定不会失望。”安琪将计划书推至张总面前。

张总一眼不看扫到一边：“我且与董事会商量后再同你们联络。”

安琪意味深长地看了璧人一眼：凶多吉少，没戏唱了。

璧人看着面前的张总，他袖口的纽扣用贝壳制，这种人一定是完美主义者，对任何事都多多挑剔，要求自然高。

但璧人不明白，这种完美性格的人为何会容忍自己蓄着乱胡楂？

还有这张脸，璧人总觉得在哪里见过……

安琪与张总告辞，在一边喊：“劳拉，我们走了。”

璧人依旧在思索。

安琪略提高分贝："我们要走了，虞璧人。"

璧人这才回神，不好意思地告辞起身。

面前的张总忽叫住二人："你就是亚美的虞璧人？"

璧人与安琪面面相觑。

"是，我是虞璧人。"璧人回答。

"抱歉，安琪小姐，请让我与虞小姐单独聊一聊。"张总居然恳求。

安琪看一眼璧人，随后独自跟随秘书去了会客室等待。

"请坐，虞小姐。"张总伸手作指引礼。

璧人坐到张总对面。

"虞小姐，我是张孝仁，张德平是我父亲。"张孝仁先开口。

璧人听得更加莫名。

"哦，我父亲上周去过亚美，是你接待的他。"张孝仁说明。

"你父亲是张老？"璧人幡然醒悟，微笑道，"难怪我瞧着您怎么这么面熟。"

张孝仁淡淡笑。

"张老可好？他说要替女儿订婚宴，但昨日没有来赴我们的约。"璧人遗憾地讲。

"抱歉，虞小姐，我父亲再也不能来赴此约了，"张孝仁悲痛地讲，"他在上周五心脏病发去世了。"

璧人错愕，几乎哽咽地回："怎么……怎么会这样的？他看上去很健康，上周我们明明还在谈论婚宴场地的事情。"

"虞小姐，其实也没有我妹妹的婚礼。"

璧人看着他。

"我妹妹孝慈五年前已经在瑞士去世了。"

璧人再也吐不出半个字。

"我妹妹在瑞士修学时，爱上了一个赛车手，两人已开始了谈婚论嫁。父亲得知后，给了对方五百万要他离开我妹妹，妹妹哭着来问父亲为什么要这么做，父亲回，‘看到了吗？这就是他对你的爱，你们的爱情还不及五百万。’当夜，孝慈吞安眠药自杀了，父亲深受打击，自此一蹶不振。”张孝仁掩面，这是他首次在外人面前揭自己疮疤，不管时间如何流逝去，这道伤口永远鲜血淋淋，结不了痂。

张孝仁调整调整情绪随后再讲：“孝慈走后，父亲思绪开始凌乱，他的记忆，似乎总停留在那日。那日妹妹与他顶撞，赌气说要与男友去美国注册结婚。”

“因为他自责，他的潜意识里总认为是自己害了女儿。”璧人唏嘘不已。

“是，”张孝仁悲恸地笑，“可就算没有父亲的考验，那样的爱情又能有什么结果？”

璧人说不出话来。

“虞小姐，父亲说他在亚美得到许多人的接待，但是你最和蔼可亲，谢谢你对一个唠叨的老头这么有耐心，他也一直记得与你的约定，临走时他还在提醒我：勿忘去亚美找虞小姐替孝慈订婚宴。”

璧人再度哽咽。

“谢谢你，虞小姐。”张孝仁说。

“一切是我职责所在，张先生言重了。”璧人沉淀下情感。

张孝仁微笑：“抱歉，虞小姐，我无法如父亲所言向你订婚宴，但是我愿意给亚美下一季的客房订单。”

璧人意外。

“我想能培养出这么优秀员工的酒店，服务一定也非同一般。”

璧人感激。

张孝仁拨通内线呼秘书：“将亚美的安琪小姐请进来。”

安琪入内，朝张孝仁欠欠身。

张孝仁邀她坐下。

安琪坐于璧人身边。

“安琪小姐，T旅行社下一季的客房订单，我愿意给亚美。”张孝仁对安琪讲。

安琪兴奋：“张总，亚美一定让您满意。”

“请回去再对合约条款仔细斟酌，我亦会让相关部门与你们跟进，希望合作愉快。”

“一定，一定。”

璧人与安琪告辞离去。

上车后，安琪问璧人：“那个一脸乱胡楂的俊男人为何会突然改变主意？”

璧人无力地答：“那个一脸乱胡楂的俊男人刚刚失去了父亲，在今后的四十多天里他都不能整理他的胡子。”

“你的回答与我的问话毫不相干。”安琪不明。

“因为他的父亲就是来我们亚美准备预订婚宴的张老。”

安琪惊，随后亦沉默下来。

二人不言不语地一路驶回酒店。

安琪与璧人一起向高以仁汇报。

“干得好，安琪。”高以仁称赞。

“可不是我的功劳，”安琪瞄眼身边的璧人，“这回你得感谢劳拉，要不是她，张总才不会轻易改变主意。”

“劳拉，这是怎么一回事？”高以仁好奇。

璧人详细讲解，安琪先离开办公室。

刚回到座位，克劳德与比伯就趋近，愤愤：“你哪根神经搭错，要将这个功劳推给虞璧人？”

安琪冷冷回：“你要我下三滥地取争别人的功？”

“可又关虞璧人何事？我可不相信她与张总熟稔。”克劳德嫉妒得半死。

“在此地吐酸水有屁用？是你们一只只呆头鹅自作自受。”

“关我们什么事嘛？”比伯委屈死了。

“你们晓得T旅行社张总的父亲是谁？”

“谁？”两人同时问。

“那个准备预订凤羽厅的老者，你们口中的老年痴呆。”

“哦，上帝。”克劳德悔青了肠子，他怒视比伯，“是你先接待，是你说他有病，是你有眼无珠，是你，是你，是你，都是你。”

比伯摊着手，他亦是哑巴吃黄连有苦叫不出。

伯尼也在一边替自己遗憾。

倒是另一旁的朱丽，自始至终是一副表情，谁也瞧不出她此刻正在思索些什么。

销售部又接了一单生意，整组人又免不了加班。

个个忙得昏天黑地，去员工餐厅吃顿晚餐的时间也没有。

璧人只得替各位点了外卖来。

大伙又争分夺秒地吃饭。

吃到一半，手机响起，璧人一看，来自高以诚。

璧人挂断，高以诚又打来。

她只好拿起电话偷偷跑去走廊接听。

“谁借你的胆，敢不接我电话？”高以诚在电话那头恼怒。

这个臭小子。

“我恶向胆边生啊。”璧人亦无好声气，“你打来电话做什么？”

“立刻到街心花园来。”

命令。

又是命令。

她没有理由听他的命令。

“看大妈跳舞抑或小青年幽会？”璧人硬生生回，“我不去。”

“三号门进来，我在那里的长椅等你。”

“你听不懂中文？我说我不去。”

“难道我说的是洋文？我说我等你。”

璧人气结，正措辞欲反驳，那头已挂上了电话。

哦，这头驴。

璧人恼。

自以为是。

一意孤行。

独断专行。

暴君，分明是暴君。

璧人收起手机，谁要去理会这个不懂事的暴君。

璧人回到组里，组员已用完了晚餐，餐盒摆满了会议桌，高以仁一人站在窗口讲电话。

“……天天为什么不肯吃饭？又闹脾气？好，你让他来听我的电话。”高以仁解开了领口，领带松松系上，一脸疲惫。

璧人亦无心再扒饭，拿起一旁的垃圾桶开始收拾残局。

高以仁依旧在应付自己的爱子：“天天……你为何不吃饭？哦……抱歉，爸爸今日又要加班……是，是爸爸不对，爸爸言而无信……抱歉，我现在还不能回来，换阿姨替你讲故事好不好……天天，天天……”

天天先挂了他的电话。

璧人鼓捣好一切，上前询问：“天天在使性子？”

“用人说晚饭也不吃，一个人坐在沙发上生闷气，我已一月没有回家吃过饭，是我先答应他今晚要陪他吃饭，睡前给他讲故事的，结果我依旧爽约。”高以仁自责不已。

“回头哄哄就好，娃娃哭笑一瞬间，最易伤心，亦最懂得忘却烦恼。”璧人开解。

高以仁淡淡笑，还未来得及道谢，电话又响起。

高以仁接听，随后色变：“我立刻回来。”

“怎么了？”璧人也急急问。

“用人说天天将自己关在了房间里不肯出来。”高以仁挂上电话，心急如焚，“不行，我得回去看看。”

璧人点头，高以仁一脚踏出门口，安琪便拿着文件跑过来：“尼克，你且来看看这条需不需要修改？”

这个时候高以仁如何走得了？

璧人自告奋勇：“给我地址，我去看看天天。”

高以仁感激地看着璧人。

他将地址抄给她。

“劳拉……”高以仁欲言又止。

“你放心，说什么我也是八岁女童的母亲，总比你会应付孩子。”璧人笑说。

“不，我想说：谢谢，谢谢你，劳拉。”

璧人轻轻扬扬手，腼腆地笑：“我最受不了这个。”

他看着她走进电梯，才安心再次全身心投入到工作里去。

到达高以仁公寓，璧人按门铃，用人在里头与她视频通话：“哪位？”

“我是虞璧人，高以仁经理要我过来看看天天。”璧人答。

女佣开门。

璧人入内。

“虞小姐，我叫阿香，平日在高老先生宅子里做工，今日天天的保姆生病请了假，我才来这里代班，”阿香苦恼，束手无策道，“虞小姐，怎么办？从得知先生晚间不回来吃饭时，小主人就发脾气到现在，饭也不肯吃，奶也不肯喝。”

“天天在哪里？”璧人问。

女佣指指挂有米奇玩偶的房门：“刚哭好一阵，现在自个儿躲在了房间里。”

“好，你先忙，天天交给我。”

阿香点头，退去厨房收拾。

璧人敲敲天天房门。

天天在里头问：“阿香，是爸爸回来了吗？”

璧人不作声。

“阿香，天天跟你说过，除非爸爸回来，否则不要来打搅天天。”

这个可爱的小大人。

璧人淡淡笑，捏着鼻子轻声喊：“你好，你好，我是小狐狸，我要找来自 B-612 星球的小王子，请问他在不在？”

璧人听得天天移步至门口。

“你说，你是谁？”天天奶声奶气地再问。

“我是被他驯服的那只小狐狸。”

天天将门开了一条缝，探出小脑袋来。

璧人朝他挥挥手。

“曲奇阿姨。”天天惊喜地扑到璧人怀里。

璧人抱起他，亲了又亲：“好久不见，我的小王子。”

天天在璧人怀里咯咯笑。

璧人抱一会儿，将他放下来：“有人跟我说，天天不乖，不肯吃饭？”

天天小手插在腰间：“谁说的？天天不吃，是因为天天不饿，现在天天饿了，天天要吃饭了。”

“阿香，天天要吃饭，给天天拿饭来。”天天自己爬到座椅上，阿香喜滋滋从里头端出来晚餐。

虾米菠菜，烤银鳕鱼，外加一小碗水晶蒸蛋。

璧人坐到天天对面看着他大快朵颐。

天天乖乖吃完饭，两人休息一阵，璧人又替天天洗了热水澡。

调皮的天天，唱着儿歌，在浴缸中扑腾来扑腾去，好不快活。

璧人想到非非幼年时，次次替她洗澡，次次被爱玩水的她淋一身。

璧人笑。

天天上床，璧人捧着《小王子》给天天讲睡前小故事。

“曲奇阿姨，天天不喜欢玫瑰花。”天天侧着脑袋看着守在床头的璧人。

“为什么？”璧人笑着问。

“因为玫瑰花让小王子伤心了，要知道小王子是这么地爱它。”

璧人想说：可爱的孩子，等你长大后，你也会遇上叫你又爱又挣扎的“玫瑰花”，相信你也会对全世界讲：“如果有人爱上一朵花，而这样的花在亿万星辰中只有这么一朵，这个人在仰望众星时因这朵花感到无比幸福。”

璧人淡淡笑，打开书册，轻声问：“上次读到哪里了？”

“狐狸要小王子回去看玫瑰花。”

“好的，那我继续念下去……看玫瑰花……好的，我找到了……接下去是：于是小王子又去看那些玫瑰。‘你们一点也不像我的那朵玫瑰，你们还什么都不是呢！’小王子对她们说。‘没有人驯服过你们，你们也没有驯服过任何人。你们就像我的狐狸过去那样，它那时只是和千万只别的狐狸一样的一只狐狸。但是，我现在已经把它当成了我的朋友，于是它现在就是世界上独一无二的了。’……”

天天静静听，并且很快就入睡。

璧人将《小王子》合上，摆到书桌上，关上台灯，开上盏小夜灯悄悄出去。

阿香正在客厅收拾。

“小主人睡了？”阿香小心翼翼地问。

璧人点点头。

“呀，谢谢你，虞小姐，今天若不是你，我真不晓得如何是好。”阿香点头哈腰。

璧人笑，告辞离开。

不一会儿，高以仁开门进来。

阿香鞠躬：“高先生好。”

“天天与虞小姐呢？”高以仁放下钥匙与公文包。

“虞小姐将天天哄睡后已经走了，”阿香继续汇报，“高先生，天天极听虞小姐的话，她一来，饭也吃了一大碗，又欢欢喜喜地洗了澡，临睡时，还缠着虞小姐给他说故事听。”

“是吗？”高以仁替自己倒了一杯纯水。

“高先生，小主人年幼，现在正需要母亲照顾的时候，太太也走了这些年，你总要替他再寻个新妈妈的。”

高以仁看她一眼。

阿香这才发觉自己多嘴多舌不算，还如此胆大教育起自己的东家来，她速速结束手上工作，躲到用人房，再也不敢踏出半步。

高以仁缓步至天天房间，轻轻推开房门。

天天正做着美梦，嘴角拉出一道完美的弧度。

以仁安心地掩上门，踱步到自己房间。

他“大”字形地倒到床上去，侧身，眯着眼睛朝面前墙壁上的婚纱照望去。

“伊丽莎，她是天天最好的新妈妈人选吗？”高以仁微微笑，独自喃喃，随后垂下眼帘，“今晚，你来告诉我吧。今晚，我等你告诉我答案……”

高以仁累极，不一会儿便沉沉睡去。

璧人又开车回到了文化东苑，不知是谁家的车辆占了她家的车位。

璧人只好调头去寻公共停车位。

好不容易找到，停车，熄火，拎着包下车来。前方有一个居民正气势汹汹地拉着值班保安投诉：“你们物业在干什么？为何让那辆阿斯顿马丁停在我家的车位上？”

阿斯顿马丁……

璧人再也听不见保安是如何解释的。

哦，上帝。

高以诚！

璧人这才想起高以诚的约定。

他此刻还等在街心花园?

璧人转身飞奔而去。

果不其然，看见高以诚独自一人坐在长椅上。

璧人重重喘着气，瞧着远处安静坐着的他。

不知谁在他的面前燃起了礼花，扑哧地飞上天，绚烂，夺目，疯狂地在空中绽放着一朵又一朵稍纵即逝的花。

连璧人也看得呆住。

第八章 犹豫

焰火，不过是刹那的璀璨。

璀璨过后，黑夜依旧是黑夜，寂寞仍然是寂寞。

老天爷，偏偏还要在此刻飘下几滴雨来。

璧人回神，立刻从包里取出遮阳伞来应急，而前方的高以诚却依旧坐在长椅上没有起身走的意思。

璧人疾步过去，一顶阳伞飘过他的头顶。

以诚抬头，一张被雨打湿的俊脸，朝她微笑。

璧人柔声道："真傻，等不到，就该早早回去。"

以诚微微笑，接过璧人手中的伞柄站起身。

两人面对面，一个俯视，一个仰望。

以诚轻轻答："瞧，你不是来了吗？"

璧人心悸，他的那双眼又迷乱了她的心志。

哦，虞璧人，清醒点，难道一把年纪了还学十八岁的少女做怀春之梦？

璧人下意识退一步："好了，我得回家了，你也早些回去。"

璧人转身欲逃开。

以诚上前一步一把将她拉住："虞璧人，你叫人等你几小时也就作罢。解释无，安慰无，寒暄无，此刻还板着脸孔冷冰冰喊声要走？亏我还大老远搬了几桶烟花来打算放给你看，一对小情侣还斜着眼笑话我。"

之前，他像一个初初动心的懵懂少年，忐忑地跑到网上搜寻女生最爱的约会方式。

绝大多数人选了在流星雨下携手漫步。

此时求不着流星雨，他突发奇想，用烟花来替代，为博红颜一笑。

于是他激动地订了几大桶礼花来，是想给她惊喜的，但是她失约，他只有一个人看着烟花燃烧殆尽，好不孤寂。

听到这个，璧人不是不感动的。

所幸，她佯装得良好，好到在以诚看来她竟这般波澜不惊，毫无反应。

以诚苦苦笑，伸出食指捋了捋飘在璧人唇边的几缕发丝："虞璧人，要你笑竟有这么难。"

璧人抬起眼眸，以诚的脸近在咫尺，他的嘴已经要吻到自己的唇上。

璧人推开他，半截身子淋在雨里头："高以诚，你只需陪你同看烟花的女子，我不是好人选。"

以诚又上前一步："你不试过，怎晓得我不会陪你一起去北极看极光呢？"

"我要是二十三岁，一定跳上你的阿斯顿马丁陪你去路上横冲直撞，可你也知道，我今年三十二岁。"

"我不认为这个是问题，你不要次次拿你的年龄做文章。"

"可我认为是。"

"你是几十年代的思想？要不要我说些姐弟恋成功案例给你听？"

“我还有女儿。”璧人说，“她是我今后人生的风向标。”

“那你自己呢？”高以诚问，“你有没有考虑过你自己？”

璧人不能回答。

“你的阿斯顿马丁占了人家车位，快些开着它回家。”璧人答非所问，反身回家。

以诚叹口气，追上去将阳伞推到璧人手里，他望她一眼，随后独自转进了雨里头。

璧人一直朝前看，直至黑暗吞没了他整个背影。

她的脸忽然湿润，在这种天，已叫她分不清究竟是雨水抑或泪水。

璧人回到家，整个人跌到沙发里。

非非的电邮进来，璧人拿起手机查看：

> 妈妈，班里来了插班生，同我一样，是上海人，名叫程亮。
>
> 我与他用沪语交流，每次我与他说话，丽珍仿佛听故事似的，托着下巴静在一旁。
>
> 程亮说人生有四喜：久旱逢甘露，他乡遇故知。洞房花烛夜，金榜题名时。
>
> 他还详细解说这首诗的意思给我听。
>
> 这才知道，他三岁已将《弟子规》倒背如流。
>
> 现在努力学习英文外，他每日必须花一小时时间念国文，现在他正读《少年中国说》。
>
> 妈妈，得空你也替我邮些国文书来看看可好？
>
> 我爱你，妈妈。
>
> 遥祝妈妈快乐。非非。
>
> PS：我请到了假，小姨婚礼我会回去观礼，届时妈妈要来机场接我。

璧人微微笑，坐起身子，双手搓搓脸。

这才是她的生活。

璧人起立，去浴室洗漱准备就寝。

休息好，明日才有力气迎接挑战与生活。

午休，璧人钻到员工休息室里头去小歇。

那里添了书架，新置了许多图书。

璧人在最上面一排瞧见了《掰》。

这本书，高以仁曾向她推荐过。

她还记得书中的那句话：世上大抵没有完满的爱，要不燃烧，要不持久，两者不可共存，能够和平分手，已够幸运。

璧人踮起脚尖伸手去拿，可书架太高，她的指尖才触碰到书背。

正为难，有一双手轻而易举地替她拿了下来。

璧人转身，高以诚正拿着图书，神色复杂地盯着自己看。

"你看，多一双手帮你拿拿书也是好的。"以诚缓缓将书本递到璧人手里。

璧人答："我可去找把椅子，或者扶梯，如果什么都没有，大不了不看，有没有它，均不会影响我现在的生活，我不想样样都依赖别人，说到底，谁又能帮谁一辈子？无论何时，无论何地，自己总是最牢靠。"

璧人捧着《掰》，朝以诚欠欠身后离开。

以诚无奈，他要怎么做，才能将这个女人从那坚硬的外壳中拖出来？

佳人的婚礼定在本月初六，非非提前一周回来。

璧人特意请了假去接机，航班延误了一个多小时，直至午后15时才降落在浦东国际机场。

候机大厅早已人满为患，璧人好不容易寻了一个显眼的位置站立。

她一刻不停地望着前方，生怕错过非非。

15 点 45 分，非非终于办理完通关拉着行李出来，璧人瞧见爱女，双眼不禁湿润，远远就加快了步子迎了上去。

“妈妈。”非非亦早早与她挥手招呼，拉着行李箱冲到她的怀里来。

“我的非非，你好吗？妈妈很是想念你。”璧人不断亲吻非非额头。

非非亦紧拥母亲：“我也想你，妈妈。”

良久，璧人才舍得放开爱女，这才发现她是孤身一人下机来 。

“怎么就你一个人？”璧人抹抹眼泪，疑惑地问非非，“你爸爸为什么没有跟你一起回来？”

“爸爸说他是不会来参加婚礼的，平日工作也忙，走不开，况且来回机票也是要好些银子的，他说没有必要做无端的浪费。”非非答，“不过他将送我至机场，之后托了航空公司照顾我。”

璧人不作声，那个徐君生难道手头发紧，开始这般锱铢必较了？曾经在家里最大手大脚的也是他，记得当初冰箱坏了，璧人叫厂家来修理，他却早一步叫人来拖走，上网订购了最新的款式来。

不过璧人也体谅，人在异国他乡生活不易且不说，他又要做父亲了，不日后一个男婴即将诞生，随后奶粉要钱，尿布要钱，请个用人也要钱，能省就省，常备些存款机动，是最要紧不过的。

璧人了解，不再多言，一手替非非拉起旅行箱，一手牵着非非的小手朝前走。

“妈妈，外公、外婆与大姨什么时候回来？”非非问。

“大姨来邮件说是下周三的飞机。”璧人答。

“好久不见他们了，真有些想他们，”非非问，“妈妈，你说外公外婆在美利坚怎么生活，我可没听过他们讲外文。”

“你大姨说，这些日子的耳濡目染，你外婆也学了些日常对话，一次还用英语与美甲的客人攀谈，赞人家美女的发髻梳得漂亮。”

非非笑起来：“恐怕我们下次再见外婆，得用英文与她聊天了吧，妈妈。”

璧人笑。

两人到地下停车库，璧人将非非的行李放入后备厢。

“咦，妈妈你换车了？”非非打量着车身，“那辆老坦克呢？”

“寿终正寝了。”璧人催非非上车，自己坐上驾驶座。

“那你为什么挑白色？”非非坐在后座问。

“白色怎么了？”璧人发动引擎，“有什么不妥？”

“听说选白色车子的人，要么是苛刻的完美主义，要么是明白的糊涂蛋。”

“谁告诉你的？”

“程亮。”

“他不钻研诗词歌赋，开始研究心理学了？”

“不，他母亲是心理医生，恐怕也是耳濡目染。”

“快叫他继续念《少年中国说》或者背篇《出师表》、《礼运大同篇》，再没事，温习下《弟子规》也可，这么小就学大人模样，看得太透彻，会交不到朋友。”

“水至清无鱼，人至察无徒。”

“又是程亮告诉你的？”

“嗯。”

“多跟丽珍玩，离他远一些。”

“为什么？”

“这样被他传染下去，你不是十二岁闹叛逆，就是十六岁闹出家。”

“妈妈，他是我朋友，你不能这么说我朋友。”

“好，好，好，他是你朋友，那请你告诉你朋友，说我宁愿看到你们在淤泥浆里打滚，玩得没日没夜。”

非非噘着小嘴望着窗外。

璧人失笑。

总有那么一天，这个小妮子会为了男子与自己唱反调。

回到家里，非非即刻钻到自己的卧室，倒到小床上。

“哪里都不比家里的床舒服，”非非一副有感而发的模样，“稚子牵衣问，归来何太迟？共谁争岁月，赢得鬓边丝？”

璧人啼笑皆非：“你现在只有老母，没有稚子，不要乱讲，你这个年纪背首《静夜思》就可以。”

“妈妈你真顽固。”

“年龄越长越顽固，话也会变多，怎么？现在就开始嫌我了，老了你要将我放到哪里？”

“妈妈你前夫似乎不叫徐祥林。”

璧人气结，这丫头竟然懂得讽刺自己。

她嫌她满腹牢骚，怨气冲天，啰里啰唆。

她喊她是“祥林嫂”。

璧人伸掌拍拍非非屁股，非非嚷着直往角落里钻。

一会儿，两人停止嬉闹。

非非留在卧室整理行李，璧人已转进厨房开始准备晚餐。

她煮了非非最爱的茄汁明虾与糖醋小排。

非非喜滋滋地吃了两大碗。

夜晚，两人亦一起沐浴，一起就寝，璧人搂着非非睡。

非非问：“妈妈，你怀我时是不是很辛苦？”

“为什么突然问这个？”璧人好奇。

“休息日，爸爸接我去他家里住。我瞧见那个女人日日抱着个痰盂罐子从早吐到晚，她还指挥爸爸做这做那。一日，她突发奇想要喝酸梅汤，爸爸即刻赶到中国超市替她买了回来，但她一放到嘴边，又开始吐，她倒了酸梅汤不算，又将爸爸臭骂一顿。爸爸一肚子无名火，埋怨说，‘虞璧人怀孕时可没有你这么折腾人。’听到这个，她又不满意了，像只刺猬似的又同爸爸大吵一架。”

璧人不作声。

往事如潮水般涌来。

女人在孕期多少有些难受。

当初她也胃口极差，每日只喝些米汤，可徐君生工作忙，来不及顾及她，她亦不会用这种小事去烦他。婆婆不多说也不多问，只说是女人总要经历的，挺十个月很快的，转眼即过。还是自己母亲体贴，隔三岔五地就送些可口的小菜来。

整个孕期的产检也是她一个人去的，别人都是丈夫陪着妻子，而璧人是能开车的时候开车，不能开车的时候坐巴士，徐君生很忙，他不愿意陪，也没有时间陪。

生孩子那天，他也在忙。

璧人在阳台晾衣服，肚皮开始隐隐作痛，没有其他人在家，也是璧人自己打了 120 去了医院。

在待产室，一阵一阵宫缩，疼得璧人冷汗直冒，陪在身边的只有匆匆赶来的母亲与佳人。

几个小时后，非非出生。

徐君生与父母终于出现在了病房里。

婆婆抱了抱婴儿，看看是女婴，随后便和颜悦色地拉着璧人手腕讲："过两年再努力一下生个男孩，让非非做姐姐多好。"

璧人笑而不答，望望徐君生，他忙里偷闲正在阳台同客户谈生意。

那时，她还觉得自己是世上最幸运的女子：有君生，有家人，此刻又多了一个小女儿。

"妈妈？"非非的提醒声将璧人从回忆里头拉回到现实来。

璧人摸摸非非额头微微笑。

"不，我不辛苦，"璧人答，"因为我怀的是女儿，女儿最体贴母亲，你从头到尾都没有叫妈妈辛苦。"

非非忽将璧人抱得紧紧。

璧人亦搂着非非往自己身上贴。

“妈妈，替我再唱一遍摇篮曲吧？”非非轻声说。

“睡吧，睡吧，我亲爱的宝贝……”璧人慢慢哼。

二人在歌声中缓缓入眠，一起进入了甜蜜的梦乡。

翌晨，璧人早早就起来替非非制早餐。

她去买了油条，磨了豆浆，弄了煎蛋与白米粥，外加一个人一小块玫瑰腐乳。

璧人觉得，非非在加国，一定吃腻了面包加牛奶，难得回来一趟，必须弄顿纯正的上海口味才好。

8点30分，璧人拉开窗帘再喊非非起来：“不要做小懒猪，快些起来吃早饭。”

非非拉高被子：“妈妈，你让我再睡十分钟。”

“半个小时前你也这么说。”璧人替她拉下被子来。

“真的，真的，我保证这次是真的。”非非翻个身继续睡。

门铃响。

“好，最后的十分钟。”璧人无奈，只得替非非重新盖上被子，快步走到客厅去。

一开门，璧人吓了一跳，门外站着的不是别人，竟是高以诚。

“你来这里做什么？”璧人惊呼。

“为什么不来上班？”高以诚反而直直地问。

“我已向HR告过长假，你也不是我执行领导，为什么还要向你报备？”

昨日，他在员工餐厅没瞧见她来用餐，于是午后即给人力资源打了电话去询问，HR回：“销售部的劳拉已请了年休长假。”

他本想问是不是虞璧人身体抱恙，又恐惹些流言蜚语，起些没有必要的麻烦，于是才忍住不问，忐忑地挂上电话，第二日就冲到了这里来。

以诚见她生龙活虎，心头大石才敢落地。

“将客人拦在门外，是你家的待客之道？”以诚倚着门框，轻松笑。

“可不是我请你来的。”

“不管请没请，既然来了，总得请我进去喝杯茶吧。”

“你还真是厚脸皮。”

“脸皮薄怎么追女生？”

“什么？”

“好了，快些放我进去，我们这么嚷嚷引邻居出来就不好了。”

以诚试图入内，璧人继续拦在门口。

“你快些回去，这些日子你都不方便进来。”璧人下逐客令。

“为什么？”以诚好奇，“为什么我不方便来？”

璧人为难。

“妈妈，你在做什么？”

身后有非非的声音。

璧人回头。

非非已被两人吵醒，此刻正穿着一件睡衣，睡眼惺忪地站在客厅里。

“哦……这……那是……”璧人不知如何表述。

高以诚乘机溜了进来，大大方方地走到非非面前。

“你怎么不说是非非回来了？”高以诚一副与璧人再熟悉不过的模样佯装埋怨，之后面朝非非，“Hi，非非，你好，我是高以诚，很高兴见到你。”

非非一头雾水，转向母亲：“妈妈，这位叔叔是谁？”

璧人难以启齿。

“你妈妈的同事，”高以诚却笑着回，随后大言不惭地讲，“此刻正在追求你母亲的同事。”

非非盯着妈妈看，璧人脸上红一阵青一阵，那厮还在冲自己幽幽笑，璧人真想挖个洞把自己埋起来。

“妈妈喜欢含蓄的人。”非非意外地镇静，竟还与高以诚开起了玩笑，“你看上去太玩世不恭，这样很难得到妈妈的青睐。”

以诚半蹲到非非面前：“我只是更喜欢直接明了地表达我的情感，我认为喜欢一个人需要直言不讳。”

“好吧，祝你好运，伙计。”非非摸摸以诚头顶。

以诚对她宠溺地微笑。

璧人快要被这场面气到昏厥。

“你可有用过早餐？”非非问高以诚。

“没有。”以诚答。

“今天妈妈熬了白米粥，你要是喜欢，可以留下来一起用餐。”非非邀请。

以诚重重点头。

他牵着非非小手站起身，颇有挑衅意味地说：“虞小姐，此刻我是非非小朋友的客人，你下的逐客令不起作用。”

璧人气到发抖。

非非与以诚入座，两人继续海阔天空畅聊。

璧人在厨房里头准备，听得客厅里头欢声笑语一波又一波地传来。

璧人熬的粥很合高以诚胃口，他一口气喝完，举着空碗对璧人讲：“璧人，我还要再来一碗。”

这个小鬼，不知好歹，真是给点阳光就灿烂。

“是，高大爷。”璧人无可奈何地接下空碗。

高以诚轻笑，施施然地对非非讲：“你妈妈此刻恐怕正在心底骂我这个小鬼不知好歹。”

璧人两只耳朵瞬间烧得通红。

非非还在一旁笑着回：“才不会，我妈妈最通情达理，她连脾气都没有。”

“你我说的确定是同一个人？”以诚喝口豆浆，抿抿嘴，“我认识的虞璧人可骄傲得要死，脾气也倔得很。”

璧人速速逃到厨房，这两人的对话，真是不能再听下去。

替以诚舀完粥再进去时，非非与他已在安排休息日的活动。

以诚提议去娱乐谷，非非心向往之。

璧人坐下后，非非就拉着她的手央求：“妈妈，我们一起去玩好不好？我好想去那里玩。”

璧人拗不过，只得答应。

她将米粥碗放到高以诚面前，那厮笑得阳光灿烂：“我也好想去那里玩。”

哦，这头驴！

璧人气结。

到休息日，高以诚开着车子来接璧人母女二人。

三人出发去娱乐谷。

秋日，白天的太阳依旧热烈。

璧人戴着草帽站在阴凉处，高以诚却与非非一会儿坐小飞船一会儿乘小火车，玩得不亦乐乎。

璧人发现，那厮除童心未泯外，他对小孩子还极富有耐心，他甚至还陪非非看完了幼稚冗长的儿童 4D 电影，出来时尚饶有兴致地与非非谈论着剧情。

璧人淡淡笑。

“虞璧人，我们去坐撕裂星空好不好？”以诚忽然唤璧人。

“什么？”璧人回神。

“那里。”以诚朝前努努嘴，“那个过山车，听说这是中国目前最长、世界上翻转最多的 B&M 飞行式过山车。”

璧人看到那个天蓝色的轨道，连连却步：“不，不，不，我受不了这种疯狂与刺激。”

高以诚笑而不答，不由分说拽着她冲上前去。

璧人只得跟着跑，偶尔回头望望非非，她正坐在阳伞底下吃着刨冰，笑着朝自己挥手。

好似在说：去吧，妈妈，这种疯狂与刺激，这辈子经历一次才会无憾啊。

午夜梦回，与高以诚一起坐上云霄飞车的刺激仍叫璧人心有余悸。

但是除了恐惧，居然还掺杂着一丝想念。

比如他在自己耳边刺耳的尖叫或者有意无意中抓住自己手掌的举动。

璧人想到这些都会有些魂不守舍。

好了，再也睡不着了。

璧人看看时间，才凌晨 2 点。

她开了夜灯，轻轻翻身下床，赤脚走到飘窗上去静坐。

外头公路偶尔有车辆行驶过，哪家的婴儿在哭泣，也有失眠者的房间亮着灯。

这种静谧的夜里，连自己的呼吸听起来都重了些许。

最好的睡眠时间，她却在想念高以诚。

是的，想念。

她想他。

这种复杂且浓烈的情愫，她本认为自己再无机会感受，三十二岁，她本该心无旁骛，心如止水的。

可惜，她没有。

她的心依旧像十八岁的懵懂少女为着某个人波涛汹涌，万马奔腾。

怎么办？

她是不能喜欢他的。

璧人深吁口气。

非非喊了一声：“妈妈。”

璧人回头，才发现她是在梦呓。

璧人过去替非非盖好毛毯。

曾经她也是这么一个毫无心事的娃娃，倒头便睡，一觉天明，无烦恼，无负担，无焦虑，时时认为生活美得像花儿一样。

璧人笑。

彼时真好。

父母与美人周三准时回来，璧人与非非去接机。

非非见着外公外婆，远远就冲到二老怀里，还颇玩味地用英文讲：“好久不见，很是想念。”

虞太太当然也用英文答：“我们也想念你。”

“外婆，你的英文讲得真好，竟然还是流行的美式发音。”非非抱着虞太太的丰腰，仰着头微笑。

虞太太乐开了花：“非非，你是吃了加国的枫叶糖了是不是？嘴巴这么甜。”

大家都笑了。

璧人望美人一眼，这位姐姐似永不会开怀，眉头微蹙，眼里布满苍凉。

璧人与美人拥抱：“欢迎你回来，姐姐。”

美人拍拍璧人肩膀。

璧人瞧见美人身后有几大箱行李。

这不是她的风格。

刚想开口问，母亲就抢着答：“那都是我与你父亲的，你姐姐出门永远就一个拉杆箱，只带一瓶香奈儿面霜。”

璧人看着美人。

“店铺在装修，这会儿回来，准备多待些时间再回去。”美人淡淡笑。

璧人点点头，拉起行李带大家朝地下停车库走去。

刚回到家里，虞太太门也没有进，就从行李中取了几包糖果去街坊邻里串门子。

美人在璧人耳边轻声说："我们的妈妈恐怕要讲美利坚的故事给三姑六婆听了。"

璧人笑着点头："是，是，是，她一定不忘再秀一下自己的英语。"

两姐妹同笑。

一家人在老宅用晚餐。

随后，美人跟随非非与璧人一起回家来。

美人躺在非非的卧室里，非非继续与璧人一同睡。

等到璧人冲好凉，非非开着电视早已呼呼大睡。

璧人替她盖好毯子，拿起遥控器准备关机。

电视内正播放一则新闻：

"新一届梁思成建筑奖评选在即，这是授予中国建筑设计师的最高荣誉奖，奖项每两年评选一次，每次设梁思成建筑奖 2 名，梁思成建筑提名奖 2 至 4 名，请到相关网站下载参赛报名表，在指定日期内将所需材料以及作品上报中国建筑协会，具体事宜请浏览以下网站，或致电……"

璧人打开床头柜，凝视着那日拾到的高以诚的设计稿——"蔷薇岛屿"。

璧人看看电视，或许，这才是它最好的归宿。

沐浴完，璧人有些口干舌燥，关了电视，即刻跑到客厅去喝了一大杯凉白开。

赫然发现非非的房间仍有几缕微光射出。

璧人看看时间，近午夜，美人还没有休息？

璧人放下茶杯，推门进去，美人正坐于飘窗，一手夹着香烟，望着窗外怔怔，半杯红酒摆在身边。

璧人轻轻掩上门，走过去坐到美人对面。

美人不知在想些什么想得出神，竟没有发现璧人。

她吸的卷烟是摩尔，专门的女式香烟，听说有浓烈薄荷香味。

美人纤细的手指夹着瘦长的卷烟煞是好看。

“姐姐，有心事？”璧人轻声问。

美人回神，看看璧人微笑：“没有……只是发现，上海的天，连夜里也是灰蒙蒙的，我记得小时候，天空似块墨玉，星星像镶嵌上去的珍珠，夏天，爸爸抱着我们纳凉，吃着冰镇西瓜，妈妈还念神话故事给我们听。”

“天上有织女星，还有牵牛星。织女与牵牛情投意合，心心相印。可是天条律令不允许男欢女爱，更不许他们私自相恋。王母便将牵牛贬下凡尘，令织女不停织云锦以作惩罚……”璧人继续说下去。

美人笑：“你还记得？”

“当然，你十六岁时念秦观的《鹊桥仙》还会抹泪哟！”璧人揭姐姐的丑事。

“纤云弄巧，飞星传恨，银汉迢迢暗度。金风玉露一相逢，便胜却人间无数。柔情似水，佳期如梦，忍顾鹊桥归路！两情若是久长时，又岂在朝朝暮暮。”美人吟唱。

“两情若是久长时，又岂在朝朝暮暮……岂在朝朝暮暮……”美人反复吟，似推敲，似回忆，之后牵牵嘴角问璧人，“有吗？这样的爱情？”

璧人确定地答：“有，只是你我运气均不好，没有遇上罢了。”

“真羡慕你这个乐观派。”

“不然还能怎么样？”璧人摊摊手，“怨气冲天地吐槽命运？你都不晓得，非非都嫌我是祥林嫂了。”

“非非？”美人故意夸张地用手捂住嘴，“上帝……这么刻薄？”

“是，非非，你没有听错，老一辈说孩子是我们前世欠下的债，今生来偿还，如今看来，一点儿也没有错，八岁就这般牙尖嘴利，想想到了十八，二十八……哦，老天。”璧人拍了拍额头，一副昏厥的表情。

美人只是笑，之后耐人寻味地说：“可你却幸运地成了母亲……

一个女儿整日咿咿呀呀地围着你转……我本也可以成为母亲的……那年……如果，我没有拿掉她的话……”

璧人没有过多表示出自己的惊讶。

因为她看见美人熄了烟，神色黯淡地拿起酒杯喝了口葡萄酒，她似乎正在整理情绪，酝酿如何开口说这个连璧人也不知道的复杂故事。

璧人不作声，在这个时候，她极其愿意只做一个安静的聆听者。

“我们是这样相遇的，”美人娓娓道来，“那年，我刚过完十八岁生日，妈妈替我报了油画班，为我日后上美术院校做准备。我不喜欢，我其实想学国画，可妈妈执拗，说学国画的大抵没什么出息，为此，我与她大吵了一架。”

璧人记得，那日姐姐发脾气，将家里的水晶花瓶从二楼摔了下去。

那边，美人继续：“她断了我一周的零花钱，我终忍不住投降，乖乖去上了油画班，有出息了？不见得，你也看到了，我甚至连高中都没有毕业。

“教油画的老师姓林木，日本人，中文说得不错，可他喊我名字时，依旧惯用日语，所以整日整日‘bijin(美人)’、‘bijin(美人)’喊个不停。

“他油画教得极好，以至于我这个本对油画没什么兴致的人也一堂课没有落下。

“一日，他要我们去外头写生。

“‘如果在日本，此刻樱花开得最好，中国的樱花园，远的去不了，近的找不到，真是有些苦恼。’林木一副怅然若失的模样。

“班里的阿海古灵精怪，说此地有处园子，那里的樱花正开得烂漫，林木喜，嚷着非要阿海带我们去不可。

“我们到了才发现那里并非公共场所，而是私人别院，我埋怨：

‘你早不说是私人园子，亏我们走了几里路过来，现在要怎样？你是要让我们大家站在马路边上写生吗？’

“‘这个园子的主人一年也来不了几次，我留意这里很久了，放心，铁定安全。’阿海拍着胸脯自信满满。

“他先翻过铁栅栏进去，随后朝我们挥手，林木起先很是犹豫，但终抵不住樱花的诱惑，随着我们一起翻了进去。

“我们在樱花树下摆出了画架，从背包内取出了颜料盒、画笔……还未开始作画，有个胖嘟嘟的保安就从里头冲出来。

“‘你们是谁？胆敢偷偷跑进私人的园子里来，我此刻就报警抓你们。’保安一脸蛮横，气势汹汹，林木急了，赶忙上去点头哈腰赔礼道歉，解释说明。

“剩下的我们均恶狠狠地盯着阿海，阿海忙摆手，一脸苦相，委屈地讲他根本不晓得此地竟还有保安值班。

“林木的道歉毫无作用，保安依旧准备打 110。

“这时，铁门忽然打开，从外头驶入一辆劳斯莱斯。

“保安听到声音，像狗一样奔过去。

“车里头下来一个俊朗的男子，约莫三十几岁的年纪，穿着白衬衫，外头罩一件浅灰色开衫，下身黑色的西装裤，皮鞋擦得锃亮。

“保安喊他‘林先生’。

“他向林先生告状，一只手还不忘朝我们指指点点。

“‘私闯民宅，罪不可恕。’保安一副义愤填膺的模样。

“林木又上去鞠躬道歉，解释说明。

“那位林先生脸上似笑非笑，深邃的眼眸朝樱花树下的画架望，随后又向周围扫视，目光最后落在我的身上。

“我脸红了，呵，被一个这么英俊的男人盯着看，多少有些激动，我才十八岁，一生最难得、最珍贵、最年轻的十八岁。”

美人微微笑，谈起他，她原本失去光泽的眼睛居然重新闪闪亮亮。

璧人也跟着笑了。

“嘉铭，是，他叫林嘉铭，后来我才知道他叫林嘉铭，”美人继续讲，“嘉铭当时没有为难我们，而是大方地叫我们继续画，还要管家给我们备茶点。林木连连道谢，而他，只是笑着回到了别墅里。

“我们继续在院子里画画，我站着的位置正前方就是他家客厅的窗子，我可以清晰地瞧见他半躺在沙发上看电视连续剧的情景。

“他的侧脸美得无可挑剔，我看得发愣。

“又一辆宾利进来，一个女子从里头俯身走下来。

“她疾步走到了宅子里。

“她与嘉铭拥抱，嘉铭环着她的腰身抱起她转圈圈，随后他们肆无忌惮地拥吻。

“我羡慕那个女人。

“不管你信不信，在那一刻，我多么渴望自己是他怀里的女子。

“是的，一见钟情。

“那是我的情窦初开，嘉铭是我的初恋。

“我那时呆住了。

“阿海过来推推我：‘喂，你在画些什么？’

“我回神，才发现客厅里早已空空如也，而自己的画稿上却用笔临摹了嘉铭的侧脸。

“与他再遇，是在校庆二十周年的晚会上。

“我表演了竖琴，他作为特邀嘉宾坐在观众席的第一排。

“我不敢正眼看他，我至今还记得那晚自己弹竖琴的手都在颤抖，心脏几乎从口中跳跃而出。

“演出完毕，我们集体谢幕，拍照留念时，他就站在我的身边，我第一次与他如此接近，近到闻到了他身上古龙香水的味道，很清，很淡，让人觉得安宁。

“晚会结束，我独自走到巴士站，准备坐车回家。

“一辆劳斯莱斯忽然在我面前停下，嘉铭按下车窗：‘虞美人，

我送你一程好不好？’

“我惊呆了。

“他知道我的名字？

“他竟然晓得我的名字？

“他怎么会知道我的名字？

“我愣在原地半天没有反应。

“嘉铭开始犹豫，自我反问道：‘不是虞美人？难道是我记错了名字？’

“我在心底偷偷发笑。

“那晚是嘉铭送我回的家。

“随后，我们一起去山顶看落日，去海边看日出，一起吃饭，看电影，看歌剧，他会来接我放学，我亦成为他那栋别墅的常客。

“我们很愉快。

“直到当初在别墅看到的那个女人找到了我。

“那日，我刚放学，正兴冲冲地赶到校园外的停车场准备赴嘉铭的约。

“她在半路将车子横在我面前。

“我疑惑地盯着她。

“她从驾驶座上下来，缓缓走到我跟前。

“她取下墨镜，近看这个美人眼尾也有皱纹，脖子也有些松弛，但她一定曾非常美丽，只是红颜弹指老，刹那芳华。

“‘我叫曾可心，或许我们可以聊一聊。’曾可心斜着眼睛看我。

“‘我们没什么话题可聊。’我继续朝前走。

“‘我是林嘉铭的未婚妻。’她在我身后喊。

“我转过身去。

“‘现在，我俩是不是有话题可聊了？’曾可心挑衅地盯着我。

“我平静地看着她。‘没有，依然没有，’我答，‘你是不是他未婚妻与我爱不爱他完全没有关系。’

“我依旧去了停车场，开开心心地与嘉铭一起去看了场爱情电影。

“可她没有放过我，隔一周，她又冲到别墅里来。

“嘉铭将我锁在书房，自己与曾可心在客厅谈判。

“我听到曾可心伤心欲绝的尖叫声，痛苦的咒骂声，以及各种物品摔碎的声响。

“良久，一切终于平静了下来。

“嘉铭替我开了门。

“‘她走了。’他疲惫地对我说。

“我不言语，上去将他拥得紧紧。

“事情当然没有这么容易平息掉。

“又一周，曾可心的哥哥曾可信也找上门来，他对嘉铭骂骂咧咧，动手动脚，并说自己早已订下报纸的整个版面来骂嘉铭这个陈世美。

“嘉铭不作声，任他发泄。

“我看不下去，上去将他推到一边。

“他看到我，将我从头到脚打量一番，之后冷笑几声，冲着嘉铭喊，‘林嘉铭，你将她的红丝绒秋千架放置在哪里？’

“我完全不知道他在说些什么。

“嘉铭却恼羞成怒，红着眼，对他拳打脚踢。

“我与管家废了九牛二虎之力才将二人分开。

“嘉铭冲他咆哮：‘滚，滚出这里，再叫我见到你，我一定会杀了你。’

“曾可信灰溜溜地跑了。

“我不明白为什么嘉铭会发这么大的火。

“当晚，我偷偷上网搜索了那句话的意思……

“《红丝绒秋千架里的女孩》。

“这名女孩是名演员，十四岁时，她认识了一个中年富翁。他们住在一起多年。十九岁时，她曾经想摆脱他，跑出来，嫁人，但事隔不久，她又回去再跟他在一起，直到她二十多岁，有一日，她拔枪将他击毙。他曾给了她一座豪华的住宅，在大厅中央，他做了一只红色丝绒的秋千架子，每天晚上，他令她裸体在上面打秋千，给他欣赏……

“我倒吸了一口凉气。

“‘抱歉，因为我你才会受到这样子的侮辱。’

“我回头，嘉铭不知何时已站在了我身后。

“我没有说话，将他拥得紧紧。

“我说：‘嘉铭，我们私奔好不好？’

“嘉铭点点头，问我：‘地狱抑或天堂？’

“我答：‘到月球。’

“嘉铭笑。

“就这样，我们到了瑞士的公寓，度过了这辈子最美好的时光，嘉铭日日寸步不离地陪着我。

“有日深夜，我听见嘉铭躲在卫生间里讲电话，他在哭，我敲门，嘉铭出来。

“我问：‘怎么了，嘉铭？’

“‘什么怎么了？’嘉铭若无其事地，搂着我的肩膀，‘我只是上了一个卫生间，好了，夜深了，快些睡觉去。’

“他不想说，我怎好强人所难。

“我不再问了，与他一同休息。

“第二天，嘉铭坐飞机飞回了中国。

“临走时，他叮嘱我注意身体，说他处理好公司的问题后，即刻就会回来与我团聚。

“我点头，他一遍遍吻我。

“我与他告别。

“他走后，我发现自己怀孕了。

“我高兴地给嘉铭打电话。

“嘉铭很久才接起来。

“我快活地喊：‘嘉铭。’

“他在那头疲惫地问我：‘什么事，我的美人？’

“‘我想你，嘉铭。’在那一刹那，我忽然决定给他一个惊喜，所以顾左右而言他：‘你有没有想我？’

“‘我也想你，’嘉铭对我说：‘抱歉，美人，只是，请再等我几天，我还需要在中国多留一些时间处理事务。’

“我应允。

“嘉铭与我挂上电话。

“外头有门铃响，我去开，是曾可信。

“‘好久不见，虞美人。’他干巴巴地朝我冷笑了几声。

“我问他来这里做什么？

“曾可信没有回答，直直进了屋子里。

“他拿出一根香烟点着抽了起来，环顾四周。

“‘来找红丝绒秋千？’我见状冷冷问。

“曾可信牵牵嘴角：‘难怪人说女子最记仇。’

“‘可不是，本就是，黄蜂尾后针，最毒妇人心。’我再问，‘你究竟来这里做什么？’

“他没有回答我，却从怀里掏出一张中文报纸递给我。

“我接过，打开，上头经济版面写着标题：林氏集团总裁病危，林氏收购凯达案是否停摆？

“我瞠目。

“曾可信对我说：‘林老头被嘉铭气出了心脏病，我也不好过，我妹妹被你们气进了疯人院。’

“曾可信问我：‘你倒来告诉我，你们的爱情究竟有多值钱？要这么多人赔上性命？’

“我头皮一阵发麻，答也答不出来，脚还似被钉子钉在地板上一样，一步也没有办法移动。

“当晚，嘉铭一个又一个的电话进来，我都没有勇气再去接听。

“第二天，我拿着嘉铭留给我的钞票独自一人跑去医院堕了胎。

“那是我思考了一夜的结果。

“我认为这是当时最好的解决方法。

“手术很快，我在医院躺了两小时就打的回到了公寓里。

“我躺在床上，床头只放了牛奶与吐司面包，还有医院配的一些维生素。

“嘉铭又来了电话，我接听，嘉铭焦急地问我是不是发生了什么要紧的事，需不需要他立刻回来。

“我说：‘你昨天打我电话时，我正抱着一个金发帅哥跳舞，没空接。’

“嘉铭都要笑岔气了。

“我笑不出来，我累得只想睡觉。

“我找借口与嘉铭挂断。

“嘉铭说：‘等我回来，美人。’

“我没有回答，因为我已经决定要离开他了。

“三天后，我从瑞士的公寓里头搬走，直至今日都没有再回去过。

“我不知道后来嘉铭有没有再回去，是不是也找过我。

“这个答案不重要。

“反正无论怎样，我都从未后悔。

“因为我与他曾经是那样的深深爱过。”

这个故事听完，天已微微发亮，外头依旧雾蒙蒙。

美人沉默地托着腮。

一定一定很久了，她始终隐藏着这个故事，所以她的脸上才会永远这般空虚与惆怅。

璧人唏嘘。

她恐怕会用一生去回忆这个故事。

但是，很可惜，璧人没能在这个故事里找到自己的位置。

因为美人穿着格子裙跳舞时，璧人在念牛顿定律。美人躺在草地看星星时，璧人背勾股定理。美人背着画板去写生时，璧人在世界地图上绘着经纬线。

当时，璧人在写功课，佳人偶尔推门进来，探着小脑袋说："二姐，学校里头有人在传谣言，说大姐做了有钱人的情妇。"

璧人翻着图书不慌不忙地回："谣言止于智者。"

父母可没有璧人这般镇定。

为此，母亲不是没有骂过美人的。

可美人才不理她，依旧我行我素，玩到三更半夜才回来。

母亲埋怨父亲："你怎么不管教管教她？我说得口水都没了，你好歹也发发威，吓唬吓唬她。我告诉你，这样任她野马脱缰下去，迟早会惹出祸端来。"

父亲只是重重叹气，不好意思地开口："这种事，我一个男人怎么好去说。"

母亲又开始骂父亲。

父亲只好硬着头皮准备找美人"交流"。

只是他没有机会。

璧人清楚地记得，从那晚开始美人没有再回家来。

那夜，父母电话打了一圈，两人坐在客厅等到天明。

隔一天，一个黑衣人驾着一辆车来接父亲走。

母亲忐忑地在客厅内来回踱步。

璧人与佳人趴在楼梯口偷偷看。

不久，父亲垂头丧气地回来。

母亲上去问："怎么样？"

父亲坐到八仙桌边，抽根香烟回："听说是私奔，对方是林氏集团的少爷。”

“两个人去了哪里？”母亲煞白了面孔，坐到父亲对面。

“正找侦探在查。”

“为什么不报警？”

“人家是财阀，比不得我们这种小户人家，人家丢不起这个脸。”

母亲握着拳头，不断擂着桌子怔怔落泪：“我就晓得有这么一天，一个女孩子生得这副好皮囊，从来都不是什么好事。”

“林家说要是美人有消息回来，即刻通知他们。”父亲说。

“回来？你不晓得美人的脾气？她怎么可能还会再回来。”母亲哭。

母亲与父亲均开始沉默。

当时还年幼的佳人推推璧人肩膀轻轻问：“二姐，什么叫做私奔？大姐为什么要跟别人私奔？”

璧人抱着佳人不说话。

自此后，父母不允许她们再聊起美人。

几年后，美人忽然拉个拉杆箱，孑然一身地回来，她喊：爸、妈。

父亲老泪纵横，母亲则像看个陌生人。

但同样的是：谁都没有再提起美人的十八岁。

好像虞美人从未有过十八岁一样。

璧人从回忆里出来。

她伸手环抱住面前的美人：“姐姐，你一定会再遇上一个人，他会将你捧在手掌心，你会受到万千宠爱。”

美人哽咽。

两姐妹拥抱了良久。

美人抹抹眼角的泪痕，轻轻推开璧人。

“佳人婚礼后，我想去旅行。”美人说。

“这个时间，去日本京都看枫叶最最好。”璧人提议。

“不去日本，日本这个国家不矜贵。”美人一脸鄙夷。

璧人笑。

“那去哪里？”璧人问。

“听说新西兰有个箭镇。”

“箭镇？”

“是的，箭镇，新西兰最早、最多留着中国人脚印的地方。”美人向往。

美人笑，“睡吧，再不睡，就没有精神参加佳人的婚礼了。”

“是的，在她眼里，我们打个哈欠均会影响到她的‘完美婚礼’。”璧人起身与美人告辞。

美人笑着挥手。

两人争分夺秒地休息。

两姐妹穿戴整齐、神采奕奕地去参加佳人的婚礼，临行前还不忘特意饮了杯咖啡提神。可佳人的婚礼很不如意。

去邮轮的路上，公车抛锚不算，到邮轮上，天还下起了大雨。

司仪说要取消甲板仪式。

佳人不肯，说这场婚礼她最中意的环节就是甲板仪式，失了它，全程再好也毫无意义。

司仪无奈，只好找了几个工作人员替她与郭俊打伞，自己撑了把伞，站在雨里头。

设备线路也受下雨影响，麦克风要么有杂音，要么干脆喊一下停一下。

还有佳人执意要戴的头纱，围着邮轮上下铺满也没有给宾客带来惊喜，他们情绪低得要死，谁也没有顾及脚下，雨水混着脚底的泥巴，在佳人原本引以为傲的头纱上踩来踩去，那条头纱狼狈不堪，还成了最大的累赘。

仪式终于结束，佳人扔了头纱躲在化妆间里哭。

郭俊把门敲了又敲，她不应声，只哭得更响亮。

双亲来问："在做什么？大家都饿得前胸贴到后背了，你们下一个环节怎么还不开始？这热菜还要不要让厨房上？"

郭俊委屈着。

他只得偷偷找璧人来帮忙。

"虞佳人，你开不开门？"璧人在门外喊。

"你们不要管我，让我哭死好了。"佳人哭声渐高。

郭家二老已露出不满。

虞先生与虞太太也来了，拉着亲家频频点头致歉，又忙着替佳人解释："她太在乎这场婚礼了，你们不晓得，她连敬茶的喜杯，也改了又改。"

"今儿又不是我们两家人吃饭，是婚宴，有这么多亲戚，还有这么多宾客。"郭太太指指外头。

"是，亲家说得极是，是佳人不好，她不该在这个时候耍小孩子脾气，我们去外头招呼客人，让她姐姐来处理这里好不好？"虞太太"晓以大义"。

郭太太犹豫不决，郭老先生催着她："好了，走吧，连家长都不去招呼，场面更难看了。"

四个老人走到前厅。

郭俊面朝璧人："姐姐，我已无能为力了。"

璧人不响，重重拍了拍化妆室的门："虞佳人，你要是再不开门，我即刻叫邮轮调头，轰所有宾客下去！新娘都不出来，还喝什么喜酒？将礼金统统退还，各回各家，让他们到处讲此处的笑话好了。"

佳人终于将门打开。

璧人看着哭成泪人的小妹心又软下来。

"你这么哭下去，要让化妆师怎么补妆？"璧人柔声道。

佳人扑到璧人怀里："为什么要下雨，这场雨毁了我的婚礼。"

"瞎讲，"璧人拉开她，与她面对面，"你没听说下雨日成婚的夫妇才会受到老天爷更多的祝福吗？”

佳人抽噎：“真的？姐姐你不会是骗我吧。”

“我骗过你？我成婚时晴空万里，十年后还不是照样离婚。”

佳人半信半疑。

璧人朝郭俊使了眼色，郭俊即刻找了化妆师来。

佳人换上了礼服，开始重新化妆、盘头。

璧人当然对佳人撒了谎，其实当时璧人想对她说：终有一日你会发现，婚姻的好坏，与一场仪式精不精彩完全没有关系，作秀结束，谁都要回到狗一样的人生里。

璧人轻轻走出去。

她看见郭俊不知何时独自一人跑到甲板上抽着烟。

璧人过去，轻声说：“抱歉，郭俊，小妹叫你费心了，她现在怀孕，情绪比较容易激动，想想她怀胎十月后还要替你生儿育女，受一朝分娩之痛，体谅她点儿。”

郭俊红着眼圈，轻轻点了点头。

璧人不晓得他是感动抑或委屈。

璧人回到宴席，身边的美人在她耳边问：“这场雨下得那丫头也在洪水泛滥了？”

到底是姐妹。

“是，在里头发小孩子脾气哭得可伤心呢。”璧人答。

“这点儿事都哭？回头告诉她，不要随便哭，哭多了，她的眼泪就不值钱了。”

璧人笑着连声应诺。

司仪推说刚刚在“修理设备”，现在“设备”已经维修好，将继续婚宴。

为对各位表示歉意，他将亲自高歌一曲。

宾客鼓掌。

一曲后，一袭红色礼服的佳人挽着郭俊从后台缓步出来。

这是他们的婚礼。

无论发生什么，这两人今日注定是全场的焦点。

而在外人看来，佳人痛恨万分的这场雨，不过是这场婚礼的一个小插曲。

不日后，他们就会遗忘，也懒得去谈起，但他们一定会将送了多少礼金记得清清楚楚。

人情债嘛，笔笔都要分明，因为自己是断不能在这个上面吃亏的。

参加完佳人的婚礼，美人也启程飞了箭城。

璧人特意去浏览了网页，寻找了箭城的信息：

“这是个 150 年前因为淘金而发展起来的新西兰小镇，在秋天里走进去就仿佛走进了童话世界，这里是新西兰最早、最多留着中国人脚印的地方。在寒冷的冬天里，峡谷里山风刺骨，河水冰凉，雪山上不停地飘着雪，中国的淘金矿工在镇子附近的箭河边造起了保暖的小木屋，这些小木屋给他们艰辛的生活带去一点温暖……”

璧人好奇是谁将这座童话小镇推荐了给了美人，以至于美人这般朝思暮想、急不可耐地拉起行李箱说走就走了呢？

非非也在婚礼结束后的第二天返回了加国。

璧人与以诚一起送她去了机场。

短短几天，高以诚俨然成了非非的知己朋友，两人恋恋不舍，互留了邮箱不算，还在计划下次再见面的时间。

非非过来同母亲拥抱，对她耳语：“妈妈，他看上去不错。”

璧人故意糊涂地讲：“那张脸是长得无可挑剔。”

璧人问非非：“你父亲会不会来接机？”

“我昨晚已写邮件将航班信息告知他。”

璧人拥紧爱女：“好好照顾自己，有不如意记得第一时间给我来电话。”

非非点头。

以诚与璧人看着非非进入安检办理通关手续。

璧人的眼眶又湿润了。

“她真是一个有趣的孩子。”高以诚两手插在裤袋里。

“想不到你还能和她玩到一块去。”璧人说。

“孩子最坦白，喜欢与厌恶全在脸上，最容易相处。”

璧人不说话。

“很多时候，或许可以学学非非。”高以诚转过头来看着璧人。

“什么意思？”璧人问。

“她会毫不掩饰对我的喜欢。”

璧人看他一眼。

“因为她还未到三十二岁。”璧人答。

璧人转身先走。

高以诚吁出口长气。

高以诚载着璧人去用午餐。

他选了一家意大利餐厅。

以诚捧着菜单看了又看，最终点了份情侣套餐。

一旁的女服务员笑着问：“先生，要不要给女友再点一份玛格丽特饼干做餐后甜点？这是我们餐厅推出的新品，由三星米其林主厨制作。”

“是，她是我女友，”高以诚乐呵呵，“哦，你刚刚说什么？试吃新品，可以，完全可以，我们愿意做尝试，将你说的玛格丽特替我拿一打上来。”

女服务员应诺，笑着离去。

高以诚有些乐不可支。

他神气地对璧人说：“听见没？她说你是我女友，连个外人都能看出你是我女友。”

璧人对他幼稚的举动不置可否。

她叹口气起身。

“生气了？”以诚被她的举动吓到，急急问，“她们说你是我阿姨，你才应该生气好不好？”

璧人盯着他，无可奈何地回：“人有三急，高先生。”

“哦，抱歉，那你请便。”高以诚愉快地喝着柠檬水。

曾经，她也会为徐君生的一句话、一抹笑、一个拥抱，快乐得忘乎所以。

可是年年岁岁花相似，岁岁年年人不同。

璧人深深叹息。

璧人去洗手间，经过服务台时，听见几个女服务员围成一圈窃窃私语。

“你看到5号桌的男士没有？俊美得像阿多尼斯一样，怎么会有人帅到这么没有天理？”

她们在谈论高以诚。

“你们有没有看到他的女伴？我保证她足足大了他十岁，你们没有瞧见她的脖子，松松垮垮完全没有水分。”

这是刚刚替他们点餐、推荐了玛格丽特饼干的女服务员。

“还有她的胯有这么宽，我保证她生过孩子。”她用手在自己面前比了比。

“那位帅哥被她灌了什么迷魂汤药？”

他们替高以诚惋惜、心痛。

“还有，她脸颊上爬满了雀斑。”

“这里？”其中一个在自己脸上比了比。

“不，还下来些，在两个颧骨附近。”

“那个地方？听说堕过胎才会长那个地方。”

“哦，老天，不公平，为什么这种女人可以遇上这么好的男人。”

呵，这种女人。

璧人的表情维持得极好，大大方方地走了过来。

那个多嘴的女服务员一看璧人，即刻惊慌失措。

璧人继续朝前走。

只听得后面还有喁喁细语：

“你怎么了？”

“怎么办？我说的就是她……”

……

人言可畏。

璧人回到桌位，菜肴已端上桌。

璧人入座，以诚将一碗蔬菜汤推到她面前：“尝尝，味道不错。”

璧人点点头，看着以诚在自己面前大快朵颐。

阳光透过玻璃窗射到他身上。

璧人唏嘘，微笑的他，一尘不染。而自己，满身布满了尘埃，洗也洗不掉。

那个女服务员端着玛格丽特饼干再度过来。

璧人忽然对以诚说：“高以诚，十年前，我也年轻过，肌如凝脂，齿如碎玉，蛾眉方额，樱口桃腮，嫣然一笑，惑阳城，迷下蔡，骄傲得什么都可以斜着眼去看，认为时间也会绕过我流逝去。后来，我年华老去，身材走样，面容受岁月摧残，才晓得，女人的好时光不过就那么几年，红颜弹指老，刹那芳华。”

女服务员羞愧地低着头速速离去。

以诚疑惑不解地盯着她看，之后不满地说：“又来提醒我你的年龄？”

璧人不说话。

“你三十二岁，我打算追求你时，就晓得你是三十二岁，你不用时时刻刻提醒我你是三十二岁。”以诚气呼呼地回。

他垂头闷声不响地吃饭。

这个小子……

璧人轻轻笑。

若是早些遇上你该多好……

第九章
抗拒

翌日是休息日，璧人睡到了日上三竿。

午餐就简简单单用三明治解决。

午后，她泡了壶玫瑰花茶，捧了本小说躺在沙发里看。

书读到一半，高以仁的电话却意外地进来。

璧人疑惑地接听。

而那头，却不是高以仁，而是一个男孩在幼稚地问："嘻嘻，猜猜我是谁？"

璧人故作惊讶："呀，你是谁？你的来电显示的是外太空，我不知道你为什么要打我的电话？"

天天果然在电话那头咯咯笑。

"曲奇阿姨，我是天天。"天天礼貌问候。

"你好，天天。"璧人寒暄。

"你好，曲奇阿姨，你在忙些什么？"

"在家看书休息。"

"曲奇阿姨，爸爸和我打算到森林公园野餐，天天希望你也能来。"

“既然天天邀请，阿姨当然愿意去。”

天天又笑了。

“那一个小时后，我与爸爸来接你哦。”

璧人应声“好”。

璧人与天天挂断电话，她取来一张书签插入内页，起身进了厨房。

她花了些时间做了水果色拉与三明治和简易寿司。

一个小时后，高以仁准时到楼下，他电话来提醒。

璧人提着野餐篮下楼去。

三人到达森林公园。

以仁铺好野餐毯，捧了饮料以及面包出来。

璧人也将食物取出。

天天看到璧人保鲜盒中精致的小食，直拍手叫好：“曲奇阿姨，你做的料理看上去就很美味，爸爸说妈妈去梅非 2 星球前，也会替天天做这么好看又好吃的料理。”

梅非 2？

璧人不解地望着高以仁。

高以仁将食指伸在嘴唇前：“嘘……”

璧人会意，他要她暂时噤声，想必他稍后一定会告诉她缘由。

璧人点头，她再度望向天天。

璧人摸了摸他头顶：“那你记得多吃点。”

天天连连应好。

天天开始了他的饕餮盛宴。

璧人也替高以仁取了几块寿司端过去。

高以仁笑着道谢，开了瓶果汁送到璧人手里。

不用说，在外人看来，这一定是恩爱的一家三口在欢度周末的场景：帅气儒雅的丈夫，温婉贤淑的妻子，以及一个宛如安琪儿的男孩。

休息片刻，天天拿着足球与随家人在此处野餐的小朋友到不远处玩耍。

高以仁对璧人说：“天天的母亲，两年前因车祸去世。”

璧人仔细听。

“至今，我们还没有告诉天天他母亲去世的消息，因为他根本还不知道死亡的意思，所以我只得撒谎，骗他说他的母亲去了梅非2星球，很久才会从那里回来。”

璧人悲哀：“让这么小的娃娃认识它是有些残忍。”

高以仁垂着头：“都是我不好，要不是我与伊丽莎吵架，她就不会赌气开车去兜风，那样就不会发生那场交通事故。”

伊丽莎？

高以诚曾经也有一个女人叫伊丽莎。

为什么有这么多女人都要用伊丽莎做英文名？

“这不是你的错，你不用过分自责。”璧人开解他。

“不，是我的错，因为我时常忙于工作而疏忽了对她的关心，连用人都看出了伊丽莎情绪不佳，我却依旧在云里雾里。”

“逝者如斯，生者坚强，一切已无法改变，你也要学着放下。”

“天天来酒店找我的那日，其实是我太太的忌日，我答应过要与他一起过，因为天天说想录影发邮件给他母亲看，结果，你也看到了，我有重要会议要开又失约，还叫天天找了又找。”

璧人记得那日，那日她在大厅再次遇到了天天。

也是那日，高以诚在依露申喝得烂醉，璧人将他扛回了家。

高以仁凄楚地笑：“天天长大得知真相后，他一定会怨恨我。”

“不，他会感激含辛茹苦将他拉扯大的父亲。”璧人说。

高以仁看着她：“谢谢你，璧人，与你聊天，总是那么使人心情愉快。”

璧人笑笑，有意别过脸去看着天天。

她是过来人了，况且她也已经三十二岁了。

这样的人当然晓得那句话里头的意思。

但是，她不想知道里面有些什么。

于是她才故意与高以仁聊起了别的来：“你瞧，天天踢球踢得多好。”

“运动是他的强项。”高以仁也望向了孩子。

“但是你也要让他去学些乐器才好。”

“为什么？”

“将来好拿来追女生啊。”

高以仁哈哈笑出声来。

因为成功拿下T旅行社的新一季合约，璧人也三级跳，一跃成为了高级销售经理。

一时之间，她成了亚美的红人，励志姐。

那些刚入职的新人，巴不得要她赶快撰写一本《成功秘籍》好背回家里修炼。

也有些像克劳德一样的老员工酸溜溜地讲：“亚美销售部的风光此刻都被这个大婶给占尽了，真不知道她走了什么绝世好运。”

比伯与伯尼也苦着脸。

安琪讽刺地说：“真是一种米养百样人，有些人却连狗屎运都交不到。”

克劳德懊恼：“安琪，你休来讥讽我们，你也一样，我们是五十步笑百步。”

安琪冷笑：“谁跟你这个头号羊牯一样。”

克劳德一跃而起：“是，这次是我们傻，放在嘴中的肉竟也能被人叼走。此刻她是小鬼升城隍，小人得志，风头鼎盛。但是我告诉你，我也不会再对她心慈手软，我非要告诉她这里是谁的天下不可。”

安琪不温不火地回：“通常声音最大的都是空罐子。”

“你……”

比伯上来按住克劳德："好了，好了，一人少说一句，不要自乱阵脚。"

他们早视璧人为敌，用楚河汉界将自己同她分成两边。

朱丽与璧人从外头进来，大家各自散去回到工位。

伯尼找借口拉朱丽出去。

比伯当然晓得他是去提醒或者警告朱丽：要她认清自己的身份，切莫敌友不分。

伯尼朝克劳德使眼色，克劳德嘴角浮出一抹阴笑。

安琪鄙视地冷笑，果真是群天字第一号瘟生。

高以仁喊璧人进办公室，同她聊起与Q旅行社协议续签的问题。

"Q旅行社与亚美的两年合同期满，前几日法务部去续签合同，但是对方却一再推托，先是说主管外出，后说条款有待修正，像瑞希这样的国际连锁酒店最近也在盯着他们，我觉得不能排除Q旅行社准备中断与我们合作，另寻他家的可能性。"高以仁眉头深锁。

"商场如战场，从来都是不进则退，你的担忧很有道理。"璧人答。

"本周六晚，Q旅行社的金社长在瑾会所召开慈善募集晚宴，晚会将会拍卖她的部分国画作品，所得善款将会全部捐赠红十字会，专款专项用于留守儿童的教育支持，我们一同去看看。"

"金社长还擅长国画？"璧人惊讶。

"是，她是女中豪杰，长袖善舞，不仅公司经营得好，书画也了得。"

"她还有什么是不会的？"璧人佩服之至。

"她不会恋爱。"高以仁玩笑似的讲，"所以她至今都单身一人。"

"这么精彩的女人，当然看什么男人都是凡夫俗子，怎能配得上她？"

"可我觉得，对于一个女人来说，家庭才应该是她最大的成就。”

“大男子主义。”

“我？有吗？”高以仁笑，“或许有这么一丁点，好了，不开玩笑了，周六 18 点，我来接你过去。”

璧人应诺。

当晚，璧人绾着发髻，略施粉妆，穿着一条香奈儿黑色礼服，穿了一双羊皮小靴与高以仁一同出席。

高以仁目不转睛地盯着她看：“璧人，今晚的你光彩照人，玲珑可爱。”

璧人被这么直接的赞美引得双颊红红，似颗诱人的红苹果。

两人到前台签到。

Q 旅行社的金挚爱亲自出来相迎：“你来了，以仁。”

她笑着招呼，一副与高以仁十分熟稔的模样。

“好久不见，阿姨。”高以仁同她拥抱一下。

璧人意外地看着二人。

“你父亲没有来？”金挚爱继续笑问。

“今日郭伯伯女儿大婚。”高以仁答。

“哦，对，我怎么将这个给忘记了，因为这边慈善会的关系，我还叫千惠替我去老郭家出席了。”金挚爱用食指点点自己脑门，“你瞧我的榆木脑袋，真是越老越不中用。”

金挚爱爽朗地笑：“何止脑袋，什么都退化了，皮肤发皱，骨头发松，睡眠时间越来越少。”

“在我眼里，金阿姨永远活力充沛，年轻漂亮，时间只会助增你风韵而已。”

“这些话，听着像以诚，你何时也学他这般油嘴滑舌了。”

“金阿姨，我是实话实说。”

“好，好，不管是实话还是大话，我听着高兴。”金挚爱拍拍高以仁肩膀，她注意到站在一旁的璧人。

“金社长好。”璧人礼貌地寒暄招呼。

金挚爱看了看高以仁。

“这位是劳拉。”高以仁向她介绍。

金挚爱与璧人握手，随后对高以仁耳语：“端庄美丽，落落大方，看上去是个好姑娘。”

高以仁笑：“阿姨，您误会了，劳拉只是我的下属。”

“伊丽莎走了两年，不管为你还是天天，均要做打算才好。”金挚爱做出长辈的样子来提醒。

“是。”高以仁恭敬地回答。

“好了，你们先去用些香槟与甜点，我还有客人要去招呼。”金挚爱向二人告辞。

高以仁点点头，璧人欠欠身。

金挚爱走后，璧人问以仁：“看上去你与金社长是故友，为什么还对合约之事牵肠挂肚？续约不是板上钉钉的事吗？”

高以仁答：“我父亲与金家确实是世交。因为这个原因，金阿姨给了亚美许多生意，同样我们对他们也行了很大的便利，Ω与亚美合作无可厚非，但并非代表他们有义务与责任必须同亚美合作，你也知道商场如战场，他们都是商人，生意上在商言商，情谊二字远不及利润来得珍贵。”

璧人醍醐灌顶。

“哦，对了，刚刚金社长看着我，同时在跟你说些什么？”璧人好奇。

高以仁笑：“哦，没什么，她只是夸赞我今天的女伴漂亮而已。”

璧人怀疑地盯着他看。

高以仁拉她走到大厅，并取了香槟递给她。

璧人道谢，拿起呷了一口。

晚会人口处，金挚爱又迎了两位客人进来。

一对俊男美女，好不夺人眼球。

“曾家兄妹来了。”高以仁向璧人介绍说，“本市最大地产大亨的一双儿女：曾可信与曾可心。”

曾可信？曾可心？

璧人惊，难道他们就是美人口中的曾可信与曾可心？

金挚爱已亲自送两人到大厅来。

那边璧人依旧确认似的在问：“你说他们是谁？”

“哦，抱歉，我忘记了，曾可心已与林氏集团公子成婚，应该喊她为林太太才是。”高以仁答。

“林嘉铭？”璧人脱口而出。

“是，是林嘉铭，”高以仁意外，“你也知道林嘉铭？哦，那也是，林氏是本市最大的建筑公司，当时两大集团联姻，还曾轰动一时，不管娱乐杂志抑或财经周刊都争相报道两人的婚讯，你知道也不足为奇。”

高以仁喝着香槟，璧人却再也说不出话来，她只觉得浑身发冷，好似有人将一盆冰水从她头顶心灌下来，肌肉缩了一寸，动弹不得。

璧人清楚地记得，美人曾告诉过她，是曾可信千里迢迢到瑞士找到她，告诉她他的妹妹因为她的关系进了疯人院。

阴谋。

原来是场阴谋。

这绝对是场阴谋。

璧人猜测，

不，不是猜测。

璧人笃信事实的真相就是这样：

妹妹要夺回爱人。

哥哥要保护妹妹。

他们联合起来欺骗了美人。

他们叫美人无时无刻不在受良心的谴责。

一定没有错，一定是这样。

他们合谋演了戏给美人看。

可怜的美人上当了。

她离开了爱人还拿掉了孩子。

原来在那个故事里，美人才是最大的受害人。

她一定要告诉美人这个事实。

璧人双手握拳，愤愤不平。

随后她又飞快地否决：不，不行，美人多么艰难才走出了那段情伤，决不能再将她推回至万劫不复的深渊里去。

不，不行。

璧人警醒。

“劳拉，你怎么了，是不是不舒服，劳拉？”一旁的高以仁见状，焦急地问。

璧人回神，这才发现自己惊得额头汩汩冒着冷汗。

“哦，抱歉，可能是冷气的关系，”璧人强颜欢笑，“我没事。”

高以仁放松下来。

“嗨，高以仁。”

璧人闻声抬头，竟是曾可心挽着哥哥曾可信的手朝他们走过来。

“好久不见，高以仁。”曾可信先开口。

“好久不见。”以仁笑着同他握握手。

以仁又面朝曾可心：“你好，林太太。”

曾可心礼貌微笑。

“林先生没有来？”以仁问。

“嘉铭此刻正在巴黎签合同，来不及赶回来。”曾可心答，眼尾却扫着身边的璧人。

她尖锐的下巴，刻薄的唇使璧人本能地退后一步。

“这位是？”曾可信礼貌地朝璧人伸伸手。

“哦，让我来介绍一下，”高以仁移开一步，“这位是劳拉，我的下属。劳拉，这位是曾可信，我的老同学，我们同在纽约圣约翰大学念过书。这位是林曾可心，可信的妹妹。”

“你好，劳拉。”曾可信朝璧人伸出右手，“劳拉小姐，说来你一定不相信，你长得与我们认识的一位故人竟有七分相像。”

所以他们走过来看个究竟。

君子坦荡荡，小人长戚戚。

做过亏心事才会这般杯弓蛇影，草木皆兵。

璧人牵牵嘴角，不答，只礼貌同他握握手。

一旁不明所以的高以仁爽朗地笑：“可信，我劝你再好好看看，搞不好就是她。”

“是，我也希望是她，我们已好些年没有见面了，真想再见一次，三个人喝杯茶也是好的。”曾可信笑着虚伪地答。

喝茶？

你们巴不得将美人剥皮抽筋吧。

璧人气得暗暗发抖。

“好了，你先慢聊，我们去那里头看看。”曾氏兄妹告辞离开。

不知为何，璧人竟可以清楚地听得两人移步出去后的细语：

“你少神经兮兮，我说过根本不会是她。”是曾可信。

“世界上怎么会有这么相像的两个人？你没看到那双眼睛，她的那双眼睛与那个贱人一模一样……”曾可心情绪起伏极大。

是的。

她与美人的眼睛最相像。

但是，除了这双眼睛，璧人与美人哪里都不一样。

佳人才像美人。

她俩遗传了母亲，璧人却随了父亲。

贱人。

她这么称呼美人。

曾可心时至今日都无法忘却曾经的夺夫之恨。

璧人想到美人独自一人跑去医院做堕胎手术的光景。

此刻，她多想拥抱美人，她也想将他们揪到美人面前控诉：

美人，他们是凶手。

是他们杀了你的孩子。

现在，随你来处置他们……

想到这儿，璧人一阵晕眩，脚底不稳，身体一个踉跄，险些跌倒，幸得高以仁即刻搀扶住。

“劳拉，你怎么了？你的脸色怎么差成这副样子。”高以仁一边关切地询问，一边从口袋里取出小方手绢替璧人擦拭额头的冷汗。

“不，我没事，我只是……我只是……”

璧人还未回答完全，就看见高以诚不知何时已进了大厅，正气势汹汹地站在自己面前。

她下意识地推开以仁，一脸尴尬地站在原地。

璧人一副惊恐的模样也吓坏了以仁。

他回头。

“你来了？”高以仁意外地问，“你怎么来了？真没有想到你也会来这种场合。”

是，这种场合高以诚从不屑来。

今晚，他原本正舒服地躺在家中的睡袋里听着音乐休息，林千惠打来电话。

“以诚哥，以仁哥交女朋友了？”

以诚觉无聊，埋怨千惠：“林千惠，关心这种事，你快成长舌妇了。”

“刚刚阿姨给我打电话来，顺口才说起的，她说以仁哥还带她参加了今晚的慈善拍卖晚宴。”

以诚只想挂上电话。

“听说是他的下属，英文名叫劳拉。”

听到这个名字，以诚又拿起手机附到自己耳边。

“你说谁？”高以诚吓得魂不附体。

“劳拉。”千惠又漫不经心地答一遍。

以诚即刻摔下电话，开车。睡袋里头，还未挂断的电话里，依旧传出千惠“喂、喂、喂”的呼喊声……

有个用人走到以仁身边：“高先生，我们社长烦你过去一次。”

高以仁抬头，看到不远处的金挚爱正朝自己挥手，她身边不意外地还站着瑞希销售总监——大卫李。

高以仁火速过去。

以仁走后，璧人更加局促不安，她连正眼看以诚的勇气都没有。

她是怎么了，为何会这般心绪不宁？

她镇静思索，才发现这种情绪竟是心虚。

怎么会？

她为什么会觉得心虚？

她有什么心虚的理由？

一个三十二岁的女人因为个毛头小子惶惶不可终日，真是幼稚可笑、无聊透顶。

她咬咬牙，挺起腰板正面相迎。

“经理今日也来购字画？”她官方地问。

高以诚不语，一双眼眸内火光四射。

璧人被看得发慌。

“高先生，请你不要像对罪犯一样盯着我看，要知道，我并没有犯什么错。”璧人清清喉咙。

高以诚依旧不语。

他一把拉起璧人手腕，转身朝门口冲去。

“你想干什么？”璧人发急。

以诚转过头去冷峻地警告：“你不想我在此地发作的话，就乖乖闭嘴跟我出来。”

璧人环顾四周，宾客云集，衣香鬓影。

宴会的主人在不远处谈笑风生。

这种时候当然不好因她惹出事端。

她只得放弃对抗，任凭高以诚带着她跑出去。

二人到达花园。

“高以诚，你带我来这里做什么？”璧人挣脱开以诚手掌，另一手覆在发红的腕上重重喘着气。

高以诚怒目而视：“我分明警告过你不要跟我哥哥走近的，如今却还敢跟他出双入对地跑到这里来！”

璧人眉头深锁看着以诚。

高以诚盯着璧人：“你要我说多少遍，我不允许你跟他在一起。”

“关你什么事？我跟谁在一起，做些什么，都关你什么事？你算谁，要你来管我的事？”璧人反抗。

“虞璧人，你不要试图考验我的耐心！”

“我也不是俎上之鱼。”

高以诚叹口气，稍稍缓和口气：“我哥哥究竟哪里好了？为什么你们个个都被他吸引？”

璧人也气昏了头脑，没有听出这句话的“语病”。

你们，高以诚说“你们”。

璧人只气冲冲地回：“因为他成熟，稳重，儒雅，绅士。”

“听上去你对他抱有很大的好感。”

“你去找个会讨厌他的女人出来看看。”

“怎么？你还真打算要做天天的晚娘？”

“那样的孩子谁都爱呀。”

“你难道真要跟我哥哥交往？”

“我们此刻都单身，也均是成人，有何不可？”

“为什么？为什么偏偏是他？”

“因为他是鳏夫，我离异。因为我们都有子女。因为他长我几岁。因为我同他在一起，不会被一些乱七八糟的女人用唾沫星子淹死……”

璧人委屈得泪眼盈盈。

高以诚沉默，随即不由分说地一把将她拥进怀里，用性感且厚实的嘴重重封上了她的两片红唇。

这个吻吻得璧人天旋地转，惊慌失措。

璧人脑袋一片空洞，在高以诚出现后理智也早已逃之夭夭，只剩下身体本能的存在。

现在本能告诉她，她喜欢这个吻，喜欢这种年轻的气息，喜欢这个年轻的人。

璧人缓步走在街道。

她无法忘记刚刚理智归来后，一把将高以诚推开时，他眼中的热情与无奈。

自己的唇上还残留着他给予的湿热。

在那妖冶的香气中，她无法再呼吸，她快要窒息了。

可她不能再做什么。

她只得灰溜溜地逃跑。

一个穿晚礼服的女子独自行走，引来了路人无数的目光。

有人张望，有人回头，有人窃窃私语，有人轻声嘲笑。

璧人看不见他们，她只是下意识地注视着经过她身边的情侣们。

他们年轻，张扬，他们肆无忌惮、毫无顾忌地拥抱牵手，耳鬓厮磨，靠着树干拥吻。

在他们的年纪，谁都可以坦率地表达自己的情感。

爱就爱。

走就走。

但是岁月流逝，年龄渐大，这个要考虑，那个要衡量，想做不能做，能做亦不许，只得畏畏缩缩，战战兢兢，变市侩，变圆滑，变狡诈，有人却还说成长理应如此。

璧人唏嘘。

前面就是依露申。

高以诚最爱来的依露申。

璧人推门进去。

里头的吧员还认得她，一见璧人，笑着招呼："虞小姐。"

璧人微微笑，她寻了一个角落的位置，坐到了高脚凳上。

黑色的纱裙拖到了地面，裙摆上的珠片微微在脚下闪着光。

吧台里的服务员在里头喊："虞小姐，喝些什么？"

璧人大方地问："高以诚最爱喝什么？"

"苦艾，"服务员答，"加冰苦艾，有时还会调上些柠檬汁，加上点砂糖。"

"那替我也来一杯。"璧人说。

服务员点头，即刻调了一杯端过来。

璧人品尝，那种辛辣与酸楚刺激着味蕾。

这是种绚丽且热烈的味觉冲撞，但这种刺激依旧不敌高以诚落在她唇上的吻叫她觉得震撼。

她还在想他。

有个陌生男子过来贱贱地问："女士，一个人？"

璧人不作答。

"可不可以请你喝杯水酒？"他又自说自话地坐到璧人对面。

璧人继续沉默。

"一个人喝酒多闷啊。"他幽幽地笑，脖子上拇指粗的项链闪闪发亮。

还是一个寂寞的土豪。

璧人从腕包里取出钞票压到酒杯下，起身离开。

他竟还大胆地一把拉住她："嗨，嗨，可爱的小苹果，你要去哪里？"

璧人厌恶，极力挣脱。

另一个男子出现，先一步将土豪甩到一边：“离我的女人远一点，浑球。”

土豪咒骂着走开。

那名男子转身，不是别人，正是高以诚。

璧人呆住。

“你怎么来了这里？”璧人痴痴地问。

“不该是我来问你的吗？你为什么偷偷跑来了这里？”高以诚笑。

璧人垂头，因为她思念他。

高以诚趋近璧人，食指轻轻抵在璧人下巴将她脸孔抬起。

“璧人，不要压抑，不要克制，要知道我们的生命本身就是依露申。”高以诚对璧人说。

璧人不知从何而来了勇气。

是的，只是一场幻化的生命，何故非要选择做苦行僧？

璧人不再逃避，重重点着头。

以诚笑，替她拭去眼角因激动落下的泪水。

以诚五指伸进了她的发丝里，俯身，吻了吻璧人咸湿的唇。

璧人再一次享受着曼妙的吻。

音乐却在此时戛然而止。

四周瞬间一片漆黑。

除璧人外，其他所有生灵全部消失。

此地也不再是依露申。

此地是哪里？

不知道。

因为周围充斥着伸手不见五指的黑暗。

璧人惊醒。

一身冷汗。

她发现自己已躺在自家的软卧上，被褥散发着薰衣草的香，房间内充满橘色的朝阳，一条黑色晚礼服寂寞地躺在不远处椅子上。

一切静悄悄。

璧人才发觉刚刚那一切不过只是一场绮梦，是虚无，是场依露申。

璧人心头又一阵悲切。

高以诚。

她起身跑去浴室淋浴。

温水从头顶浇下并未使她清醒多少。

她依旧心有所系，痴痴念念。

客房走廊的尽头有客人在暗处偷偷地拥吻。

这一幕又使璧人想到了高以诚的吻。

朱丽推醒她："劳拉，你的脸怎么红成这样？"

璧人回神，只得尴尬地笑。

终于带客人进了酒店的总统套房。

朱丽用门卡打开。

璧人指引人内开始讲解。

繁忙的工作，始终是最好的解药。

送走客人，璧人与朱丽才去了员工餐厅用午餐。

朱丽对刚刚客人的态度颇有微词，不满地对璧人讲："你听听，他刚刚是怎么评判我们的？居然说什么在总统套房内放《新闻晨报》是鸡肋，没有谁愿意在酒店看报，酒店只是客栈，大家只想愉快地睡上一晚后，再投入到繁忙的工作里。上帝，这种人应该去商务酒店，晚晚只要 168、388、688，电视只有一个频道，床头也只要放个烟灰缸即可。我觉得他今日就是存心来找我们麻烦，你没看到他那副蛮横无理的模样吗？好似那总统套房的钱是收来塞进了我的口袋里的。"

朱丽用手扶额，摇头连连。

璧人笑，替她端了宫保鸡丁来。

二人寻了位置面对面坐下。

朱莉依旧学着那名客人高傲的阴阳怪调。

她的举动叫璧人再度笑出声。

朱莉一口饭放到嘴里，忽然停止了夸张的咀嚼，只睁大了眼睛盯着璧人的身后。

璧人好奇，转头过去。

看到的那一幕也使她惊慌。

高以诚正捧着一束红玫瑰站在自己面前。

“你这是在做什么？”璧人咽下口水，鼓足勇气问。

“追求你。”

“什么？”

“追求女孩子当然得用红玫瑰。”高以诚没头没脑地答。

璧人环顾四周。

众人均屏息凝神注视着他们，看着剧情的发展。

璧人惊，脊梁虚汗连连，她极小声地对高以诚讲：“高以诚，你不要逼我在公共场合揍你。”

高以诚答：“我分明告诉过你，叫你不要考验我的耐心的，是你逼我的。”

他将玫瑰推到璧人怀里，嗓门足足提高了一倍，似昭告天下道：“虞璧人，我也不想承认一个三十二的女人已经占据了自己的心，但是很意外，这是事实，我确实爱上了你，不管你怎么想，怎么回应，反正，从今天开始，我会正大光明地追求你，直到你点头为止。”

他明媚的笑里掺着几丝邪魅。

璧人盯着他看。

周围的男员工笑着拍手、吹着口哨，喊着：“好样的，经理。”

当然还有年轻的女员工哭了，垂头，泪水“啪嗒啪嗒”落下，吐槽命运：“这不公平，为什么偏偏是那个又老又干的虞璧人！”

其中也不乏看好戏的人：“你瞧瞧，那就是二世祖的作风，在单位泡女职员。”

“可不是，二世祖永远这么没规没矩，忽上忽下，最不按常理出牌。”

璧人知道，在餐厅的那一幕总有人会当笑话讲。

因为她走进办公室后，克劳德与比伯就匆匆结束了两人神神叨叨的对话，各归各位，各做各事，好不刻意。

璧人刚坐下，高以仁就唤她进办公室。

因为那个臭小子，执行领导恐怕要对她思想教育了。

璧人叹口气，起身走进去。

璧人敲敲门，以仁示意她对面坐。

一开口谈话，才晓得是她多虑了。

他没有提起员工餐厅里的丁点儿事，虽然璧人确信他一定对此有所耳闻，但他有较好的涵养，只字未提，人前不论是非，人后不道长短。

他担心的只是亚美的生意。

“不出所料，瑞希也对 Q 虎视眈眈，最近频繁与金社长接触不算，为拿下订单，听说对方又将费用降了一成，这完全在亏本做买卖。”高以仁皱起了眉头。

“Q 是香饽饽，人人争抢倒也在情理之中，瑞希与亚美势均力敌，恐怕是因为此次对手是亚美，所以他们才不顾一切非要打赢这场战役不可。”璧人说出自己的看法。

高以仁思索一阵：“事有蹊跷，总觉没有那么简单。”

璧人不好说话，在这个行业，他才是老江湖。

他按下了内线：“克劳德，去调查一下瑞希最近的动态。安琪，你再去查下 Q 近来的大事安排。”

命令后，他又转向璧人：“劳拉，金挚爱那里我们也要随时做好跟进。”

璧人点头，起身离去。

高以仁喊住她，体贴地问道：“劳拉，需不需要休息几日？”

璧人知道他的用意。

她笑着摇了摇头。

高以仁点点头："加油，劳拉。"

璧人开门出去。

不是谁都像他这样体谅人。

总有人，依旧是把她当成怪物一样看。

在他们的眼里，虞璧人是白骨精，不晓得施了什么妖术将高以诚迷得团团转。

树欲静而风不止。

璧人无奈。

下班，以诚又在地下停车库等着璧人。

璧人走到车子旁边，他将自己的车子横到璧人跟前。

璧人看着他风度翩翩地走下车。

"一起去吃顿饭，我已订好了西餐厅。"高以诚来到璧人跟前。

璧人看着他。

"你不喜欢吃西餐？要那吃什么？日式料理、泰国菜还是法国菜？"高以诚又开始佯装糊涂。

"谁说我要跟你去吃晚饭的。"

"怎么？是不是还得跟你这个大忙人提前预约一下，那好，虞璧人小姐，现在我想约你一起去晚餐可否？"

"去找你的瑞贝卡、艾玛玩。"璧人对他说。

"这句话让别人听到，会叫人误会我是无所事事的花花公子。"

"你不是？"璧人讽笑。

"你看连你都误会我。"高以诚一副含冤受屈的模样。

"高以诚，你还年轻，你还有大把大把的时间可以玩，可我玩不起了。"璧人哀伤地实话实说。

高以诚一语不发地盯着她看。

此时，高以仁将宾利开到二人面前。

“劳拉，需不需要我送你一程？”高以仁走下车来。

璧人如遇救命稻草，正想应诺，却被高以诚先一步制止。

以诚拉着璧人手腕，面无表情地盯着高以仁看：“你回你的家，我的女友自有我来送。”

高以仁走到以诚对面，两兄弟对峙。

“高以诚，你何时改改这种莽莽撞撞、自以为是的脾气？”高以仁对胞弟说，“劳拉没有与你共进晚餐的意思，你何必咄咄逼人，强人所难？”

高以诚冷笑：“你也一样，快快改掉这副侠肝义胆、爱多管闲事的性子，我在与我女友说话，用不着你这个外人来插嘴。”

“高以诚，请自重。”

“你温文儒雅，谈吐得体，彬彬有礼，见多识广，你该戴顶礼帽，拄根文明棍，西装笔挺，皮鞋铿亮，因为你是绅士，而我只是莽夫，所以你的行为准则对我没有作用。”高以诚拉着璧人往自己的车子走。

高以仁伸手拦下：“你总有能耐将人气得半死。”

“哥哥，”高以诚看着以仁，“你有空可以去打高球、玩桥牌、开游艇、陪天天……不要总将抢胞弟女友作为自己的兴趣可好？”

高以仁面色灰白。

以诚抬手将他拦在自己面前的手甩开。

他将璧人推上车，自己钻到了驾驶座上，迅速发动引擎离开。

高以仁站在原地发愣。

以诚将车子开到马路上。

璧人不满地瞪着他：“你刚刚为什么要用那种口气跟你哥哥说话？”

“闭嘴。”高以诚呵斥。

“你的烂脾气专对自家人？快去跟你哥哥道个歉。”璧人不肯放弃。

“我说闭嘴啊。”高以诚怒目而视。

他的高分贝使璧人不敢再造次，只得乖乖噤声。

他真的生气了。

璧人头一回见到这个小子发这么大火。

他不断地加速，车子飞驰于马路中央。

吓得璧人下意识地抓紧安全带。

他，没有再说一句话。

一路上，他始终摆着一张扑克脸沉默。

他也没有带璧人去吃晚餐，他只是将车子开到文化东苑门口停下，一句话都没有，硬生生地将车门锁打开，之后面朝前方看。

璧人会意，拉下安全带走下去。

他一句再见也无，重新发动引擎扬长而去。

璧人站在路口莫名一阵失落。

这个天气君，一下晴空万里，一下电闪雷鸣。

璧人又气又恼又不免对他担惊受怕，牵肠挂肚。

心情很是复杂。

又一晚没有睡好。

真是要命。

年龄一大，神经衰弱，一些可有可无的事都会成为诱因，要么使你一夜无眠，要么一倒下就噩梦连连。

璧人梦到自己下了阎王殿。

牛头马面，黑白无常，还有一群孤魂野鬼张牙舞爪。

旁边还有一面人皮大鼓，有几个阴间的鬼差举着棒槌敲个不停。

璧人打着冷战惊醒。

咚咚咚咚。

还有这种声音。

璧人细听，原是谁正在大力擂着大门。

璧人看时间，六点也不到，是谁这么早来登门造访，扰人清梦？

她拿起一旁的蚕丝长袍披上，赤脚踩着绣花拖鞋去了客厅。

从防盗门的猫眼里瞧瞧，外头站着的是一个长相清秀的少女。

谁？

璧人左思右想不得要领。

她分明不认识这个姑娘。

这位陌生女子依旧敲着大门。

璧人壮壮胆将门开开一条缝。

门外的女子一使力冲了进来。

她面对着璧人直直问："你是谁？"

璧人莫名："你闯入我的家竟还问我是谁？"

"虞璧人，你是不是虞璧人？"少女问她。

璧人答："是，我是虞璧人，你是谁？为何一早跑来我家，还一副找我兴师问罪的模样？"

少女不作声，竟然冲进客厅，坐到沙发，十指掩面呜咽起来。

这种境况，璧人始料未及，她一时没了主意，只得先关了门，看着这个女孩像娃娃一样哭声震天，声泪俱下。

璧人拿把椅子端坐在她面前，一手托着腮看着她哭。

瞌睡虫又来打扰，璧人懒洋洋打了几个哈欠。

那个女生哭声渐小了。

璧人递盒纸巾给她："哭好了？拿这个擦擦，妆容也花了一大半，等下进洗手间补一补才好。"

女生接过纸盒，没好声气："谁要你来假惺惺。"

"你误会了，我没空来体贴你，我原本可以睡到自然醒的休息日，却被你这个陌生女孩打搅，害得我觉也没的睡，又满肚子疑问，我只想你快快哭好，要么解我的疑惑，要么快些走，再让我睡个回笼觉。"璧人用手搓搓脸，毫不客气地说。

"你这个老女人，还不及丽莎姐的十万分之一，以诚哥为什么偏偏会喜欢你！"女生一手握拳擂着沙发。

真好笑，这种事竟还有人上门来声讨。

“你又是谁？”璧人反问她。

“林千惠，以诚哥的……他的……朋友。”林千惠支支吾吾。

“好吧，林小姐，你的问题我答不上来，”璧人回，“你该去问问你的朋友高以诚，问他究竟为什么会喜欢上我这个老姑婆？”

“谁知道你耍了什么手段，下了什么蛊。”林千惠抹抹眼泪，恨恨地说。

璧人笑起来：“我见高以诚时套了另一副皮囊，但今日还未来得及画上，此刻正挂在衣橱里，你要不要去看看？”

“你少得意，吃惯了粉蒸排骨，要一碗老鸭汤来喝喝也是常有的。”

“怎么办，你却连粉蒸排骨都算不上。”

“你……”林千惠气得发抖。

璧人起身开了门，身子倚着门框站立：“林小姐，我晓得年轻是最美的项链，我也曾戴着它到处炫耀，你要是这么喜欢高以诚，快用你的三头六臂，使出绝世武功将他拿下，不要在我这碗不值钱的老鸭汤里浪费大好的青春年华。”

璧人下逐客令。

被看穿心事的千惠又气又恼，涨红着脸，愤愤而起。

她经过璧人跟前挑衅道：“虞璧人，你与我们本就不是同一世界的人，自以为是地登上九重天再摔下来，一定会要了你的命。”

“我贱命一条，死不足惜。”璧人耸耸肩。

林千惠拂袖而去。

璧人掩上门，用手扶额，嘘口长气。

上帝，明日是不是还有一个叫艾玛的来？

再明日会不会是瑞贝卡来？

还是什么朱迪、玛丽、凯瑟琳？

反正都年轻貌美，不愁生计，认为爱情万万岁，所有为爱情使的手段，再下三滥也正大光明、理直气壮——我只是因为爱他。

璧人想想都头痛，只想爬到床上再蒙头大睡。

刚有睡意，门铃又响。

“饶了我吧，我只想安静地睡一觉。”璧人翻身，将头埋到枕头下。

门铃还在响。

璧人抓狂，再一次翻身下床去开门。

这回是高以诚，他捧着玫瑰笑脸盈盈地站在门口。

“一个刚走，一个就来，你们两个牛头马面倒也心有灵犀得很。”璧人咕哝，转身进屋。

“你在说什么？怎么见了我连惊喜都没有？”高以诚进屋关门。

“谢谢你，满满都是惊喜。”璧人朝屋里走。

以诚将花束摆到客厅的茶几上，跟着璧人进里屋。

璧人关了门，他自说自话地扭开房门。

“你很困？”以诚问。

“是的，我很困，我一早就被人莫名其妙地吵醒，此刻困得要死，你不要再来烦我。”璧人迷迷糊糊地回。

高以诚良久没有声响。

璧人好奇地眯着眼睛看个分明。

不看还好，一睁眼，就瞧见那家伙竟然毫不客气、没规没矩、胆大妄为地躺在自己身边。

璧人吓得失声尖叫，一个翻身摔到地上。

“高以诚，你发什么癫，你信不信我将你扔下楼。”璧人抓着枕头咬牙切齿。

“我也累了，我也困得要死，你也让我睡一会儿。”高以诚闭上眼，继续死皮赖脸地躺着。

“这里是我的家，我的床，不要待在这里，快回你的涧水落花去睡。”璧人将枕头扔向他。

他准确无误地接住，抱着枕头侧了侧身：“嘘，别吵，我一晚都没睡，看在我一早去花市替你挑玫瑰的分上，让我在这里躺一会儿。”

“那抱着你的玫瑰一起走。”

“虞璧人，你披着荆棘衫，没保护到自己，却伤害了别人……虞璧人，你枕上全是你身上的味道……虞璧人，醒来后我要喝小米粥，再配上一块玫瑰腐乳……虞璧人……”

高以诚缓缓入睡，渐渐扯起了鼻鼾。

璧人拿他束手无策，只得从地上爬起来，收起了闹钟，拉了拉窗帘，再替他盖上了毛毯，小心翼翼地走出了房间。

璧人不知道他为什么会精疲力竭。

他醒来也不会告诉她，昨晚，他开着车子飞驰了很久，想到高以仁，想到伊丽莎，想到那痛彻心扉的曾经。而让他没想到的是，他刚将车子开回涧水落花，千惠就上来扑到他的怀里：“以诚哥，我等你到现在，你究竟去了哪里？”

以诚推开她：“不要这样，你知道我只将你当成妹妹看。”

千惠答：“那是曾经，曾经你有伊丽莎。”

以诚回：“抱歉，千惠，现在我也有了虞璧人。”

“新的罂粟品种？怎么办，我只听过虞美人而已。”千惠惨白了脸，故意说笑。

以诚再说一遍：“抱歉。”

千惠站在原地一动不动。

以诚经过她身边，走进屋里。

千惠在身后问：“虞璧人，谁是虞璧人？”

“一个女人，三十二岁，离异，有个八岁的女儿，曾经是我的下属。”以诚答。

“为什么会爱上这种人？”千惠听得泪流满面。

以诚答：“我不知道，如果我能寻出原因，那么早在当初我一定会告诫自己不要这么做。”

“听上去，现在的你早已泥足深陷，无法自拔。”

“我爱她。”

千惠再度哽咽。

第十章

挣扎

璧人替以诚熬好了小米粥，取一只白色骨碟夹了几块玫瑰腐乳，又加了煎得两面金黄的荷包蛋佐餐。

一切备好，以诚依旧在熟睡，璧人也不好意思独吃，况且自己也有些倦怠，于是干脆蜷在沙发睡起了回笼觉。

一觉醒来，璧人看到高以诚腰间系着围裙在厨房里头鼓捣。

“你在做什么？”璧人起身走过去问他。

高以诚指指墙上的挂钟：“我可不习惯用稀粥来做午饭。”

璧人一看时间，竟已午后13点，这才觉得腹中饥饿，空空如也。

“那你是在煮饭？”璧人惊讶地问。

“是，当然，我当然是在煮饭，”高以诚又道，“我可没有心情来替你整理厨房。”

徐君生连碗泡面都没有替她煮过。

因为婆婆说，徐家的男人是不能进厨房的。

而今日，他却替自己煮饭。

璧人百感交集。

可依旧半开玩笑地问：“高先生，你是否可以分清砂糖与盐巴的区别？”

“听上去，你在质疑我的能力。”高以诚细致地腌制着龙利鱼。

“至少，没有办法相信。”璧人走近，身子靠在厨房的门框上。

“嗨，不要小看我，上大学起我就一个人生活，虽然是我父亲邮寄我生活费，但衣食住行全是我自个儿在张罗。”以诚自信满满，随后惆怅地讲，“远在异国他乡，就我一个人。”

“你在哪里念的大学？”璧人问。

“英国剑桥，父亲替我在学校附近寻了公寓，可没有派用人来照顾我，他怕给予我太多阳光，我不是成为无所事事的白相人，就是成为不能承受生命之重的懦夫。”

“你父亲是对的。”

“当时我没有感觉，我只因为他没有叫我读建筑而耿耿于怀……白葡萄酒在哪里？”

“左手边的柜子里。”璧人答。

以诚打开柜子取下白葡萄酒滴入龙利鱼里：“你知道的，我父亲是个暴君，谁也不能在他面前提出反对意见。”

“所以他才会君临天下。”

“你倒能理解他。”

“不，我只是明白，谁都有自己的苦楚。”

以诚淡淡笑，将龙利鱼端起塞进烤箱里：“在烤龙利鱼中滴上几滴白葡萄酒是我的独家秘方。”

“这道菜也给伊丽莎煮过？”璧人脱口问。

以诚看着她。

璧人自知失言，速速看向一边。

女子到底是女子，什么年纪都拥有善妒的毛病。

以诚失笑。

他揩揩鼻，走上前去。

“虞璧人，其实你老早就对我动心了是不是？”以诚问。

“对你？”璧人提高分贝，“真是荒天下之大谬。”

可这个举动，在以诚看来则是她心头惶惶。

他又近几步，几乎对璧人耳语：“你看，我长得这么帅，出得厅堂，入得厨房，错过我，你还上哪里找这样的男人嘛？”

是的，不好找，一个对你死心塌地，又肯为你屈身进厨房的人，这样的伴侣确实不好找。

但此刻，她的身份太多，多到不能让她随心所欲地去做她喜欢的事情。

社会也不能容忍一个三十二岁的女人像个叛逆期的少年一样横冲直撞，没有规矩。

璧人只有答：“高以诚，你似乎忘记了自己还有一个优点？”

“哦，是什么？”以诚极有兴趣听下去。

“厚脸皮啊。”

璧人做个鬼脸，转身回客厅开了电视来看。

以诚笑。

两个人共进了午餐，以诚替璧人斟了杯葡萄酒后又准备替自己倒一杯。

璧人阻止：“可不能喝酒，待会儿你还得开车。”

以诚笑：“你是关心我还是在下逐客令？”

“什么？”璧人莫名。

“怕我酒后驾车发生危险抑或是不准备留我吃晚饭的意思。”

他倒会举一反三。

当然是前者。

可那厮已有些飘飘然，璧人可不想再让他飞上天，故意讲：“聪明如你，竟将我的心思揣摩到了，是的，我希望你吃完这顿，早早回家。”

“真冷酷无情。”以诚取了纯水来喝。

“你的瑞贝卡、艾玛、伊萨贝拉热情似火，快去找她们。”璧人切了小块龙利鱼来吃。

“你要外出？”以诚问。

“不，没有，我只想一个人待在家里休息。”

“一个人多闷？”

“两个人也不见得多有趣。”

“至少可以聊天谈心。”

“我认识两个人，他们在家也用电脑聊天，一个说：‘你替我倒杯水’，另一个问：‘我的翡翠玉镯在哪？’”

“你说的只是个案。”

“这个话题，我一定比你有发言权，我同前任生活了十年，我建议你找个人一起生活个十年再说话。”

“十年？我都不晓得明天的事，你要我现在说十年？”以诚无奈地笑。

璧人好像听懂了，又好像没有听懂。

她若有所思地回：“或许，你只要今日拥着一个人看流星雨，而有些人，却奢望能有人再许她个永远。”

“永远？你知道永远有多远？”以诚语中沉甸甸。

一顿饭而已，切勿将气氛刷上灰白色。

璧人耸耸肩，调皮地回：“我相信，这句话，你一定对一百人说过一千遍了。”

以诚跟着笑了起来。

须臾，以诚的电话响起。

以诚接听，那头是高太太。

以诚意外：“妈妈，你有事找我？”

“没有事，是不是连个电话都不能打了？我到底是生了你的。”

“是，是，是，我时刻牢记身体发肤受之父母。”

以诚不是不爱母亲，妈妈亦非不疼儿子。

只是母子之间的感情通常含蓄。

高太太总是对用人讲：“最让我遗憾的，是有了二位少爷，却没有一位小姐，我是最想要一个女儿的，你看，无论多大，她都可以伏在我肩上撒娇，儿子怎么做这种事嘛。”

用人只是笑。

高太太在电话里对以诚命令：“今晚回家来吃饭。”

“老爷子又要训我？”

“是我这个老母要见你，”母亲责备，“以仁倒是时常带着天天回来看我，而与你一起吃饭的时间，最近也是去年的春节，你那些叔叔伯伯、阿姨婶婶不敢与你父亲说话，却来劝我，说：你再犯多大的错，也不能赶你出家门。打虎还得亲兄弟，上阵须是父子兵。高家的血脉不可流落在外，唉，我怎好意思跟他们说，是你这位高二爷不要我们二老，所以只得求他们莫多管闲事，家家有本难念的经啊。”

“妈妈，我今晚一定回来吃饭。”以诚想自己若再不答应下来，母亲还会倒一车苦水。

“好，今天 19 点准时回来，我叫厨房给你烧桂皮香酥鸭。”母亲爽利地回。

“女人真是麻烦。”高以诚好不容易挂上电话，轻拭着额头冒出的急汗。

“怎么办？你现在只有一个母亲，过些年还会有个妻子，不久要是再生出个女儿，到时就有三个‘麻烦’的女人对着你了。”璧人有些“危言耸听”的意味。

“我不知道，”高以诚愉快地吃起了龙利鱼，“我不能预知未来，亦不会无端臆想，庸人自扰，我只知道‘现在’才是真真实实的，而‘现在’在告诉我，我是极其渴望惹上你这个‘麻烦’。”

璧人脸又红一阵。

见鬼，他又赢了。

璧人再不敢多言，只专心扒饭。

饭后，璧人站在玄关口送以诚出门。

“不送我到小区门口？”以诚撒娇地央求。

“你与天天一般大，我一定抱你下去。”璧人白他一眼。

电梯到达楼层，以诚笑，临走时不忘轻吻一下璧人额头。

他转身进了电梯离去。

璧人立在门口，心潮荡漾。

这个吻轻如鸿毛，却有泰山之重。

第二天，璧人去亚美上班。

高以仁请她进办公室亲自通知她，Q 旅行社的金挚爱邀请他去聚餐时，还点名要带上璧人。

“我？”璧人指着自己鼻尖诧异道。

“金阿姨说与你一见如故，很想再见见劳拉你啊。”以仁笑。

璧人真有些受宠若惊。

“不要有压力，只是普通的聚餐，”以仁对璧人说，“日常多多与她交流情感，也便于我们工作上跟进。”

璧人点头。

隔一日，以仁带着璧人去会餐。

璧人挑了一身灰色修身西服穿上，领口别了一颗镶有水钻的四叶草胸针，头发微微拢了发髻，大方得体，雍容高雅。

聚会安排在金挚爱府邸，一进门，她便笑盈盈亲自上来迎接：“欢迎，欢迎，快里边请，阿莲，再沏两杯香片出来。”

女佣在里屋应诺。

璧人与以仁跟着进去，却看见沙发上还坐着一个人。

你想是谁？竟是曾可心。

璧人吓一跳，下意识地却步。

以仁看出了璧人反常，刚想问缘由，只听得厨房里有玻璃落地破裂的声响。

“许是我家用人又失手打翻了茶壶，你们先坐，我去看看。”金挚爱笑着招待好，即刻蹙眉离开。

高以仁跟上去："阿姨，那些玻璃碴子交给我来处理。"

两人消失在客厅。

只余璧人与曾可心面对面站立。

璧人感觉局促不安。

没想到曾可心还斜着眼，先跟她寒暄："又见面了，劳拉小姐。"

"你好，林太太。"璧人深吸口气，礼貌回应。

"我与你明明只是第二次见面，却像是认识了许多年的模样。"

"上次曾先生说，因为我长得像你俩的一位故友。"璧人不知哪里来的勇气，竟与她大大方方攀谈起来。

"细细看，其实也不完全相像。"

"我也在想，世界上怎么会有两个陌生人长得特别像？要知道，我与我的亲姐姐也不怎么像。"

"你还有姐姐？"

"除了姐姐，底下还有个妹妹。"

"那你家一定极其热闹，你们几个女人能唱几台戏了。"她讥讽地笑。

"是，念书时，同学均羡慕我们虞家有三姐妹。"

"你姓虞？"曾可心收敛笑容。

"你看我怎么这般粗心大意，竟然忘记告诉林太太我的中文名了，"璧人清清喉咙，"林太太，我的中文名叫虞璧人。"

曾可心脸色一沉："那你姐姐叫？"

"美人，虞美人。"璧人答。

曾可心面如死灰。

金挚爱与高以仁从厨房里头走出来。

"咦，你俩站着干什么？"金挚爱走上来，"快坐，快坐，我已叫阿莲重新沏壶新茶来了。"

二人入座。

金挚爱与高以仁也坐下。

她关切地问曾可心："林太太是身体不舒服？瞧你身子像是在发抖。"

曾可心尴尬。

璧人抢先一步答："怕是窗子开大了的缘故，林太太今日穿的裙装有些单薄，听天气预报说今日又降了几度。"

金挚爱立刻又呼用人来关了窗子。

曾可心违心地道着谢。之后，她又恶狠狠地盯着璧人看。

璧人目光迎上去。

她在心底呐喊：抱歉，我才不是被你兄妹俩耍得团团转的虞美人，我是璧人，因为徐君生，早已练就金刚不坏身的虞璧人。

外头有车子停下的声音，用人来报："小姐，千惠小姐来了。"

金挚爱笑着起身："我去瞅瞅那个莽莽撞撞的丫头是不是又将她的小汽车开到我的花坛里头了。"

她亲自出去迎接。

千惠？

璧人想到那日在家哭哭啼啼的林千惠。

璧人轻声问以仁："是林千惠？"

"是，是她，"高以仁答，"千惠的母亲是金女士的大姐，金挚爱没有成婚亦没有子女，所以最疼这个外甥女。"

高以仁再压了压声线："千惠的父亲与曾可心的公公也是兄弟。"

璧人抬头看一眼林曾可心。

原来他们这些人还有这层关系在。

"劳拉，你与千惠是什么时候认识的？"高以仁问璧人，"她有日特地电话我，问我要了你的地址，说是买了红丝绒蛋糕要请虞璧人品尝。"

原来她是这样找到她家的。

璧人尴尬地笑："这个……"

她没有请她吃红丝绒蛋糕，她一早出现在她家里，将她痛骂一顿，自己又大哭了一场。

"我只当千惠与以诚走得近了，她那种大小姐脾气见了我弟弟才肯愿意收敛，没想到你竟也能与她玩到一起？"高以仁笑，又有意无意地说，"千惠是我父亲眼里的准儿媳妇，她与以诚也算得上是两小无猜，青梅竹马。"

璧人心重重抽一下。

是的，她记起来了，一日高以诚还三更半夜站在她家门口堵她，向她解释白天来自己办公室的女子不过是父亲故友的女儿。

是，是千惠，他当时说的就是林千惠。

门口，林千惠挽着金挚爱的手腕笑盈盈地进来，远远就招呼曾可心这位嫂嫂。

高以仁与璧人礼貌地起身。

千惠先是甜甜地喊声以仁哥，随即又收敛笑容，眼内满是嚣张，带着挑衅地朝着璧人看。

璧人淡淡笑，不以为忤。

在这里，大家到底都是金挚爱的客人，在这种地方算个人恩怨，实在有失体面。

此时，从门口又进来一个人。

白衬衫，卡其裤，一双枣红色板鞋搭配。

这个人的打扮倒有几分高以诚的味道。

再抬头看……

不对。

是高以诚？

璧人定睛一看，可不就是那位高二爷本尊。

璧人有些意外，但还未到诧异。

倒是高以诚惊讶满满不算，还一脸不悦地盯着她与高以仁看了又看。

“来，以诚，多谢你接千惠过来。”金挚爱转身邀以诚进来。

高以诚走近，千惠即刻黏上去。

以诚站到一边，千惠再进一步。

璧人脸上始终浮着一种表情。

三十二年岁月使她明白：喜怒不形于色、好恶不言以表的重要性。

金挚爱却与曾可心站在一旁，两个人用一副笑得少女怀春的模样对着话。

“你瞧这二人，耍起花腔来也这么好看。”林曾可心不吝赞美。

“那是因为是千惠，”金挚爱笑，随后饶有意味地讲，“千惠多年轻！年轻就是资本，要是那个人是我，恐怕有人会斜着眼嘲笑，‘瞧那个老妖精又在发癫了’。”

曾可心笑。

“林先生是不是不能来了？”金挚爱问。

“嘉铭公司有事，他要我们边吃边等。”曾可心答。

金挚爱会意，招呼用人开饭。

全体入座，她先举杯：“在场驾车的男士以茶代酒，所有女士均要与我干上一杯，这是刚刚托人从法国邮来的酩悦粉红。”

众人举杯共饮。

“我之前用依云矿泉水配着荔枝吃也能出这个味道。”金挚爱放下酒杯，对曾可心畅聊。

“姐姐，你可还记得自己嚷着阿莲给你做网络上的流行小吃？”曾可心笑，“一片烤土司混上了小半瓶辣椒酱，吃得你直接肠胃炎躺到医院去，如今你倒还敢尝试新吃法，真是勇气可嘉。”

“一个人待在家里总要找些事情来消遣娱乐，不然多闷。”金挚爱喝口香槟。

“快找个男朋友吧，谈恋爱保证你乐趣多多。”曾可心双眼笑成一条缝。

“人家排着队等我挑时，我看不上。如今要我排着队等人家挑时，拉不下脸又觉得没必要。反正这么苦这么累的这些年，一个人也挺过去了，有没有他、多不多他都没差。”金挚爱无奈，“你且问问劳拉，是不是也是与我同样的想法。”

曾可心看着劳拉。

高以诚也挑起侧脸，神色凝重地看着璧人。

璧人放下杯子，一双手放到大腿上。

“抱歉，金女士，我无法回答你的问题，”璧人顿顿声，“因为几个月前我刚刚结束自己十年的婚姻。”

“哦，上帝。”金挚爱吓得用手捂住嘴巴。

“抱歉，劳拉，我非有意提及你的伤心事。”金挚爱一脸歉疚，“我以为你与我一样，挑挑拣拣，才到这个年纪还孤家寡人一个。”

璧人淡淡笑。

“劳拉，什么原因能让你下定决心离婚的？”金挚爱问，“不是谁都有这个勇气，结婚十年才出来抛头露面，活受人气。”

这句问话，璧人总觉得有些怪异，但问她具体是哪里，倒也答不上来。

“他不爱我了，”璧人答，“一个不再爱我的男人，我也没有必要拉着他不放。”

“强扭的瓜不甜。”璧人笑说。

曾可心瞟了她一眼。

“那女儿怎么办？”金挚爱再问。

她说女儿？

她金挚爱怎晓得她有女儿？不是刚刚还说以为她因挑挑拣拣亦成孤家寡人一个？

况且，她明明是刚刚才说自己离异，但她们却晓得她婚前是家庭主妇，且有爱女一个！

璧人终于知道了自己为什么会觉得怪异。

这是巧合？璧人可不大相信。

金挚爱看出璧人疑惑，急忙改口说：“是不是有孩子？结婚十年应该有孩子才对？”

“是，是女儿，今年八岁。”

“她此刻与你同住？”

“不，没有，她跟了她父亲走。”

璧人答完，便听得曾可心鼻腔中发出轻蔑的哼哼声，随即冷笑，咕哝一句：“竟能放下这么小的幼女逍遥自在，真是有良心。”

金挚爱脸上愁云惨雾，也有一搭没一搭地加上一句：“唉……还这么小父母就分开，苦得只有孩子，想想自己没有孩子，一直拿千惠做自己女儿看待，记忆中，她八岁时，人才点点大，梳两个羊角辫，我替她缠上粉色的蝴蝶结，她笑眯眯俯在我膝盖要糖果吃，这么可爱的囡囡，真舍得不放在自己身边吗？”

“姐姐你的同情心又泛滥了，此地有她的老母都不说话，哪里轮得到我们这种外人瞎操心。”曾可心将手放到金挚爱右手手背上，“到底是她的女儿，只要她硬得下心肠就好。”

听到这儿，高以仁已蹙起了眉。

高以诚也摔下了刀叉。

林千惠在对过若有似无地笑。

这顿饭，绝非普通、家常的聚餐。

这顿饭，她们均是做好功课，有备而来。

这顿饭，她们不知是受了谁的唆使，或者就是她们的本意要来使璧人难堪。

璧人苦涩地笑：“你们说得是，我从来都不是一个好母亲。”

“好了，劳拉，我们不要谈这些不愉快的事了，”金挚爱“大方”地换个话题聊，“前些日子我发现了一瓶金色面霜，去皱纹极好，一瓶未用完，我的鱼尾纹已经少了大半，你们要不要去试试？”

曾可心无限憧憬。

金挚爱又望向璧人。

璧人正低头切着牛肉。

曾可心不耐烦地讲："喂，问你话呢，识趣点。在这个桌子，只有千惠才用不上这玩意儿。"

璧人当金挚爱只问曾可心。

她诧异地抬头。

高以仁出来缓解尴尬："那瓶黄金面霜是否有男士款，可否推荐我试试？"

曾可心嗤之以鼻："我真是有眼不识金镶玉，没想到高大少爷也会做保养？"

"你没听过吗？敢于护肤的才是真男人，"高以仁笑，"况且我也怕年华老去，连劳拉你们都推荐，怎么能忘记我了？"

曾可心正准备作答。

金挚爱抢先一步："好了，好了，估计又是我们瞎起劲的，你没听出来这个人的意思吗？他嫌我们多管闲事了，劳拉明明还年轻貌美，用什么抗皱面霜。你看，连他都不用，何况是她？"

"是不是这样的，高大少？"曾可心转向以仁询问。

高以仁淡笑。

金挚爱忙补一句："老祖宗有句话叫：情人眼里出西施。"

高以仁笑得更深了。

另一边的林千惠坐不住了，拉高了嗓门，对璧人兴师问罪道："虞璧人，你与以仁哥是一对？那你还接受以诚哥的玫瑰花干吗？"

金挚爱又似受到了什么刺激，连连捂住胸口道："哦，上帝，这是怎么一回事？"

曾可心冷笑几声，轻声嘀咕一句："哼，虞家的女人都是狐狸精。"

璧人正在寻思如何作答。

一旁的高以诚霍地站起，走到璧人身后。

众人面面相觑。

“起来，虞璧人。”高以诚命令。

璧人无反应。

对面的千惠站起来：“以诚哥，你在做什么？”

高以诚不理睬，继续对着璧人：“虞璧人，我叫你起来。”

璧人依旧不吭声。

高以诚忍无可忍，一把抓住璧人手腕强行将她拉了出去。

千惠在身后无果地一遍又一遍唤着：以诚哥、以诚哥。

出金宅。

璧人终于挣脱以诚束缚。

“高以诚，要你多管闲事，干吗拽着我出来？”璧人一手捂着手腕“埋怨”。

“虞璧人，你没有自尊心吗？那种场合你居然还能安之若素？”高以诚气急败坏。

“自尊心？”璧人违心地对他冷笑，“那东西能叫人吃得饱饭？”

“什么？”

“高以诚，你是王子，你一出生，就有人在你的书房抽屉里塞满钞票，你认为的贫穷相信只是住 100 平方米的屋子，只雇一个用人的生活。可我不是，我肩上压着的是生活的重担，所以，抱歉，我实在没有时间去顾及你所谓的‘自尊心’，因为与‘生活’相比，那些冷嘲热讽根本算不了什么。”

璧人转身离去。

高以诚依旧愣在原地。

小时候，高以诚常去千惠家里玩耍。有一次，正碰上用人的女儿看上了千惠的玩具，想和她一起玩耍，千惠将洋娃娃抱在怀里，噘着嘴，高傲地对她讲：“你这么粗糙的手，连她的衣服都会钩坏，你哪配玩洋娃娃？”用人女儿哭着离开，她母亲安慰她，给了她一个残缺的木偶，她抱着木偶，抹抹眼泪独自躲在后院里玩耍。后几次，他再过去，再也没有瞧见她踏进千惠的游戏室一步，她总是远远地，远远地张望，小小的身躯躲在角落，那道游戏室的门成为一道鸿沟，千惠与他在里面，将她远远隔在外头。

千惠常说：“以诚哥，我们才是同一世界的人。”

以诚唏嘘，此刻他终于懂得了这句话的意思。

璧人走去车站。

十字路口，因过于专注，未发现前方路口已亮起了红灯。

一辆从左侧驶来的劳斯莱斯紧急刹车，鸣着喇叭。

璧人回神歉意地鞠躬。

到车站，一辆大巴刚走，璧人坐下，耐心等待下一辆。

一个衣衫褴褛的小女孩走过来乞讨：“好心人，给我一点钱，让我去买个包子好不好？”

璧人急忙从包里取出几枚硬币塞给她。

她笑着离开。

旁边的胖大婶见状来教训璧人：“你给她做什么？他们有团伙作案，这个娃娃只是其中一枚棋子，他们以此为生，专骗我们的同情心，最可恶了。”

璧人笑而不答。

巴士到站，璧人上车，坐上最后一排，一路看着风景回去。

路途中，一位农民工上车来，一身泥泞。

车上有空位，却始终未敢坐下来。

乘客看他累极，劝说：“挑个空位坐。”

他指了指自身污秽，笑着摇摇手，依旧站着。

璧人感怀。

她提前几站下了车，去附近的西餐厅要了份下午茶。

布朗尼蛋糕配上了伯爵红茶。

门外又有客人进来，门框上悬着的风铃丁零零地响，一个女子发着尖锐的笑声。

璧人蹙眉，不自觉抬头看。

一个貌美的女郎，一定上了年纪。

不然不会用厚厚的脂粉去掩盖被摧残的面容。

年轻人用清水洗脸，晨起喷上玫瑰花露，肌肤就可熠熠生辉。

她不是一个人来，她身后还跟着一名男子。

她对她的男伴呼来喝去，那个男人没有反抗，始终像只狗一样跟在后头。

他们正巧来到璧人前面一桌。

入座，男伴贴心地替女郎铺好餐巾。

璧人听得他们的细语。

“又存了一笔款子到你的账上。”女郎点了一根烟。

“谢谢。”男伴低头道谢。

“你是第一次做这行，不懂得规矩？”女郎声音内露着不满，“出来吃个饭也眉头紧锁，一副受了委屈的模样，你以为你是窦娥？”

“对不起。”

“你要钱，我要消磨寂寞，我们各取所需，买卖公平。”

“是。”

女郎翻起了菜单看。

又一对情侣入内。

璧人只能见他们二人的背影。

男士的手亲昵地挽在女子腰间，体贴入微，照顾细致。

声音同样年轻，一个高大，一个娇小。

很是登对。

服务员指引他们入内。

两个人一起转身。

璧人看清楚了二人的容貌。

那个女人是陌生人。

但那个男子，璧人却认得。

是郭俊，刚刚与佳人成婚不久的郭俊。

璧人整个身子瞬间变成一具雕塑。

他们正朝璧人这边走来。

璧人急忙捧着面前的杂志遮住面孔，心脏快要从胸膛内跳出来。

待他们入座。

璧人取出钞票压在茶杯下，借机离开。

这种时候，谁见了谁都尴尬。

她回家时，厅内的电话一个接一个地响。

璧人接听，那头是母亲："你去了哪里？手机不通，电话也不接。"

璧人取出包内的手机查看，已无电自动关机。

"刚刚去喝了下午茶，有事？"璧人问虞太太。

"你真好命，这种时候还有下午茶喝，我却生了你们三个，叫我下半辈子不得安生。"

"又发生了什么？"璧人疲惫地问。

"你快回来，你小妹嚷着要和郭俊离婚，此刻正在家里闹腾。"

璧人急忙挂上电话，开车赶过去。

一进门，只看见佳人坐在沙发上面哭，二老左右两边护法。

见璧人进来，母亲急急起身："你姐姐来了，跟你姐姐谈。"

虞太太将这个烫手山芋甩给璧人，自己拉着老伴去楼下花园喘口气。

璧人替佳人倒了杯柠檬水递上。

佳人推开，哭声渐凶。

璧人将柠檬水放置一边，自己坐到佳人身边去："我的大小姐，你受了什么委屈，要哭成这副样子？"

都说夫妻劝和不劝离，况且璧人也非好事之徒，她可不会大嘴巴对着胞妹嚷嚷自己白日的所见来无事生非。

佳人没有化妆，鼻翼两侧全是雀斑，气色不佳，头发也有些杂乱，她双手捧着微凸的小腹盘腿坐在沙发上抽抽噎噎，往日的骄傲全无，人瞧着也老了几岁。

佳人没有回答，璧人再问：“你要和郭俊离婚？”

“是，我要与他离婚，”佳人终于开口，她一手握拳，眼内不知是愤怒抑或委屈，“与他的日子过不下去了。”

“为什么？”

“他已经不爱我了，他日日与酒店的女职员混在一起，都没有将我放在心上。”佳人控诉。

璧人脑海又划过午后的画面，顾及佳人，她依旧劝慰说：“这个世界，不是男人就是女人，你夫君又不是断袖之癖。”

“姐姐，他都忘戴我俩的婚戒。”佳人叫嚷。

“这能说明什么？”

“明明是已婚，却要装成未婚男，他有什么居心还要我来说明？”

璧人用手扶额：“你读书时，要有这种举一反三的能力，一定上得了复旦。”

“姐姐，你究竟和谁一个阵营？”

“你，当然是你，永远是你，你是我妹妹，他算谁？”璧人表明立场，佳人这才稍稍满意。

“好，你要是吃了秤砣铁了心要离婚，就先跟我去将肚里的孩子拿掉。”

“不，不行，”佳人双手捂住肚皮，吓得脸色惨白，“我为了他戒了酒，断了咖啡，不吃冷饮，不化妆，连洗发水都不敢乱用，日日晨起睡前吐得五脏六腑均要翻出，我为他吃了这么多苦，他比我的命都重要，我绝不会拿掉他。”

“你还年轻，还要带个拖油瓶，日子会难过。”

“生下他，我就会去工作，我的工资足够养活我们母子。”

“出生的孩儿没有父亲，待他长大，别人可能会笑话他，他也会来问你，‘为什么人人都有爸爸，而我的爸爸在哪里？’”

佳人眼角挂着眼泪：“我会告诉他：别人还有没有母亲的，别人有的你不一定有，同样，你有的别人也可能没有，不要事事同别人比。”

璧人感喟，自己的胞妹似已一夜之间长大。

“好了，不要发小孩脾气了，”璧人摸摸她头顶，“你现在怀孕，生理原因致使你胡思乱想，这些时候发发小脾气就过了，不要上纲上线，婚姻是要两个人经营的，彼此礼让三分，大事化小，小事化了，我不想多说，我自身也是失败的例子，我现在只求你可以拿我当反面教材来读，然后得到些启示，不要再淘气任性。”

佳人静静不说话。

客厅门又打开，虞先生与虞太太带着郭俊一同进来。

“幺儿，你莫再伤心了，你看，郭俊知道自己错，此刻亲自来接你了。”虞太太满脸笑意拉着郭俊走到沙发跟前。

璧人当然知道一定是虞太太连环夺命 call 将他催来的。

他纵使千万个不愿意，却还顾忌几个长辈几分。

他向佳人赔礼道歉，点头哈腰。

佳人强忍笑意，别过脸去佯装生气。

璧人笃定，佳人根本不晓得郭俊已有了二心。

璧人看一眼郭俊，目光交会，不知为何，郭俊心虚地低下头去。

虞先生在厨房喊：“好了，大家都在，就在此地吃口便饭再走吧，正好你们老娘中午去买了些盐鸡、烧鹅，快一起来吃掉些。”

璧人去做父亲下手。

餐桌上，郭俊主动替佳人夹了鸡腿过去，佳人也替郭俊舀了碗汤。

虞太太满意地笑：“你看这样和和睦睦的多好。”

随后她又面对佳人：“幺儿，不是我说你，你这么神经兮兮、疑神疑鬼究竟是得谁的真传？我早就告诉过你，郭俊不像那个恬不知耻的徐君生，那种人没有良心，那种人在我们那种年代是要浸猪笼的！况且你正怀着他的孩子，为了他吃尽苦头，除非他不是人，不然他怎会在这种时候出去轧姘头？你想想看，丢开自己身怀六甲的妻子跑去寻欢作乐，传出去，他的前途要还是不要？幺儿，这次同郭俊回去，可不能再胡闹，若是郭俊对不住你，我们虞家自会为你讨个说法。同样，要是你再没事找事，也休怪我们二老帮理不帮亲。”

姜还是老的辣。

虞太太这些话，使郭俊闻风丧胆，大汗淋漓。

璧人看在眼里，虽不知，母亲是火眼金睛查出了端倪，还是哪里听来了闲言碎语，但今日的这场下马威，连璧人也暗暗拍手称快。

而一旁的佳人不明所以，只连连颔首应诺。

饭后，虞先生与虞太太送佳人与郭俊下楼，璧人一人留在老宅里头整理善后。

收拾完残羹，开始清洗餐盘，打扫厨房。

一圈下来，早已热得满头大汗。

二老与佳人似乎又有聊不完的话，好半天都没有上来。

“二姐。”

璧人听得有人在身后唤她。

璧人暂放下手中家务转身过去：“什么事？郭俊。”

郭俊垂头丧气站在璧人面前。

他为何这般折返，璧人了然于心。

果不其然，郭俊经过几番思想斗争，终于还是先开口：“二姐，今日午后在丽华餐厅的是你吧。”

“是，是我。”璧人大大方方地答。

“姐姐，谢谢你对佳人守口如瓶。”

璧人不说话。

郭俊叹口气：“二姐，佳人的脾气你是知道的，平日她对我呼来喝去也就罢了，嫁到我家以后还对我妈妈指东指西，我母亲好几次偷偷电话跟我哭诉，说佳人在家里头又开始嫌她煮的菜难吃；我近段时间忙，日日忙到三更半夜，她要我早中晚三通电话报备，手机随时接通就算了，我要是稍迟几分钟接起，她就将我骂个半死，这次离家出走，也仅仅是我忘戴婚戒而已，姐姐，明理如你，一定会体谅我。”

渣男才会在女人身上寻出上万条自己出轨的借口，他被逼逃出自己的家，他被逼上了别人的床，一切与他无关，他才是受害者，我们要体谅他。

璧人冷冷笑：“郭先生，烦您回去告诉一下郭老太太，如果实在无事可做可来寻我老母打几圈上海麻将，不要闲在家里专挑你们夫妻不和。”

郭俊脸色难看不已。

“另外，我家小妹打从娘胎里出来就是这个倔脾气，没变过，没改过，我相信她也没有在你面前刻意隐瞒过。”

郭俊畏畏缩缩。

“我妈妈拿我前夫跟你比，抱歉，我那个在她眼里已一文不值的前夫，在我看来却强过你一万倍，毕竟人家出轨后，曾对我说过所有的错均是他的错，你看，你哪里能比得上他？”

郭俊面色灰白。

“不要来跟我说体谅不体谅，我跟你有半毛钱关系？你要得到体谅与原谅的人只有我妹妹一个。”

郭俊再也没有吐出一个字。

楼下的虞先生先走上来：“郭俊，手机还没有找到？佳人等得心焦了。”

“哦，爸爸，找到了，找到了，我这就去……”郭俊灰溜溜逃走。

虞先生问璧人：“那孩子怎么了，怎么脸色惨白惨白的？”

璧人耸耸肩，不作声，继续干家务。

深夜，璧人开车回公寓。

出电梯，发现高以诚又站在门口。

“嗨，你终于回来了，我打了你的手机与固话，都没有人接听，所以……”高以诚与璧人面对面，“我只是来看看，既然你没事，那我先走了。”

“要不要进来坐一下？”璧人取出钥匙问。

高以诚意外，随后点头，跟随入内。

璧人替他倒了杯熟普洱：“听说茶类中，熟普洱最不影响睡眠。”

高以诚笑着接过：“我嚼了咖啡豆都能睡着。”

“你年轻，我……”

“好了，”以诚打断她，“又是那几句，听都听腻了。”

璧人笑，坐到沙发的另一端，与高以诚隔着一席远。

在璧人看来，横亘在他们之间的这些距离，却遥远到三生三世都走不完。

“好了，不说了，那说什么？说爱情吧，你认为爱情是什么？”璧人问，“承诺，地久天长，山无棱、天地合，乃敢与君绝？”

以诚看着她。

“我可不这么想。”璧人先自我回答。

她呷了口杯中的普洱环顾了四周：“在装修这间屋子时，徐君生跟我说‘虞璧人，我们会在这里住上一生一世’，十年后，他却跟另一个女人跑去了加拿大，你看，这就是爱情。”

以诚不言语。

“前段时间，他还拥着我与非非过了结婚周年日，今日，我与他天各一方不算，他已在为未出世的爱子选购婴儿服，你看，这才是爱情。”

“发生了什么？”高以诚问。

“高以诚，你不知道，死过一次的人，是多么害怕再经历这样一次恐惧。”璧人看着他。

高以诚望着她，久久沉默，忽然上半身前倾，拥紧璧人：“不要怕，一切有我在，我会与你分担所有。”

璧人听得愣住。

一个英俊的男人，说了动人的话语，那个女人何以吃得消？

璧人整个人已飞上云端，全身软绵绵。

一通电话进来，璧人回神，即刻推开以诚跑去接听。

电话那头有人在醉语："曼芝，你快点过来给我开门。"

一个打错电话的。

璧人不由分说挂上电话。

这通莫名其妙的电话，在璧人看来却是"救"了她的——及时推醒她，叫她悬崖勒马，不可以泥足深陷，自拔不能。

她局促地站在电话旁朝以诚看："打错的。"

"哦。"高以诚一步一步走到璧人跟前。

璧人心颤。

高以诚伸手捋了捋璧人耳鬓的发丝。

璧人下意识地别过脸去。

这个女人。

她给自己筑的铜墙铁壁究竟多厚，他要怎么做才能攻克得了？

以诚苦笑。

他退后一步，整整衣衫："好了，很晚了，我要走了。"

听到这句，璧人又有几丝不舍。

"怎么？舍不得我？"以诚似看出她心思调皮地问。

璧人忙躲在暗处不让绯红的双颊被他看到："慢走，不远送。"

以诚笑出声。

他转身出去。

璧人送他到门口。

"没有话说？"跨出大门，以诚又转过身来。

"慢些开车。"璧人说。

"好歹也来句'我会想念你'之类的吧。"以诚遗憾道。

"再见。"璧人即刻关上门。

以诚望着关上的大门待一阵。

那日母亲哄他回家吃饭。

刚踏进门，就被父亲请进书房。

他指着笔记本里头的照片怒不可遏：“外头那些莺莺燕燕满足不了你，居然在亚美追求女下属？你真替我长脸。”

照片里头高以诚捧着玫瑰单膝下跪在璧人跟前。

不知又是哪个好事鬼偷偷拍摄发到了董事长信箱里。

反正在亚美，想置他于死地的人不胜枚举，把戏层出不穷，手段五花八门。

高以诚不屑一顾：“什么烂技术，将我的完美侧脸拍成这么个鸟样。”

高老先生气得脸色发青，一把将笔记本扫到地上：“我怎么会有你这种儿子！”

“意外了，我以为在你眼里，只有我哥哥才是‘儿子’。”

高老先生怒发冲冠，又将案头的水晶制品扫落。

高以诚转身推门出去。

母亲与用人站在楼梯口。

高以诚与母亲告别。

母亲无奈地看着他：“你与你父亲何时可以安安静静地说上五分钟话？”

高以诚笑：“我下次还是不要回家来吃饭的好。”

母亲拍拍他手臂语重心长道：“玩够了，闹够了，就回来，好不好？”

高以诚笑而不答，只要求母亲自己保重身体，他又独自出了门。

上次与父亲闹得不可开交，是为着伊丽莎。

此次是虞璧人。

电梯到达楼层。

以诚回神，恋恋不舍地走进电梯离去。

第十一章
释怀

翌日休息，璧人一早就被门铃按醒。

她套上衣服，跑去开门。

门口站着一名陌生的年轻人。

“你是？”璧人莫名。

“虞小姐，你可以叫我阿生。”

“阿生？”璧人左思右想没有任何结果。

“抱歉，虞小姐，今日冒昧来打扰，”阿生站到璧人跟前，“我家先生要我来亲自约您见个面。”

璧人更加云里雾里。

“抱歉，我似乎不认识你家先生。”璧人准备关上大门。

阿生抢先一步上前，用身子拦下。

“我家先生早料到虞小姐或许不愿赏脸，”阿生笑，“他要我不必强求，但是仍旧希望虞小姐可以帮帮他，解他一个疑惑。”

“什么疑惑？”璧人问。

“我家先生问：‘虞美人在哪里？’”

璧人惊一下，脱口问：“你家先生是林嘉铭？”

阿生点点头。

璧人思索片刻答道："好，带我去见他。"

阿生带璧人去了一家私人园林酒店，领她进了包间后退出。

璧人踱步进去，屋内是中式装潢，典雅尊贵，璧上悬着郑板桥的字画，屋内焚着檀香，从窗外望去可以一览辰山美景，不得不说，此地视野极佳，此处风景独好。

林嘉铭早早就在内等候。

见璧人，即刻起身相迎。

到了这个年纪，依旧可以看出林嘉铭是个美男子，岁月在他脸上只是徒增了几分味道而已，难怪美人会对他一见倾心。

璧人过去寒暄："林先生好。"

林嘉铭淡笑，伸手请璧人入座。

璧人入座，林嘉铭方再次坐下。

林嘉铭亲自替璧人满上茶水。

上等的金骏眉，还未入口，早已芳香四溢，叫人心旷神怡。

"不好意思，虞小姐，这么唐突地将你请过来。"林嘉铭礼貌地客套。

"没事。"璧人亦落落大方。

"虞小姐，我只想向你打听一下美人的近况，不知你可否相告？"林嘉铭直入正题。

璧人说："在回答你问题之前，也烦你给我解个疑惑。"

"请说。"

"你如何知道我的？"

"那日金挚爱请你去她家会餐，其实当日她也请了我，我只是有要事缠身未能及时到达，待我处理好事情驾车赶去时，在金宅路口险些撞到正要过马路的你。"

璧人想到当日停下的劳斯莱斯，原来车主就是林某。

"我将你当成了美人，"林嘉铭对璧人说，"要知道，你与你姐姐长得有几分相像。”

“所以，你找人调查了我？”璧人猜测。

“是。”

璧人呷口面前的金骏眉，淡淡讲：“你的手下这么能耐，为何不自己去调查美人的下落？”

“虞小姐，对于美人，我万分愧疚。”林嘉铭双手掩面。

“为什么？”璧人问。

“我叫她一人在瑞士等我，我却没有再回去过。”

这才是那个故事的结局。

璧人感喟，幸好当初美人毅然离开了那里。

“因为你的家庭？”璧人问。

林嘉铭抬头看着她。

“美人跟我说过你们的故事。”璧人说明。

“当初企业面临危机，父亲倒下，我必须留下担起责任。”

“你就和曾可心结婚了。”

“当初选择联姻是唯一的出路。”

璧人不说话，这又是有钱人的悲哀。

“好了，你现在想知道美人什么？”璧人问林嘉铭。

“她在哪里生活？生活得如何？我欠她一句对不起。”

“你欠她的何止一句对不起？”璧人讽刺。

林嘉铭脸红一阵，羞愧地低下头：“是，你说得对，我欠美人太多太多。”

“林先生，让往事随风多好。”璧人说。

“这些年，我时常在梦里见着美人，她依旧那么年轻，圆圆脸孔，黑发披肩，一双大大的杏眼，笑起来声音似银铃响。”

“听上去，你对我姐姐始终念念不忘。”

林嘉铭默认。

良久，他吁口长气：“虞小姐，这世上再不会有人像美人一样了解我了。”

“你想和她重新开始？”

“难道她结婚了？”

“呵，你这话说得仿佛要她等你一辈子。”

“抱歉。”

“林先生，我姐姐没有结婚，她现在云游四海，生活得宁静惬意，但我不希望你去打搅她。”

林嘉铭沉默。

“她好不容易从那段情殇中走出来，请你不要再将她拉回到原地去。”璧人恳求。

林嘉铭眉头深锁：“是，你说得对，我的爱或许会使她不快乐。”

“你爱她吗？”璧人忽然问。

林嘉铭再度抬起头来，疑惑地盯着璧人看。

璧人哂笑：“抱歉，我没有看到你爱任何人，美人如是，曾可心如是，我只看到你最爱你自己。”

林嘉铭色变。

“你背叛曾可心，跟美人在一起，而后又扔了美人，利用了曾可心。”璧人犀利地讲。

林嘉铭说不出一句话。

璧人站起身：“林先生，美人曾跟我说过，与你的一段感情即使未得善终，她依旧感谢你，因为与你的一段岁月，是她这辈子最美好的时光。”

璧人离去，踏出房间后，听得身后传来一阵呜咽声。

第二天，璧人去上班。

刚踏进办公室，便瞧见克劳德与比伯在自己座位前打转。

璧人狐疑，疾步过去，二位尊神也自动归位。

璧人这才发现，自己的办公桌上斜斜地躺着一大束娇艳欲滴的红玫瑰。

谁给她送花来了？

璧人坐下，捧起花束查看。

里头有张小小卡片，上头用正楷写上：赠吾心头之爱虞宝贝璧人。

哦，上帝。

一定又是那个臭小子！

真要给跪了。

璧人狂汗。

须臾，高以诚的电话也进来。

璧人接听。

他在那头问："收到花了吗？"

"收到了。"

"以后，日日一束。"

璧人尴尬："你又是在唱哪出戏？"

"哦，没什么，我只是觉得自己该再对你好一些，追得再紧一些，我怕自己一不小心松懈，被旁人捷足先登了去，我可要悔青肠子了。"

"什么？"璧人啼笑皆非。

"好了，不跟你多说了，月亮神狄安娜来召唤我开会去了。"

他匆匆将电话挂断。

璧人对着听筒愣了半天。

高以仁从办公室里出来："劳拉，可以去例会了吗？"

璧人连连应声，将花束放置一边，捧着笔记本，随高以仁去了会议室。

每周例会，先各部门发言，说的是各自一周的经营发展情况。

再聊一下面临的问题，大家群策群力想一些克服的方法。

前厅与销售部当然也一同参加。

以诚与璧人面对面坐。

璧人正在奋笔疾书，高以诚却优哉游哉地编辑着文字短信。

他问璧人：“除了玫瑰，你还喜欢什么？”

璧人看一眼手机，不理睬。

他又发来：“百合，桔梗，勿忘我？”

璧人继续无视。

以诚忍无可忍，继续编辑：“立刻回，否则打爆你的电话。”

璧人才拿起手机，偷偷编辑一条：“槲寄生。”

“……好，我伐几株冬青树给你。”

璧人忍不住偷偷笑。

例会结束，众人离席。

几位高层先坐电梯离开。

高以仁与璧人并行，边行边将会议要点向璧人提点、拿捏出来。

以诚走在他们身后。

一个女子踩着高跟鞋“噔噔噔”迎面走来。

忽然，她在璧人面前停下。

璧人疑惑，正准备抬起头看分明。

她早已在电光石火间伸出五指重重扇了璧人一巴掌，璧人躲闪不及。

她咬牙切齿道：“你当我不知道？你竟与嘉铭面对面喝茶！你们姓虞的女人也配和嘉铭喝茶？”

璧人捂着火辣辣的左脸不出声。

是曾可心！

高以仁即刻立到璧人前头：“林太太，请自重。”

“哼，你等着，看我怎么收拾你。”曾可心手指指到璧人鼻尖愤愤地说。

她拂袖而走。

璧人听到周围人窃窃私语，对她评头论足，对曾可心议论纷纷。

高以仁转过身，关切地问：“你怎么样，劳拉？”

璧人连连摇头。

以诚早上来一步，一把拉住璧人手腕，带她逃离此地。

以仁站在原地看着二人的背影。

以诚驾车载璧人到郊外。

车子停下。

以诚伸手轻抚璧人左脸。

那个女人下手这般重，璧人的左脸上五条指痕凸显分明。

以诚愤怒。

璧人将他手轻轻推开，淡淡笑：“我没事。”

以诚望向前方，按下车窗。

微风里掺杂着野草的香。

“好了，你现在可以告诉我究竟发生了什么吗？”以诚缓缓开口。

璧人头部靠着车窗，眺望远处：“你想听吗？这是一个很漫长的故事。”

以诚答：“要听，哪怕你会讲上它一天一夜。”

璧人将故事从头说起。

听到最后，以诚神色渐渐凝重。

“……所以，林嘉铭才找你见面？”以诚叹口气。

璧人惆怅地说：“是，曾可心误会我了。”

“嫉妒的女人是绿眼妖魔。”高以诚抿抿嘴，“但是，你以后也不要随随便便就去跟别人喝茶了。”

这个小子，一下是莎士比亚，一下又是醋公子。

璧人拿他没有办法，只能笑。

她问：“我们不回去了？”

“不回，”以诚答，“正好忙里偷闲一天。”

“确定没有问题吗？”

以诚将手抱住后脑勺，闭上眼，贪婪地呼吸：“你以为你是谁？不要自以为是！要知道，这个世界离了谁，太阳都会升起，地球照样继续转动。”

这倒是。

璧人亦合上眼帘。

就让她什么都不顾，偷懒一天，逃避一天，享受一天。

因为这辈子，只与高以诚在一起的时光，有那么一天就已经足够了。

璧人有心理准备。

这场风波是不可能这么轻易就会平息的。

总有人爱看好戏。

也有人爱说闲言碎语。

诸如：“销售部的劳拉勾搭上了林氏掌舵人。”

又如：“她被打？哼，罪有应得，女人最恨便是夺夫之恨。”

再如：“死过一次，还敢再爬进去，勇气可嘉。”

比如：“恐怕她夫君也是受不住她这朵交际花才离婚的吧。”

统统都是空穴来风，胡编乱造。

但偏偏这种流言蜚语、八卦新闻总是很有受众。

连 HR 也按捺不住，找了璧人来做次面对面深度交流。

赵总亲自与璧人恳谈，秘书记录。

“劳拉，你的私事本不该拿到酒店里来谈，”老赵开口说，“但事情毕竟发生在亚美，对所有员工或多或少会产生些影响，况且你也是亚美的标兵，新进员工全拿你当榜样看，如今发生这样的绯闻，我们感到非常遗憾。”

璧人低头，欲加之罪何患无辞，此时再多的解释，在他们看来全是狡辩，还不如沉默。

所幸，高以诚是信任自己的。

老赵又说："事发后，你的执行领导高以仁经理也第一时间与我联络过，他为你解释，说你与林太太之间存在某些误会才发生了当日的不愉快，他又提到你的工作，说你工作细致入微，成绩斐然，是难得的人才，要我们慎重考虑，不要因小失大。"

璧人感激在心，依旧沉默。

老赵叹口气，一副"大义凛然"的模样："我们亚美是惜才的，也讲是非道理，但员工道德素质水平的高低，一向也是我们考量一个员工优劣的标准之一，希望虞小姐以此为戒，珍惜工作机会，克己修身，知耻后勇。"

谈话结束，璧人在记录上签上大名。

璧人起身鞠躬告辞离去。

未到办公室，就听得克劳德在里头笑："这盆脏水泼到她身上，看她如何洗涤干净。"

几个人应声回是，是，是。

璧人转身走去洗手间。

本想在那里头喘口气，却遇到正在里头补妆的安琪。

璧人转身准备走去休息室。

安琪忽然开口问她："你用 01 号粉？"

璧人回头："是。"

安琪对牢镜子，一手替自己涂着口红，一手从化妆包里取出粉盒递给她："你的粉褪了，补些再回去。"

璧人接过："谢谢。"

璧人走到镜子前，漫不经心地拿出粉扑随意朝自己脸上扑了扑粉。

补好妆，璧人将粉盒递还给安琪，再度道谢。

璧人转身要走。

安琪叫住她："我说……"

璧人回头。

安琪正将唇膏收起装入自己的化妆袋里，她施施然地讲：“这个世界多的就是乌鸦嘴，通常这些人，一不会是你的生养父母，二不给你钞票养家糊口，三不与你同床共枕。总之，他们与你毫无关系，你为着这些人闷闷不乐？你有空哦？”

安琪提着化妆包离开洗手间。

璧人望着她的背影呆住。

这个冰雪女王竟会安慰自己？

真够意外。

与此同时，璧人心头又是满满的感谢。

感谢她最及时的当头棒喝。

是，无须为着一些无关紧要的人让自己烦心，又不是为他们而活的。

璧人又抬头挺胸地出去。

高以仁喊她进办公室。

“劳拉，需不需要休息几日？”以仁关怀备至。

璧人笑：“你放心，我不会留下‘人言可畏’四字就走的。”

以仁看她还开得起玩笑，稍稍放松下来。

“这不怕你多心嘛。”他笑着说。

“学林黛玉，会不得长寿的。”

以仁又被她逗笑了。

“好，没事就好，”以仁说，“先去工作好了，忙完这段，我们部门组团去海岛旅游，好好放松一下。”

璧人点头，起身告辞。

走到门口，她又回头：“经理，谢谢你。”

高以仁不解地看着她。

璧人说：“感谢你在HR，替我美言。”

以仁答：“我全是实话实说。”

璧人笑，推门出去，又满腔热情地开始工作。

旺季，事儿多多。

傍晚加了一小时班后才勉勉强强可以关机回家。

过了下班高峰，车流依旧堵，璧人的车子开开停停，停停开开。

璧人开着调频，寻思回去是煮意大利面还是制蛋包饭做晚餐？

路口又是红灯。

璧人跟着前方车辆一起停下。

不经意间，看到窗外有个熟悉的身影佝偻着背，双手提着两大袋东西步履蹒跚。

公公？

哦，不，此刻他已与自己毫无关系。

他只是徐君生的父亲。

她可以头也不回地掉头走掉的，谁也没有资格去说她。

但是，他还是她“公公”时，对自己是不薄的。

璧人不忍无视。

绿灯亮起，她靠边停车，下车走过去。

“伯父，您一个人？”璧人走到徐老身边问。

徐老闻声回头，一看是璧人，又惊又喜：“呀，是璧人。”

“您一个人怎么拎这么多东西？”

“你婆婆……”老徐脱口而出，璧人垂眸，徐老知自己失言，即刻改口，“君生妈妈心悸的毛病又犯了，我替她来抓点药。”

“你也不叫辆车？”

“坐公交才换两辆车，也方便。”徐老憨憨笑。

璧人接过徐老手中的塑料袋：“我的车子就在那边，我送您回去。”

“不了，不了，不麻烦了。”徐老客气。

“开过去才十几分钟的路程，很快。”璧人提着药袋朝前走。

徐老不再拒绝，缓缓跟上。

璧人扶他上车，发动引擎调头而行。

“璧人，听说你寻了一份好工作。”路上，徐老与璧人交谈。

“都是为了一口饭，都一样。”璧人回。

“璧人，当初是我们徐家对不住你啊。”徐老重重叹气。

“都过去了。”璧人释怀。

“是，是，都过去了，过去了。”徐老心事重重地朝着窗外看。

“伯母身子不好，你们何不去加拿大住一段时间，毕竟徐君生在，有个照应也是好的。”璧人换个话题来讲。

“去两人，也带去两张嘴，那里又要多一个孩子，君生自个儿也紧。况且你也晓得君生母亲的脾气，去那里，也定和新媳妇儿闹些不愉快，我思量再三，还是觉得在自个儿家里舒坦。”

徐老早已深思熟虑过。

真是皇帝不急太监急。

璧人不再多言，静静开着车子，到徐老家楼下，璧人扶徐老下车，又拿下塑料袋递给他。

“我就不留你上去吃茶了。”徐老微微笑。

璧人心底感谢他。

“再见，伯父。”璧人与他告别。

“再见。”

徐老拎着两大袋草药爬上楼梯，橘色的感应灯亮起，射下的灯光，昏暗且无力。

这里一切如旧。

扶手褪了油漆，栏杆生着铁锈，墙上有孩童的涂鸦。

这条路，璧人也曾走过。

这个楼梯，也曾有人牵着她爬过。

可如今，物是人非。

璧人感喟。

一些人，注定只是你生命里的过客，你盼不来，也留不住，岁月静好，现世安稳，相濡以沫，不若相忘于江湖。

璧人又趁休息日将家里头上上下下整理干净。

一切完毕，刚坐下休息，门铃即刻响起。

璧人去开门，外头站着一个男子。

齐肩的头发，蓄着胡楂，一件白衬衣，一条洗得泛白的牛仔裤，一双帆布鞋。

他背着一个大大的旅行包，因为一张风尘仆仆的俊脸的缘故，他的随意邋遢，在外人看来竟有些艺术气。

璧人盯着他看，这张脸孔似曾相识，又很陌生。

璧人正准备开口询问。

他先开口寒暄："你好，虞璧人小姐。"

他竟然知道自己的名字。

璧人更诧异了。

他好像是猜着了璧人的心思似的，又笑着说："我叫秦维明，在美国时，我曾在你姐姐的美甲店里做学徒，上次，也是我替她给你邮寄了大溪地珍珠耳环。"

所以他才晓得她姓甚名谁，家住何处。

秦维明。

等等。

这个名字，璧人确信自己听过这个名字。

璧人思索，在回忆里头翻箱倒柜，终于得出要领。

她惊呼："秦维明？你就是那个画了《和平》的秦维明？"

秦维明笑笑："是，是我。"

秦维明，旅美画家，因在9·11事件后画了一幅名叫《和平》的油画而得到美国总统的接见，当地华人看到那幅油画纷纷落泪，频频给他留言："既有这支神笔，何不将祖国山色画下？"

秦维明深受感触，于是创作了另一幅作品《中国与我》，同样获得成功，并在世界各地展出。

璧人应友人邀请，曾有幸在上海美术馆看过其作品展览。

璧人忙请他进屋里坐，替他沏了杯香片茶。

“秦先生大驾光临，让陋室蓬荜生辉，”璧人坐到他对面，“刚刚秦先生说你是姐姐学徒？恐怕没这么简单吧，要知道美人的水平替你提鞋都不够。”

秦维明笑起来：“虞小姐，你猜得对，我是醉翁之意不在酒。”

“因为美人？”璧人大胆揣测。

秦维明答：“是，因为那株虞美人。”

他顿顿，喝口面前的香片，随后再讲：“有日，友人邀我去唐人街的中国餐馆午饭，饭中，他接到家中紧急电话，有要事返家，我便在饭后独自一人去街道闲逛。我路过了你姐姐的美甲店，人家的招牌都五彩缤纷、花里胡哨，你姐姐却只用一款墨色匾额，上头画了一个‘口’里头加个‘十’字，后来我才晓得那就是甲骨文中‘甲’字的写法。你姐姐当时正替一名白人画指甲，她拿着一支极细的画笔在指甲盖上勾勒，几缕发丝从发髻上头散下来，一张侧脸美得让人窒息，我情不自禁地走近，她微微抬头看看我，用英文问我‘来应聘？’，我这才注意到门口玻璃上黏着的招聘启事，我忙不迭点头说是。她要我坐下等候。我静静坐到一边，看着她完成她的艺术品。她用消毒液洗手，之后问我是不是中国人，我答是。她开始用中文同我说话，她说她只想招个女学徒，因为这里除了替客人抹指甲盖，还得扫地、煮饭、消毒毛巾与美甲工具，男人是不肯干这种活的。我笑了，求她留下我试用三个月再说话。”

“你成功过了三个月试用期？”璧人笑着问他。

“不，没有，我除了可以替人画指甲盖外，其他统统不合格，我时常将消毒水与洗洁精混淆，只要轮到我负责伙食的那天，我与你姐姐通常只吃长棍面包，你姐姐用手扶额颇为无奈地问我：‘你除了画画是不是什么都不会？’”

“你怎么答？”

“我说我还会偷偷爱着她。”

听到这句话连璧人这个外人都脸红心跳。

何况当日与他面对面的美人？

璧人说：“我姐姐应该吓了一跳。”

“你姐姐沉默，良久，她跟我说，不要再爱她，她有一段让人无法接受的过往，甚至连高中都没有毕业，这样的她，不值得被人爱。”

璧人唏嘘。

秦维明双手掩面：“可她说的这些，均不能让我停止去爱她，我对她说，‘你的过去也是你的一部分，我会爱你全部。’”

“姐姐怎么回？”璧人替美人焦急。

秦维明苦笑：“美人沉默，她只呆呆坐在窗口望着外头的飘雨。”

“姐姐需要时间。”到底是姐妹，璧人当然了解她。

“是，我也这么想，所以之后我照旧去工作，照旧与她说话聊天，我接待了一个新西兰的客人，我替她画指甲，她说她头一次瞧见男人涂指甲盖的，我笑着问她要什么样的花色。她答要满满的金色树叶，她说她的家乡在箭镇，那里的阳光穿透力极强，尤其在清晨，树上的叶子都变成了金叶子。我告诉她，我曾去过那里，那里是新西兰留下中国人脚印最早、最多的地方，在寒冷的冬天里，峡谷里山风刺骨、河水冰凉、雪山上不停地飘着雪，中国的淘金矿工在镇子附近的箭河边造起了保暖的小木屋，这些小木屋给他们艰辛的生活带去一点温暖。他们的屋子很小很童话。在艰苦拓荒的岁月里，他们建造遮风避雨的小屋，也许想到了节约并没有想到安徒生和格林童话。”

箭镇？

因为他，所以美人才去了箭镇？

秦维明重重叹口气：“那是我在美甲店接待的最后一个客人，送走她后，美人将我的行李整理出来，连同一张报纸一同丢到我面前，她愤怒地对我说，‘秦维明，你为什么不早些告诉我你就是这个秦维明？秦维明的手怎可拿起这种劣质的笔替人画指甲盖！走，回你的国度、你的世界里去。’”

秦维明仰头看着天花板发呆，很久又说：“那张报纸上头有我的专访，为什么那张该死的东西会出现在美人的手上。”

“她迟早都是要知道的。”璧人莞尔。

秦维明坐直身子，将杯中的香片一饮而尽。

璧人又替他斟满一杯。

“美人将我赶走了，”秦维明说，“当时我也要应邀去台湾参加学术交流，还有我的东南亚油画展，忙完几个月，我再去唐人街，美人不见踪影，美甲店人去楼空。”

“所以，你找到了这里？”璧人问。

“听说我走后，美人接父母来同住，之后又跟随父母一起回了中国。”

“是，姐姐回来了，但她又走了。”

“又走了？去了哪里？”秦维明不肯罢休。

“你说那些淘金的矿工在寒冷的夜里会想到什么？”璧人笑。

“箭镇，她去了箭镇。”秦维明醍醐灌顶。

“快些去找她。”璧人对他说。

秦维明笑逐颜开，起身与璧人告别。

他当然马不停蹄地飞往新西兰。

但这个男人会不会成为美人的归宿？

这个答案无从知晓。

但于他、于美人，璧人都给予满满的祝福。

如果有可能，这辈子，总要为爱勇敢那么一次的吧。

璧人思忖。

维明走后，璧人打开电视来看。

一台在放《妻子的诱惑》。

讲的是一位糟糠贤妻遭友人与丈夫背叛，劫后重生向其施展报复的故事。

不，不，不。

璧人不要看。

花这么多精力与时间去恨一个人，整日整日绕着这个人渣打转，完全是在蹉跎自己的生命。

璧人才不要看。

换个经济台。

里头报道：“林氏总裁今日启程飞往新西兰，与 A 能源公司洽谈合作案。”

哇，林嘉铭也去了新西兰？

璧人惊讶。

虞美人，秦维明，林嘉铭。

统统都去了一个地方！

这三人会不会在新西兰发生另一段故事？

璧人想象不出。

但无论有，还是无，璧人当然是喜欢秦维明牵上美人的手。

为什么？

还用问？

林嘉铭已婚，好女子不与已婚男纠缠。

况且林曾可心当日甩的那一巴掌，时至今日，还让璧人的左边脸火辣辣地疼痛。

美人何必去自讨苦吃。

璧人又转台。

新闻台在报道：“新一届梁思成建筑奖评选结果揭晓，通过 13 位专家提名，13 位专业评审，刘立、黄西谬获得梁思成建筑奖，陶志、高以诚获得梁思成建筑提名奖……”

高以诚？

刚刚她说高以诚？

璧人怀疑自己的双耳。

她忙取出笔记本打开网页搜索再次确认。

是，是高以诚。

高以诚获奖了。

璧人喜极而泣。

她抓起餐桌上的车钥匙，冲下楼，一路飞驰至涧水落花。

车子停下，璧人下车，一路小跑。

“高以诚，看了新闻没？高以诚，快看新闻。”璧人心花怒放。

涧水落花的大门意外敞开，璧人冲进去，只见高以诚端端正正坐在客厅沙发上，手里捧着一封信笺发呆。

她走过去，茶几上横着的信封上用魏碑体写着：“中国建筑学会”的字样。

“你收到了？”璧人激动万分，“你收到了是不是？”

以诚朝她望去，眼内尽是复杂。

璧人不理会，即刻拉他起来：“祝贺你，高以诚，祝贺你获得梁思成建筑提名奖。”

以诚依旧不说话。

“你有天赋，高以诚，你不该放弃建筑，你看，你获奖了，有些建筑师忙忙碌碌一辈子，争破了脑袋也想得到的奖，你得到了，”璧人兴奋得滔滔不绝，“高以诚，你太厉害了，你不能放弃建筑，现在你有底气与你父亲去争取了，你可以选择建筑这条路，你有这样的才华，专业人士都认可你，你……”

高以诚一把将璧人拥入怀里。

他将她抱得很紧。

璧人甚至觉得有些窒息，意外的拥抱让她乖乖噤了声。

以诚说：“璧人，我刚刚收到快件，上头邀我去出席颁奖典礼。”

璧人替他欣喜，频频点头。

“我收到这封信笺时呆了半日，我不敢相信，难道真的是我？难道不是同名同姓？”

璧人在心底喊：是你，当然是你，一百个是你。

“直至我看到蔷薇岛屿的设计稿，是的，我终于确信那个高以诚就是我。”

璧人又哭了：“祝福你，高以诚。”

“是你吧？”以诚亦有些激动。

“嗯？”

“是你将我的蔷薇岛屿偷偷寄出去参赛的是不是？”

璧人不说话。

“谢谢你，璧人，谢谢你为我做的一切。”此刻，以诚情绪太多，意外、激动、感激，他已无能力将这些一一表述，只得全部融入一句“谢谢”里。

璧人轻轻推开他，与他面对面：“那句话怎么说来着？是金子总会发光的。”

以诚久久凝视她。

看得璧人脸庞又微微发红。

璧人转身拉着他走：“走，我们去庆祝一下，这么高兴的事，总要好好庆祝一番的，我们去吃法国菜好不好？当然还得开一瓶香槟，听说香槟还叫‘胜利之酒’，世上没有任何一种酒，可以与香槟媲美的。”

以诚只笑着跟在她身后。

以诚开车，璧人在后座用手机挑选着餐厅。

“你说去 Jean Georges 还是翡翠 36 号？”璧人向以诚征求意见，“夏朵西与 T8 貌似也不错。”

“听说那里有一款鹅肝，加了白兰地酒、柳橙与苹果醋，烹调至 35 摄氏度，入口即化。”

“你在说 Jean Georges 的鹅肝？”璧人打开网页，“好的，那去订餐厅。”

前方一阵巨响，接着高以诚猛一脚刹车。

“发生了什么？”璧人惯性地朝前冲一下，心惊肉跳。

“前方发生了追尾事故，一辆出租车撞到了前方的土方车。”高以诚焦急，边说边解下身上的安全带，“我去看看人员有没有事？”

璧人跟着他一起下车。

事故严重，出租车头已经损毁，驾驶员满脸是血倒在方向盘上。

高以诚即刻拨了 110 与 120。

他费力地拉开车门：“你有没有事？还能不能听见我说话？”

只听得那名驾驶员气若游丝地回答：“孕妇……我后座有孕妇……快些先救救她……”

以诚朝后座望去，果不其然看见一名孕妇煞白的脸孔捂着肚子，重重喘着气，所幸没有大碍。

人群越积越多。

以诚与璧人先扶孕妇下车。

她肚子巨大，一看就在孕晚期。

孕妇心有余悸，忽而扭曲了面孔嗷嗷叫：“肚子……我的肚子好痛……”

不好，怕是要生产。

大家开始手足无措。

此刻，从人群里冲出一名女士：“我是助产师，将她交给我。”

助产师脱下自己的卡其风衣铺在地上，让孕妇平躺，娴熟地替她检查身子。

女士自动围成一圈，将她们隐蔽保护。

外头男士再围成一圈，向过路车辆一一示意解释。

“羊水破裂，宫口已开八指，有早产迹象。”助产师大汗淋淋。

产妇在地上哭着央求：“医生，求求你，一定要救救我的孩子。”

璧人蹲下握住产妇右手：“我们这么多人在，大与小统统会留住，谁也不会有事。”

产妇感激地看着璧人。

规律的阵痛袭来，产妇跟着助产师的口令用力。

众人替她默默加油。

终于，一阵啼哭，一个女婴平安落地。

众人鼓掌欢呼。

120 与 110 也及时赶到。

产妇与受伤的司机一起被抬上救护车。

助产师抱着女婴跟随。

120 向前飞驰。

几名交通警察留下处理事故。

璧人与以诚如释重负地相视而望。

璧人看看身上的血污，遗憾地笑：“怎么办，这副样子是不能去吃法国大餐了。”

以诚上前一步，轻轻拥她入怀里：“璧人，你生非非时，是不是也吃了这样的苦？”

璧人意外，想不到他会说这句。

当初，徐君生也没有说这句。

彼时，护士让徐君生抱了抱婴儿，工作电话接二连三地响起，他又将襁褓交给自己的母亲，自己钻到阳台上处理公务。

当时，所有人的眼里只有婴儿没有她这个产妇。

璧人感怀，泪水汩汩而下。

高以诚，若是早些遇上你该多好。

以诚载璧人回家换洗。

璧人淋浴，以诚坐在客厅看着电视。

璧人换上了黑色纱裙，外头罩件白色薄针织长衫，头发自然放下。

脸部抹了玫瑰水，轻轻打层轻薄的粉底，只单单涂了口红。

如此清清爽爽地走出浴室，以诚却看得呆住。

以诚知道，那管口红是香奈儿丝绒 37 号。

里头有珍珠母贝微粒，使双唇散发低调深沉的亮泽色彩。

这个颜色对肤色也极为挑剔，一不小心，就会配成流莺模样。

璧人肌肤似雪，五官清秀，圆圆脸，圆圆眼，在这张脸庞上，它绝对是点睛之笔。

“我们可以走了。”璧人对以诚说。

以诚几近贪婪地凝视璧人，他痴痴地念：“璧人，此刻我多想吻你。”

璧人羞涩，脸别到一边，故意岔开话题：“难道你不想吃法国菜了？那怎么办，我们喊炸鸡与啤酒吗？”

以诚笑：“与你在一起，啃个汉堡、饮杯可乐也是好的。”

璧人拎起电话：“麦当劳还是 KFC ？”

以诚拿起璧人放在茶几上的手机递给她：“在此之前，你最好先看一下电话，你在洗澡这段时间，有无数电话进来。”

璧人接过，翻看，清一色来自佳人。

璧人急忙回拨过去。

电话接通，璧人急急问：“怎么了，佳人？”

“姐姐，郭俊去了澳大利亚出差，我此刻住在妈妈这里，妈妈替我炖了冰糖燕窝，你也过来喝一碗？”佳人在那头讲。

璧人为难。

璧人看了看以诚，电话那头已换母亲听电话：“璧人，过来一起吃个晚饭，你爸爸今日亲自下厨做了毛蟹年糕，快来品尝。”

“妈妈，今天我有安排。”璧人回。

虞太太讽刺道：“以后我要女儿回来吃顿饭，是不是也要提前预约？”

璧人百感交集。

虞太太吁口气：“随你回不回来。”

她挂断电话。

璧人收起手机，无奈摇摇头。

以诚问：“怎么了？”

“我家虞太太呼我回家吃饭。”璧人答。

以诚拿起车钥匙：“走吧，我送你过去。”

“不好意思。”璧人道歉。

“好了，你欠我一顿饭。”以诚轻轻笑，与璧人一起下楼去。

以诚送璧人过去。

到虞太太楼下，璧人下车，挥手同他告别。

看着以诚开走，璧人才转身走上楼梯。

一开门，佳人就迎上来有一搭没一搭地问：“阿斯顿马丁？”

“什么东西？”璧人换上拖鞋，不置可否。

“我刚刚在窗口瞧见，有辆阿斯顿马丁载着你过来，你下车，恋恋不舍地与他挥手告别，目送他离开才舍得上楼来。”

“恋恋不舍？”璧人汗颜，“我的妹妹，成语不好乱用的。”

佳人不依不饶：“你新交的男友？多大年纪？游手好闲、情感混乱的公子哥才开这种车子，成熟男子均喜欢商务车。”

“吃不到葡萄就说葡萄是酸的？”璧人嘲笑。

“姐姐，你三十二了，还当自己是十八岁？”

“谢谢你为我操心，你放心，我时时刻刻都提醒自己已经三十二岁，”璧人替自己倒了杯纯水来喝，“那人只是我东家的少爷，今日我只搭了他的顺风车，你莫对我瞎操心，我晓得自己要克己修身，清心寡欲。”

“也不是让姐姐去做姑子，”佳人站在璧人身边，“再寻一个，总得门当户对、妥妥当当的，一把年纪再行差踏错，传出去叫人笑话。”

“你口气像祖母。”

“姐姐，我们都是为你好。”佳人嘟起嘴。

“反正我不能收青年的花，不能与他们跳舞，不能乘着他们的车去兜风，我应该找个秃顶的教授，最好也是离异，育有子女，有些储蓄，一日三餐，安安分分过到老死，可是这样？”

“总比被别人始乱终弃的好。”

“是，我要小心，当下没有包青天，没人来斩陈世美。”璧人光火。

虞太太端着菜从厨房出来：“你们姐妹俩在吵些什么？”

“我在劝姐姐不要随便恋爱，与人约会。”佳人对虞太太摊摊手，“可她朝我发火。”

“恋爱？”虞太太仿佛听了本世纪最大的笑话，悻悻地讲，“又不是十八岁，谈哪门子恋爱？”

母亲又钻进厨房。

佳人笑出声。

璧人泄气。

全家人围在一起吃饭。

郭俊的电话进来，佳人与他闲话家常几句。

挂上电话，母亲问佳人：“郭俊近来怎么样？”

佳人神气地答：“一日三通电话报备，睡前还替我按摩小腿，半夜也给我端过牛奶喝。”

“那就好。”虞太太松口气。

“男人嘛，都是这样，蜡烛。”佳人扬扬手，一副心底澄明的样子。

虞太太望一眼璧人，像是在说：让她去，总比哭哭啼啼的好。

璧人会意，静静扒饭。

第十二章 震慑

餐后，璧人与大家告别，下楼走去公车站，准备坐巴士回家。

这里并非闹市，人流稀少，公车频次也少。

璧人站在公交站头耐心等待40分钟才肯出现一辆的巴士。

身后突然传来女子的哭喊声。

璧人闻声回头，隔着绿化带眺望，影影绰绰中瞧见二男一女。

他们当然不是什么善男信女。

璧人知道，这一带多的就是游手好闲的混混与横行霸道的盖世太保。

她本想不去理会。

可那哭声渐大，声嘶力竭，里头还掺杂了哀求："……不要去……阿麦，不要去……"

这个声音竟有几分熟悉。

璧人再回头，走近一步欲看分明。

只见那女子趴在地上抱住"阿麦"的大腿哭着哀求，另一边的红毛小子却对"阿麦"说："老大替我们两肋插刀过，我们不能没有义气，比起兄弟情谊，你的这些儿女情长算什么？"

阿麦进退两难。

女子依旧在地上喊着："阿麦，不要走。不要走，阿麦。"

阿麦犹豫片刻，依旧转身迈开双腿，头也不回地跟随红毛小子一起上了一辆金边车离去。

女子从地上爬起，徒步追赶上去。

她昂起头，璧人看清了她的脸。

居然是安琪。

璧人有些手足无措，怎么可能是安琪，她所认识的安琪是何等的骄傲？记忆中她一直雷厉风行、勇猛果敢。她是冰雪女王，她怎会为另一人哭得肝肠寸断，搞得这般狼狈不堪？

璧人愣在原地，半日也无法回神。

前方的安琪追了几步，忽然整个身子瘫倒摔在地上。

璧人急忙奔跑过去，将她上半身扶起："安琪，你怎么样，安琪？"

安琪已昏死过去，再无声响。

璧人高声呼喊救命。

一辆出租应声停下，司机下来助她一起将安琪送进医院。

三十分钟后，安琪被挂上点滴，推入观察病房。

璧人拦下值班医生询问状况："医生，我朋友有没有事情？"

医生摘下口罩："过度疲劳加刺激过度，好好休养几日就好。"

璧人感谢。

医生与护士离去。

璧人走进病房，坐到安琪病床头。

今日她没有化妆，皮肤干涸，嘴唇干裂，眼睑下方还有几颗小小的雀斑。

但这些均不影响她的美貌。

她的睫毛自然卷翘，鼻子挺高，瓜子脸，睡着了也像个芭比娃娃模样。

璧人手机响起。

璧人忙拿着电话跑到窗口压低声线来接听。

那头是高以诚，以诚问：“你到现在都还没有回家？”

“嗯？”璧人不明所以。

“将你的车子替你开过来，这个时间总想你已经回来，可敲门却无人回应。”

“我在医院。”

“医院？”以诚惊一下，“你怎么了？为什么进了医院？现在在哪家医院，我马上来。”

“哦，入院的不是我。”璧人忙解释。

“那是谁？”

“安琪。”

“你怎么跟她碰面了？”

“说来话长。”

“好，我先过来。”

璧人应“好”，报上地址。

她与高以诚挂断。

有阵凉风从窗子的缝隙里头钻进来，璧人赶忙上去关上。

璧人转身，安琪已苏醒，她迷离着眼，环顾四周无力地问：“这里是哪里？”

“医院。”璧人快步回去，坐回到病床边。

“我为什么会在医院？”

“你与阿麦分别，昏倒在地，我当时就在附近等公车。”

“阿麦……阿麦……”安琪挣扎着要起身，“我要去见阿麦，不，他不能去那里，他不能过去白白送死。”

璧人拉住她阻止：“你现在是病人，任何事情等你好了后再说。”

安琪不肯听，继续执拗地要下床。

“你还去哪里找他？”璧人激将，“那个阿麦早已跳上金边走得毫无踪影，他根本对你不管不顾，你居然还要去找他？”

安琪果然安静下来，几分钟后，她掩面痛哭，璧人不晓得如何安慰，只看着她的泪水从十指指缝中流出，止也止不住。

良久，她终于停止哭泣，呆呆望着前方不作声。

璧人拿来了一个软枕靠在她的身后。

“想不想吃些东西？”璧人问。

安琪看着璧人：“要白吐司面包。”

“好，稍等，我即刻给你买来。”璧人起身离去。

她去医院的24小时便利店，买了白吐司与几瓶暖饮。

在大厅恰好遇到过来的高以诚。

以诚小跑上来：“安琪怎么样？”

璧人回：“无碍，休息几日就好。”

二人一起返回病房。

却看见床位空空荡荡。

“安琪呢？”以诚蹙眉，“安琪偷偷溜走了？”

璧人不答话，看着空荡的病床出神，她早该知道，此刻她心中的阿麦比她自己重要出千倍。

什么都阻止不了她去找他。

可第二天，璧人依旧看到安琪若无其事地来上班。

孤傲，美丽，与平常无异。

若不是高以诚提起，璧人真怀疑，自己当晚遇上那样子的安琪是不是一场不切实际的梦。

高以诚出发去北京领奖那一天，亚美销售部组团去了普吉岛度假。

朱丽急性盲肠炎入院，临时退出，众人替她遗憾。

璧人自然与安琪安排在同一间房间。

他们在普吉岛的JW万豪酒店入住。

克劳德对高以仁讲："呀，此次经理大出血。"

大家咧嘴笑。

各自先进房间整理行李。

璧人换上了夹脚拖鞋，穿上了波希米亚长裙，戴顶草帽出去。

安琪则是白T恤加牛仔短裤，一双帆布鞋。

到底年轻，几十块钱的汗衫，也能穿出这种效果。

璧人自叹弗如。

沙滩、岛屿，戏水、游艇。

个个玩得忘乎所以。

迎着夕阳落日，沙滩上燃起了篝火，开起了派对。

克劳德、比伯、伯尼拉着几个西洋美女大跳桑巴。

高以仁捧着啤酒坐在旁边的高脚凳上看着璧人和安琪。

他笑着问璧人："你不去跳？"

璧人忙摆手："饶了我吧。"

以仁又转向安琪："安琪也不去？"

安琪扬扬手，只顾着喝酒，她也没有半分兴趣。

一场舞蹈跳完，克劳德、比伯、伯尼三人均大汗淋淋。

比伯与伯尼意犹未尽，接着去跳了第二场。

克劳德招架不住，忙跑过来歇息。

他拿起一杯冰啤酒一饮而尽，稍稍喘口气后说："到底是老了，要是早几年，跳上三天三夜也不会觉得累。"

安琪在一旁哂笑："这些妹妹难道不合你胃口，挑不起你兴趣？"

克劳德白一眼安琪："这话说得我好似色狼一样。"

"食色，性也。"

"哦，我以为你会说'色不异空，空不异色，色即是空，空即是色，受想行识，亦复如是'了呢。"克劳德讪笑。

"唐玄奘辛辛苦苦译的文章，你却拿来这么调侃，他地下有知，一定死不瞑目。”安琪一脸鄙夷，一口喝完手中的啤酒，起身向暗处走去。

“安琪，你要去哪里？”璧人扯着嗓门问。

“你们玩，我有些累，先回酒店休息。”安琪答。

安琪走后，克劳德悻悻地说：“瞧瞧她那副自命清高的样子！怎么就不找个男人谈谈恋爱？也是，这种脾气哪里能找得到，谁受得了这种虎姑婆，估计她还会藐视天下所有男人，在她眼里所有男人都是百无一用。”

高以仁继续观赏着前方的舞蹈，他对克劳德的吐槽置若罔闻。

倒是璧人心里沉甸甸。

她又想到了阿麦，想到了安琪屈身抱着他的大腿哭，想到了安琪声嘶力竭地喊他留下来。

很多时候，坚强，统统是装给不相干的人去看的。

璧人唏嘘不已。

坐一会儿，璧人也告辞离开。

她回到酒店，开门进去。

看见安琪拿着手机在窗口踱步，一遍一遍重拨着电话。

她眼内尽是不安与焦虑。

这种魂不守舍，与白日镇定自若的安琪大相径庭。

他们都误会了。

安琪没有那具金刚不坏身。

她见着璧人，即刻收起电话，倒到床上玩起了 pad。

璧人走到沙发边，吃起了酒店赠送的蛇皮果。

第二天是自由行，安琪睡到了日上三竿，璧人替她喊了吐司与牛奶过来。

高以仁来电话约璧人与安琪同用午餐。

璧人挂上电话推推安琪肩膀：“安琪，高经理约我们去午餐，你要不要起来？”

安琪整张脸埋在枕头里，她迷迷糊糊地回：“我就不去做电灯泡了。”

璧人不置可否，只得一人前往，临行前不忘替安琪调一调房间的窗帘。

高以仁在楼下大厅等，璧人过去与他会合。

高以仁问：“想吃什么？听说附近玲珑餐厅的冬荫功汤不错。”

璧人为难：“那里还有没有又甜又香的芒果糯米饭？”

高以仁笑出声：“有，都有，那里还有红宝石的。”

“红宝石？”

“椰浆、荸荠混着西米露与玫瑰糖浆。”

“听上去就垂涎三尺。”

“是，来了泰国就一定不能错过。”

二人笑着前往。

一转身，看到前方有一对男女正从远处走来。

男的高大，女的娇小，两人统统背了一个大大的旅行袋。

步履不再轻盈，不知是被行李累着了，还是争分夺秒地赶路，被旅程累着了。

“为什么来万豪？我要去海景别墅嘛。”女子向男子抱怨连连。

“你为什么要跟来。”男子没好声气地回。

这两人？

璧人心口莫名紧一下。

“咦，那不是以诚与千惠？”身边的高以仁也认出了她们。

璧人看着他们一步一步走近。

高以仁早已高高挥手：“嗨，以诚，千惠。”

千惠见着以仁，小跑过来。

“以仁哥，以仁哥，在这里都能遇上你，真的好巧。”千惠拉着高以仁撒娇。

巧遇？

高以仁当然不相信，他涵养好，不作声，只一味地赔笑。

千惠瞧见身边的璧人，不出意外地阴下脸：“某些人怎么也在？”

高以仁解释：“亚美销售部全体来度假，所有人都在。”

千惠这才闭了嘴。

此时，高以诚拖着疲惫不堪的身体也走近。

他看看以仁，又望望璧人。

“你们准备去哪里？”以诚盯牢璧人问。

见着他，璧人早已激动得说不出话来。

以仁替她答：“准备去附近的玲珑餐厅吃饭，你们有没有兴趣一起前往？”

高以诚不假思索地答：“好啊。”

千惠叫起来：“赶了这么多的路，累都累死了，我要先回房间去补个觉啦。”

“你去啊。”以诚闲闲地回。

他先去前台 check in（登记）。

千惠泄气地跟上。

璧人与以仁在前厅等。

以仁饶有意味地说：“想不到他们也来了泰国。”

璧人佯装镇静地笑了笑：“是，真想不到，他们也来了这里。”

高以诚换了 T 恤与牛仔裤出来，千惠随后跟上。

虽然千万个不愿意，她依旧换上了漂亮的裙装，化了美丽的妆容。

四人去了玲珑餐厅。

高以仁拿起餐单来看：“要吃些什么？”

“冬荫功、咖喱鱼饼、椰汁嫩鸡饭、炭烤蟹。”千惠从来无法抵御美食的诱惑。

高以仁逐一勾选，他又问以诚：“你呢，你想吃什么？”

“全是酸酸辣辣的东西怎么吃得下去？”高以诚喝口面前的泰式奶茶，“要份芒果糯米饭。”

以仁看了璧人一眼。

菜上齐，千惠吃得最欢。

高以诚问：“下午有什么活动？”

以仁答：“本想去曼谷或者清迈待上几日。”

高以诚说：“那我们就去曼谷转转。”

千惠吓了半死：“不会吧，又飞？我现在见到飞机都想吐了好不好。”

“也可以坐大巴。”以仁开玩笑地回。

千惠昏厥：“那是要我的命了。”

以仁笑出声。

他转向璧人：“璧人，你想去曼谷还是清迈？”

璧人回：“我累了，哪儿也不想去，我只想回酒店休息。”

千惠白她一眼：“切，当自己是身娇肉贵的公主了。”

璧人不说话，她只偷偷瞟了高以诚一眼，她看到了他眼里头布满了红血丝。

随后，她大致推算了一下他的行程。

上海飞到了北京，应该没有过上一夜，又马不停蹄地飞来了泰国，千惠如何跟他一起过来的，且不要去理会，单看他，飞机来，飞机去，早已被这段距离搞得精疲力竭。

璧人只想他能好好休息一阵。

饭后一起步行回了酒店，沿途有一家传统服装店，千惠嚷着非要进去转转。

众人只得陪她进去。

千惠这件那件试个没完。

“哪件好？”千惠犹豫不决，“怎么办，粉色、红色、紫色都这么好看。”

她朝以诚看："以诚哥哪件好看？"

以诚随手指了中间一件。

"紫色？"千惠笑着说，"我也最爱这件，我们果真心有灵犀。"

她欢欢喜喜地去埋单。

高以诚却在一条有金黄色图腾镶边的白色纱笼裙边驻足停留，直至千惠埋好单出来，催促他，他才依依不舍地离开。

四人又回到酒店，各自回了房间。

璧人推门进去，安琪正坐在阳台上看着肥皂剧。

"不出去玩？"安琪问。

璧人倒到大床上，轻轻咕哝一句："安琪，高以诚来了。"

"追过来了？"安琪笑了笑，"果真是一等一的绝世好男儿。"

"安琪，太美的开始总叫人害怕看到结局。"璧人说出心里话。

安琪将电视剧暂停："你在怕什么？"

"怕结局是分离。"

"所有生命的结局都是死亡，"安琪问璧人，"照你这个理论，那我们是不是都不要活了？"

璧人合上眼微微笑："是，你说得对，是我不好。"

"不要想太多，想太多日子真不能过。"安琪劝慰。

"好……"

慵懒的午后，璧人也有些倦怠，她已沉沉睡去。

竟还有一个绮梦。

梦中是青年的她，从顶至踵、从内而外都散发着年轻。

她推着脚踏车在路上走，前方的车篮里摆满了红玫瑰。

她在十字路口与一个男子相遇。

白衬衫，卡其裤，踩着板鞋在阳光里头微微笑。

璧人知道，他叫高以诚，不知何时意外地进入她梦里头的男子。

第十三章 执手

一觉醒来，太阳半个身子已落下了海平面，璧人揉揉双眼，起身走到窗口，一望无际的蔚蓝深海，风中掺杂着淡淡的咸湿。

“你醒了？”身后安琪在招呼。

璧人转身，只见安琪双手捧着卡其色的礼盒站在自己面前。

“嗨，你的东西。”安琪将礼盒递给璧人。

璧人接过，一阵狐疑：“是什么？”

“不知道，”安琪耸耸肩，“刚刚服务员送来的，说是给虞璧人小姐。”

安琪转身坐到沙发上，端起了茶几上的水壶替自己倒了杯凉白开。

璧人缓缓抽开金色的缎带，揭开礼盒盖，里头一件金黄色图腾镶边的白色纱笼裙即刻映入眼帘。

呵，这个人！璧人又惊又喜，面上佯装镇静，心底淡淡笑。

“好精致的纱笼。”安琪也将脑袋探了过来。

“高以仁送来的？”安琪问。

璧人笑而不答。

安琪莞尔："估计，外头还替你安排了一架南瓜马车也说不定。"

璧人笑出声，捧起礼盒走到卫生间梳洗换衣。

夜间，这里的海滩有天灯晚宴，这种宴会类似于泰国当地的水灯节，此地的游客可以在今晚将自己未了的心愿写上孔明灯放飞，以祈美梦成真。

安琪领着一袭白色纱笼的璧人一出现，即刻引来一阵骚动。

克劳德喊到："璧人，你这打扮，像不食人间烟火的仙子。"

比伯也睁大了眼睛："这个确定是璧人吗？"

安琪一旁哂笑："果真是群呆头鹅。"

璧人只是笑。

前方千惠黏着高以诚一路走来。

璧人与以诚四目相对，以诚将璧人上下打量一番，忍不住待一阵。一旁的千惠看看璧人身上的白色纱笼，再瞅瞅自己身上的紫色衣裳，心中揣测出几分，气得握拳跺脚不再说话。

高以仁从身后的人群中走出来，来到璧人身边。

"璧人，你穿白衣尤其高贵出众。"高以仁不吝赞美。

璧人绯红脸儿偷偷瞟向前方看一眼高以诚。

身后有导游忽然鼓起掌来，众人回头，他已跳上了岩石，大声倡议："来，伙伴们，我们一起来玩个游戏好不好？"

"千万要新奇有趣点的，我可不想千里迢迢跑到泰国来玩老掉牙的游戏。"有人回应。

众人附和："就是，就是。"

"当然不可能让你们点灯、猜谜、丢手绢、找朋友啦。"导游说。

人群中有人笑出声。

"那是什么？"又有人问。

"是姻缘游戏。"导游清清喉咙讲。

“听上去很特别，说说看怎么玩。”

“这座岛屿，在当地还有一个称呼叫姻缘岛，传说在此处牵手的恋人将得到神灵的眷顾，会厮守一生，永不分离。好了，闲话不多说，现在请大家跟着我一起来，男生站到我的右手边，女生站到我的左手边。”导游举起双手，大家各就各位。

“好了，现在向后转。”导游继续指令。

众人向后转去。

“现在请大家朝前走，记住只许前进，不许后退，如果是有缘人，神明一定会让你们在前方的树林中相会。”

听到这儿，安琪嗤笑出声：“月老、红娘、姻缘……为什么会有人愿意将自己的感情寄托给这种虚无缥缈的东西，自己反而不肯去做些努力。”

璧人不好回答。

众人各自朝前走去。

安琪即刻退去：“好了，你们玩，我对这种游戏实在没有兴趣，先回房间了。”

璧人不强人所难，只好与安琪告别。

见安琪消失在身后的灯火中，璧人才再度回头前进，大批人马已钻进树林，只看见身边影影绰绰有几个人影，还有两人在对话：“你说我会不会和他相遇？”一个人问。

另一个答：“心诚则灵。”

璧人感喟，是啊，何不赐生活一个希望？

继续朝前走，树林越深，越发黑暗，刚刚聊天的女生也不见了踪影，取而代之的是一片静谧，而这种静使璧人感到恐惧。

璧人下意识地加快步子，不知是不是错觉，身后总感觉有东西如影随形地跟着自己，璧人惶惶不安，一阵疾奔，终于跑出树林，来到一块宽阔的草地，前方还有一条小河潺潺流过，不远处还有漫天的天灯照明，璧人终于松下一口气。

“你在做什么？”这时，身后忽然有声音响起。

璧人又惊一下，转身疾呼：“谁，谁在那里？”

忽而，高以诚从黑暗里走了出来，站在自己面前。

一见是他，璧人如释重负。

“你躲在那里想吓死谁啊？”璧人有些惊魂未定。

“没有胆就不要三更半夜玩这种游戏。”高以诚双手插在裤袋，一副施施然。

璧人抿嘴。

不知是谁在远处燃起了烟花，一束束火花在空中炸开，照得天空顿时通明。

璧人看得如痴如醉，而后，高以诚微微笑，慢慢上前一步，拉起她的手：“嗨，你看，我找到你了。我们是命中注定，这回你相信了吗？”

璧人激动得一语不发。

高以诚又不由分说，一把将她拥入怀里：“璧人，我们私奔好不好？”

璧人泪水瞬间翻涌，汩汩而下，她含着眼泪重重点了点头。

都怪这黑夜、这天灯、这焰火、这岛屿、这令人着迷的姻缘传说，所以她才像中了什么蛊惑，他说什么她就答应什么。

而，其他人依旧沉迷在这场“姻缘游戏”里，欲罢不能。

千惠却看穿了这场“游戏”只不过如此而已，是的，为了找高以诚她还不惜转身走“回头路”，好不容易，她终于看到了他，可是，他却已经牵着别人的手走了。

走出树林，千惠双眼迷离地眺望着大海。

高以仁随着另一拨人群走出了树林，看见千惠，走到她身边玩笑：“千惠，我找到你了，原来我们才是命中注定的一对。”

千惠对他的玩笑置若罔闻，她转过头，面无表情地看着高以仁，语气中尽是埋怨与无奈：“以仁哥，你喜欢她吗？你不是喜欢那个人吗？既然喜欢，为什么不死死抓住她？”

高以仁沉默。

“以仁哥，我喜欢以诚哥，所以，从现在开始，我就会死死抓着他不放，也恳请你拼了命地去抓住你喜欢的人好不好？”

高以仁看着她。

千惠又哭又笑：“是的，你看见了，我们其实都一样，我们都是爱情的可怜虫，既然这样，何不互相帮助一把？”

高以仁依旧不语，他转身面向大海，谁也看不出，此刻的他正在思索些什么，就好像谁也无法从平静的海面，看到海底的暗涌一样。

千惠与以仁回到万豪，千惠先去敲高以诚的门，没人应答，她即刻取出手机拨号，对方已关机。

“他不在，他不在。”千惠愤愤地咬牙切齿。

千惠转身，以仁拉住她：“千惠，你要去哪里？冷静一点。”

“虞璧人哪，当然是去找虞璧人，”千惠甩开高以仁的手，“我可不想像以仁哥你一样坐以待毙。”

以仁不作声，放开手，千惠快步而去。

到达璧人与安琪的房间，千惠大力擂门，安琪蹙着眉头前来开门：“你晓不晓得三更半夜大力敲门很不礼貌。”安琪数落千惠。

千惠不理睬，自顾自问：“虞璧人呢，虞璧人在哪里？”

“她不是和你们在一起玩什么姻缘游戏吗？现在居然到我这里要人，真是可笑。”安琪冷笑几声。

千惠推开她，强行而入，安琪倚着门框，双手交叉于胸前看着她走东走西，神经兮兮地开着衣柜与卫生间的大门。

高以仁也赶到：“千惠呢？”他问安琪。

安琪朝里头努努嘴：“你最好快些带她离开我的房间，我可不想被拖进警察局，冠个毁坏酒店设施的罪名。”

高以仁会意，进去一把拉住千惠：“千惠，你冷静点好不好。”高以仁喝一声，千惠回头，泪眼盈盈地看着他：“以仁哥，以诚哥不在，虞璧人也不在，他们走了，他们一起走了……”

千惠扑到以仁怀里呜咽，以仁心头也五味杂陈，安琪受不了这种场面，索性独自跑到了酒店吧台，要了杯鸡尾酒来喝。

这种爱情关系，剪不断理还乱，她自己已是泥菩萨过江自身难保，就不便再参与进他人的纷纷扰扰里了。

想到这儿，安琪又取出了手机给阿麦去了电话，依旧无人接听，安琪重重叹一声。

虞璧人与高以诚此刻在哪里？

他们俩正在一万米上空到英国的飞机上。

高以诚紧紧握着璧人的手，璧人闭着眼靠在他的肩膀小睡，岁月静好，爱情无恙。

高以诚带璧人来到了高家在莱茵河畔的公寓，老管家福克斯过来开门。

“哦，我的小少爷，您怎么这么着急地赶来，要知道我还没来得及请正在休假的瓦妮莎过来。”福克斯与高以诚拥抱一下。

以诚拍拍这个可爱的老管家，微微笑：“我只是过来玩几天，很快就会回家，不用瓦妮莎特地赶过来。”

“那就好，我的孩子。”福克斯笑。

这个瘦小的英国老头看见了站在以诚身后的璧人，“这位女士是？”他问高以诚。

以诚看一眼璧人，对福克斯说：“你可以喊她虞小姐。”

“好的，虞小姐，欢迎您的到来。”福克斯冲着璧人微笑。

璧人礼貌欠欠身，用英文回应：“你好。”

以诚与璧人随着老福克斯进屋，福克斯即刻端出了葡萄酒与几片蒜蓉长棍做餐点，随后上二楼替璧人准备客房。

以诚替璧人满了一杯葡萄酒，与她面对面而坐。

“在英国念书时，一直住在这里？”璧人环顾四周问以诚。

“是的，在我念书时，父母与哥哥从没有来看过我一眼，只有福克斯与瓦妮莎陪着我。”以诚也替自己倒了杯葡萄酒来喝，“不过，没有父母监视也是有好处的，比如我可以肆无忌惮地带女生回家来。”

高以诚朝璧人挑挑眉，一副轻佻的模样。

璧人撇嘴：“哦，你带过几个回来？”

“哦，没有，”以诚喝一口葡萄酒，“一个都没有，因为都是我半夜爬到她们的宿舍里去睡。”

璧人嗤笑出声。

“嗨，你不要笑，我说的是实话，不信你可以问问福克斯。”高以诚依旧“煞有介事”的模样。

“是的，当然，我当然会去问他，”璧人笑着站起身，“我现在就去问他。”

她走上二楼，以诚望着璧人背影淡淡笑，而后又有些感慨，像这样二人站在同一屋檐，高以诚不知已经期盼了多久，终于走到现在，真是好不容易。

璧人走到二楼左侧的客房，福克斯正在里头铺着被褥，璧人走去被子的另一边：“福克斯，让我来帮你。”璧人对福克斯说。

福克斯笑：“哦，谢谢你，虞小姐。”

璧人微微笑。

福克斯忽然对璧人说：“感谢你，虞小姐。”

璧人不解地看着福克斯。

福克斯对璧人说：“这么愉快的少爷，我已经很多年没有看见了。”

“因为伊丽莎？”璧人脱口问。

福克斯先是惊讶，随后笑笑：“是，是因为伊丽莎小姐。少爷曾经看过她每一场的芭蕾舞表演，在自己的房间贴满了她的相片，假期，他们喜欢爬伦敦塔，乘泰晤士河的游船，还约定一起去爱丁堡游玩。”

“后来呢？后来伊丽莎为什么离开了他？”璧人好奇。

福克斯看着璧人：“虞小姐，我很喜欢你们中国的一句古话：‘逝者如斯夫，不舍昼夜’，时间既然留不住，何必纠结过去，而不朝前看呢？”

璧人感怀，竟觉他言之有理。

福克斯走到璧人面前欠欠身：“感谢虞小姐的帮助，祝你睡一个好觉，晚安。”

“晚安，福克斯。”璧人微笑。

福克斯出去，带上房门。

璧人走到窗口朝远处眺望，英国，这里是英国，她竟然不顾一切跟高以诚一起飞来了英国？

现在理智归来，它似乎时刻都在对她说，当时她做的决定是多么的大胆，也一刻不停地在问她，后悔跟他来吗？

璧人笑，无论过多久，答案永远是：不后悔。

璧人想得出神，没有察觉高以诚已经轻轻推开了身后的房门。他缓步走上前来环抱璧人，璧人回神。

以诚笑问：“问了福克斯没有？”

璧人笑答：“问了，你的老管家口风实在紧，一句也没有套出来。”

“如此，我得给他涨点工资才好。”以诚哈哈大笑。

以诚双手捧住璧人手臂缓缓将她转过身来面朝自己。

“璧人，你是不是可以告诉我，是什么让你下定了决心随我一起来到了英国？”以诚开口问。

璧人莞尔，朱唇轻启：“因为看你累得眼球充血，还马不停蹄追我到了泰国。”

“其实，这是苦肉计。”以诚一阵惊喜，随后又故意朝她抿抿嘴。

“是的，我知道，可是怎么办，我就是中计了。”璧人看着他笑。

以诚再度拥紧璧人：“璧人，我等你等得好艰辛。”

“好了，现在你可以不用再等了。”璧人身子轻轻后靠，明眸凝视着高以诚的眼，借着窗外皎洁的月光，两人深深亲吻。

这一吻似等了一个世纪，而这一夜终于只属于他俩，这一刻谁都只求朝夕，不管永远。

二人就这样关掉手机，躲在英国尽享二人世界。

第十四章
险阻

一周后，二人回到上海。

飞机落地，手机开机，高以诚接到了千惠万条短信的轮番轰炸，除此以外，再无其他。也是，他本就我行我素，高家上下对他的“莫名其妙消失”早已见怪不怪，但是说来也怪，竟也无人来找虞璧人，父母自然顾着那个“怀孕我最大”的虞佳人没空来理她，但是公司居然也半点讯息都没有，要知道她可活生生消失了快两周的时间。

璧人很是好奇。

一上班，克劳德与比伯还争相前来问候。

一个说：“劳拉你真是优哉游哉，普吉岛玩到一半竟然飞到北海道去看雪。”另一个过来问：“劳拉，无辜消失这么多天，你的活儿统统都是由我们来接手，这次回来，竟连伴手礼也不带一个，你过意得去哦？”

璧人听得一头雾水。

朱丽跑上前来问：“璧人姐，你的长假难道不是在日本度过的？”

“是是是。”璧人连连颔首，赔不是连连。

正在寻思是哪位大侠出手相救，解了她的燃眉之急，璧人看见安琪正捧着文件从走廊那头过来，一定是她了。

璧人忙将安琪拉进茶水间鞠躬感谢：“安琪，谢谢你替我告假。”

安琪一脸茫然地看着她：“你……似乎谢错人了。”

璧人诧异：“难道不是你对他们说我在日本度假的？”

“哦，不是我，”安琪指尖顺着门缝指了指里头办公室的高以仁，“是他。”

璧人一阵惶恐。

安琪却在一边有意无意地咕哝：“一个为伊曾经沧海难为水；一个为伊衣带渐宽终不悔。啧啧啧，真的好难选择。”

璧人气结。

“哈哈，你慢慢抉择，我去找技术来修理电脑了。”安琪笑着离开。

璧人踌躇片刻，依旧决定前去向高以仁道谢。

她敲响了高以仁办公室的门，高以仁抬头看一眼璧人，微笑道：“好久不见，劳拉。”

“好久不见，经理。”璧人局促地站在门口。

“怎么了？”高以仁继续敲打着键盘，若无其事地继续问，“有事情找我？”

“哦……那个……”璧人不知如何开口。

高以仁却抢先一步说：“哦，对了，我刚刚发了你一份计划书，你仔细看看，如果没有问题，替我打印装订好后送到法务部。”

“哦，好。”璧人转身。

“哦，对了，劳拉。”高以仁喊住璧人。

“什么？”璧人回头。

“天天想约你一起晚餐，他说好久没有见到‘曲奇阿姨’很是想念。”高以仁微微笑，“不知你是否愿意赏脸？”

“当然。”璧人不假思索地答。

“好的，那下班后，我们一起出发。”

“好。”

璧人转身出办公室，这里一切如常，要不是高以诚发来泰晤士河畔二人的合影，璧人真会觉得在大不列颠那几日不过是自己的一场美梦，一场生命中的依露申。

高以诚来电话约璧人晚餐，璧人说自己已有约，婉拒。

“谁？”高以诚没有好声气地说，“你不可随意与其他男子单独约会。”

璧人笑出声：“是天天，天天的醋你也吃？”

“好吧，既然是他，那就放你去吧。”高以诚勉强答应。

璧人对他说：“你的口气，让我觉得自己像你养的一只金丝雀。”

“知道我是你的主人就好，快些用完晚餐回家来。”

高以诚挂断电话，璧人轻笑摇头。

高以仁正巧从办公室里出来：“劳拉，好了吗？”

璧人点头，起身与他一起离开办公大楼。

来到高以仁的公寓，一开门，天天即刻冲来抱住爹爹大腿，高以仁推推他身子：“你最想念的曲奇阿姨来了，还不招呼？”

天天躲在高以仁身后，极小声喊句：“曲奇阿姨好。”

璧人抚摸他头顶微微笑。

三人共用了晚餐，餐后，高以仁喝着菊花茶在一边读报，璧人陪着天天玩斗兽棋。

天天饶有兴致，一边玩着游戏，一边念着规则：“象吃狮子，狮子吃虎，虎吃猎豹，豹吃小狗……”

一盘棋局看尽众生相，弱肉强食，胜者为王。

第一盘，璧人小胜，天天不依不饶，非要再来一盘。第二盘，璧人故意让着天天，天天又觉得胜之不武，喊着不知哪里听来的成语：“士可杀不可辱”，要求第三盘。

璧人摸了摸他的小脸，收起了棋子："好了，太晚了，我们要睡觉了，下次阿姨来陪你玩好不好？"

"不好，不好。"天天硬是打开棋盒子，"你再陪我玩一局嘛，就一局。"

璧人拗不过，只好答应再来一盘。

刚打开棋盘，一颗小棋子就掉在地上，滚向房间。

璧人连忙追过去，捡起。

天天在身后问："找到了吗？"

"是的，找到了。"

璧人捡起棋子往客厅走，眼角正好从高以仁开着的房门看到挂在墙上的婚纱照。

上头高以仁与爱妻笑盈盈。

璧人浑身却如遭电击一样，愣在原地。

怎么可能？怎么会是她？

就算惊鸿一瞥，璧人也认得那人就是伊丽莎——高以诚客厅里摆放的红衣赤足精灵伊丽莎。

高以仁过来唤她："劳拉，你在做什么劳拉？"

璧人回神，转身回："哦，没什么。"她回到座位继续与天天游戏，心有所思，她的心思已完全不在执子落棋上，一会儿时间，被天天杀得片甲不留，天天胜利地欢呼，璧人拍手亦为他祝福。

赢了棋局，天天终于肯随着阿姨一起进房间休息。

高以仁送璧人回去，一路上，璧人沉默不语。

"你……是不是有心事？"高以仁看出璧人异样。

"伊丽莎……"璧人欲言又止。

"你想问：我的伊丽莎是不是高以诚的伊丽莎？"以仁像是看穿了她的心思一样，先一步问。

"我很好奇。"璧人提起勇气。

"是，是她，"高以仁叹口气："我与以诚爱的是同一个伊丽莎。”

“她曾是以诚的女友，为什么又会跟你结婚？”璧人无法遏制心头的好奇。

“因为我与伊丽莎一见钟情。”

“什么？”

“是的，当初以诚带着她来到我家，我们彼此相见，就觉得对方是此生唯一。”

璧人不再说话。

后面的故事，何须再要说明。

终于伊丽莎与高以仁冒天下之大不韪毅然走到了一起，而可怜的高以诚却永陷在了他的苦恋里，直至伊丽莎去世也无法停止。

璧人唏嘘。

高以仁的车子停在了小区门口，璧人下车，挥手与他告别。

璧人转身回屋，脚步似有千斤沉重，她无法停止对高以诚的想念，她无法对高以诚曾经所受到的痛苦熟视无睹，她知道，在当时，他的痛一定似万箭穿心，而如今，这份痛完完全全复制到了自己的身上，怎么办？她好像比想象中更爱他了。

而这里，再也待不下去了。

璧人转身跑向停车位，披星戴月，驾着车子赶去了涧水落花。

高以诚还未休息，房间里头依稀有光亮折射出，铁门没有上锁，璧人直接冲进去跑到里屋。

她大力地敲门，高以诚出来开门。

“咦，你怎么这么晚过来了？”懵然不知的高以诚一阵狐疑。

璧人望着他，目光如炬，良久，她莞尔一笑：“因为，我想你了。”

高以诚喜，捧着她的脸庞深吻，不得不说，他喜欢这样子大胆的虞璧人，也喜欢这样子直截了当的虞璧人。

良辰易过，春宵苦短。

转眼间，天已泛鱼肚白，璧人微微睁开双眼，身边的高以诚呼吸依旧匀称。

她蹑手蹑脚地从被褥中钻出来，套上高以诚的白衬衫，赤着双脚走到厨房去做早餐。

冰箱里有牛奶、鸡蛋、虾仁，刚好做一份虾仁滑蛋粥，璧人当下就决定用这个做他们俩的早饭。

晨曦缓缓从窗户里透进来，清澈温暖。

高以诚也起来，慢慢走到璧人身后拥抱，他一脸的胡楂在璧人脸庞摩挲，璧人笑出声："好了，抓紧时间洗漱吃饭，等下还得去上班了。"

高以诚懒洋洋地说："'云鬓花颜金步摇，芙蓉帐暖度春宵。春宵苦短日高起，从此君王不早朝'，现在，我终于明白了那些诗句的意思。"

璧人笑："你不好拿白居易的《长恨歌》来比喻，杨玉环的夫君君临天下，又有后宫粉黛三千，可我不要做她。"

"哦，那你要什么？"

"我要独宠一生。"

以诚轻笑，亲吻璧人朱唇："不过分，真的不过分。"

梳洗完毕，两人面对面吃早餐。

璧人刚给以诚倒了拿铁，有电话进来。

以诚跑去接听，先一句中文"你好"之后开始用英文对话。

璧人只听出了七七八八。

以诚挂上电话，站在原地。

璧人放下咖啡杯，走上前去："怎么了？有什么事情吗？"

以诚看着她。

璧人再问："怎么了？"

"英国的圣约翰福音教堂要重新修缮。"以诚缓缓开口。

"所以呢？"璧人着急问。

“他们找了几名新锐建筑师负责部分项目。”

璧人屏息。

“他在《泰晤士报》上看到我获得提名奖的消息，所以想邀请我一起去参与此项工程，共同完成教堂屋顶的修缮。”

璧人喜极而泣，激动地抱住高以诚：“高以诚，真是太好了，真的真的太好了。”

高以诚却看似左右为难。

“你怎么了？”璧人看出他的异样。

“答应下来，要去英国三个月。”以诚说出苦恼。

“所以呢？”璧人歪着头问他。

“可我不愿与你分离。”高以诚似个撒娇的孩童。

璧人轻轻笑。

璧人与以诚算是正式开始交往，头一个来祝福的竟是非非，她特意打了通越洋电话过来：“妈妈，高叔叔荣升你‘男友’了？”

这个丫头倒直言不讳，倒是璧人反倒有些不太好意思：“你跟他，倒是什么都聊。”璧人只有顾左右而言他。

“我和他倒真是有种相见恨晚的感觉。”非非笑答。

“非非，你会不会觉得妈妈没有分寸，你外婆说，我这个年纪就该修身养性，心无旁骛。”璧人跟女儿倾诉心事。

非非想一想答：“妈妈，只要你感到快乐。”

英国戴安娜王妃去世后，王子查尔斯要迎娶情人卡米拉时曾问小王子：“我现在跟她结婚可以吗？”小王子答：“父亲，只要你感到快乐。”

如今，非非也用它来回答自己，璧人感动。

当然，不是所有人都会来祝福她的，这一点显而易见。璧人决定与高以诚在一起时，也早已有了心理准备，所以当高氏掌舵人亲自来请她进办公室时，璧人也并不觉得十分意外。

璧人进去，端端正正深鞠一躬：“董事长找我？”

高耀祖扬扬手要她坐到自己面前。

璧人移步上去入座，高耀祖直奔主题，将一张白信封推到璧人面前。

璧人打开，里头统统都是她与高以诚的亲昵照片。

他的父亲竟找人跟踪他？

璧人心底一阵苍凉，真希望高以诚下世只生在寻常百姓家，不做王孙公子，至少还可以换得基本的自由。

“HR 跟我说过虞小姐的事，说你工作勤勉，认真努力，一年不到就三级跳，并非寻常人可以做得到。”高耀祖开口讲，但璧人听不出这话是褒是贬。

“我也很欣赏你这样的员工，积极上进，对工作热情如火。”高耀祖喝口面前的香片茶继续，“但，前几天，有一些人给了我这些相片，我觉得里头一定有着某种误会，且不说虞小姐比犬子大了好些年岁，主要他与林家千金千惠从小就有婚约，不日将要举行订婚典礼，这件事身为亚美员工的虞小姐一定不会没有耳闻。”

璧人从容地回：“高以诚没有对我说过。”

高耀祖色变：“什么？”

“高先生，十分抱歉，现在，我只听高以诚一个人的话，所以在您对我说的话还没有得到他证实之前，恕我不能给您任何回应。”璧人淡淡笑。

“三十多岁应该懂得看人脸色。”高耀祖愠怒，“我已给你台阶下，你不要不识好歹。”

璧人只能笑。

“说，要多少钱？”

“什么？”璧人诧异。

“像你这样的女人难道不是想在我儿子身上捞到点好处？”高耀祖掏出支票夹，取出签字笔来写，“说个数字，拿到这笔钱后，就痛痛快快与以诚做个了断。”

“在高先生的眼里，以诚永远是个长不大的小孩。”璧人苦恼。

“当然，所以他才会被人忽悠几句，即刻甩下辞职信件要跑去英国修教堂。”

“高先生，那是他的爱好，你应该尊重他的选择。”

“我不认为放任，让他似野马脱缰叫做‘尊重’。”

“高先生，不是你所认为的东西都是真理。”

“轮不到你来教育我。”高耀祖怒发冲冠。

璧人噤声。

高以仁却在此时推开了总裁室的大门。

高耀祖不悦，连忙收起支票夹喝道：“进来怎么都不和秘书通报一声。”

“是重要文件，法务部等着跟进，父亲。”高以仁上前解释，看到璧人也在，有意无意地问，“劳拉怎么也在这里？”

高耀祖拿文件来签署，对高以仁的话充耳不闻，便朝璧人一挥手：“好了，你且先回去工作。”

璧人起身，告辞离开。

出办公室，璧人深深吁一口气，将总裁惹怒，恐怕她是史无前例的第一人，如今覆水难收，只得水来土掩，兵来将挡，走一步看一步了。

路过花园，璧人坐在石椅上小歇一阵。

有人从身后递了一瓶苏打水来，璧人回头，是高以仁站在自己身后。

璧人接过饮料道谢。

“我父亲责骂你了？”高以仁坐到璧人身边轻声问。

“我觉得自己在亚美的时间正在倒计时。”璧人手中把玩着纯水苦涩地笑。

“我父亲是暴君，但还不是独裁者，公是公，私是私，他不会混为一谈。”

“其实很正常，若是我站在他的位置，估计也会这么做。”璧人抿抿嘴。

“跟高以诚在一起才会这么多麻烦，和我就不同了。”

璧人怀疑自己的双耳，抬头疑惑不解地看着高以仁。

高以仁却反问：“劳拉，难道我不可以吗？”

“别开玩笑了。”璧人干巴巴地笑笑。

“不，我没有玩笑。”高以仁一本正经地盯着璧人，“劳拉，我喜欢你，我没有跟你玩笑。”

璧人被这突如其来的告白吓得有些六神无主，无措地坐在座位上，愣愣地望着高以仁。

“为……为什么？”许久，璧人才缓缓问。

高以仁微微笑：“因为你乐观、上进，善良、大方，因为你……”

“你觉得我会和天天友好相处？”璧人打断他，先一步问。

“这点显而易见，看得出天天多么喜欢你。”

“以后，我会辅导好天天的功课，料理好他的一日三餐？”

“你还能兼任家庭教师的活儿？”高以仁佯装意外。

“在你眼里，我会成为天天的好妈妈，可是这样？”

“是，当然，你一定会成为一个好妈妈。”

璧人静一会儿，随后问：“那你呢？你怎么看我？”

以仁不解地盯着她看。

“我会不会成为你的好妻子呢？”

以仁沉默。

“或许你喜欢太太陪着你打高尔夫，可我宁愿窝在沙发啃着薯片看肥皂剧。”

“我想我不会强求你做你不喜欢的事情。”

“或许你会要求你的太太懂得保持身材，穿着华丽的礼服与你出席各种晚宴，而我宁愿腰间肥肉横生，然后把它藏在宽大的棉衬衫里面。”

以仁开始噤声。

璧人继续：“或许休息日你喜欢你的太太陪着天天散步、游戏，而我宁愿窝在床上不肯早起。”

以仁垂眸。

“或许你会希望你的太太可以读懂英文早报与你共论商场新闻，而我却连背六级单词都觉得困难。”

以仁犹豫。

“我还有一个女儿，相信你从来也没有考虑过她的位置。”

以仁默认。

“高先生，你有没有想过，或许你需要的只是一名能料理好天天的菲佣，而非‘妻子’，而你，根本就不爱我。”

璧人看着以仁，以仁低头，感慨万千。

第十五章 决定

安琪电话进来，呼叫璧人去接收 K 旅行社的客房订单。

璧人起身，告辞离开，以仁依旧坐在石椅，心绪久久无法散开去。

璧人回到办公室，安琪意外站在走廊拐角等待。

“你怎么在这里？”璧人疑惑，上前询问，却被安琪拉到隐蔽的一边。

“怎么了？”璧人问她，“发生了什么？”

安琪取出手机翻出里头的照片划给她看，一张张均是璧人与高以诚，捧着玫瑰在食堂告白，在涧水落花漫步，在街角拥吻。

“这是？”璧人警觉。

安琪收起手机：“上次我们组电脑全中木马病毒，我喊技术过来检修，他将所有笔记本一台一台安检，在朱丽的电脑里发现了这个。”

璧人心惊肉跳：“后来你怎么知道？”

“说来也巧，朱丽的电脑硬盘损坏，技术误以为那台电脑是我的，所以将硬盘内数据全部拷贝给我，还有一件事情……”安琪停顿一下。

“是什么？”璧人问。

“我还从她的电脑里查询到发送邮件的记录，她已将照片统统抄送给高董邮箱。”

原来他是这样才得到的照片，先前璧人还误以为是高耀祖派人盯梢他们，误会一场，罪魁祸首竟然是她。

璧人如梦初醒，又觉惶惶不安：“为什么？为什么她要这么做，我跟她前日无仇，今日无怨，我跟她完全是平行线。”

安琪也说不出所以然来，只得提醒璧人：“现在，虽然不知道她的目的是什么，但是你往后要留心注意着她点。”

璧人点点头。

二人回到办公室，刚进去，就瞧见朱丽在璧人的电脑前打转，见二人进来，随即拿起桌上的起钉器对璧人喊：“璧人姐，借一下这个给我使使。”

她的笑靥如花竟让璧人噤若寒蝉，璧人望向安琪，安琪给予眼神回应。

璧人再往朱丽看：“当然，请随意。”璧人笑着过去。

人人都有一张假面，有一张欺骗他人的谎容，尤其在这种社会，有几个能以自己的真面目示人？

这一天，真是在一桩接一桩的意外中度过。

晚上，高以诚临时有安排，电话来“告假”，璧人只得独自回家，简单下了碗番茄鸡蛋面果腹。

饭后，窝在沙发里看电视连续剧，芒果台统统都是某妈神剧，令狐冲与东方不败相爱，小龙女呆萌，杨过风流……上帝，完全不忍直视。璧人速速关上电视，打开电脑，随意拎部韩剧，即使又臭又长，也好过毁坏三观。

这时，佳人打电话来，头一句就问：“姐姐，你真是本领通天，这么快就钓上高富帅了？”

璧人听得一头雾水："什么？"

"今天傍晚，一帮牛鬼蛇神跑到老娘那里，捧了500万支票，希望爹娘出面劝你回头是岸，早日放他们公子自由。"

璧人一口唾沫没有咽下去，疾呼："什么？"

"我也惊了一下，老天，500万。"

璧人心惊肉跳："妈妈……妈妈怎么样？"

"老娘冷冷瞅一眼，拿起支票撕碎了，扔了满地，她淡淡说你已成年，她无权再来管你，请他们早早回去，另寻他路。"

璧人唏嘘。

电话那头，佳人说得倒是津津有味："后来，他们悻悻离开，母亲拿起扫把静静地扫了地，平静地端来饭菜要我过去吃饭，姐姐……"

佳人还未说完，璧人即刻挂上电话，回拨给母亲，第一通无人接听，璧人不放弃，继续打第二通、第三通……打到第五通，虞太太终于忍不住接起来听。

"妈妈……"璧人哽咽，"抱歉，这种时候还要牵连到你。"

已过而立之年，本该挑起家中大梁，让父母享受天伦，不再为琐事烦忧。

然而……

只听虞太太在电话那头重重叹一声："璧人，你知道的，我们做父母的，仅仅只是希望儿女能平平安安，万事顺利。"

所以，就该找个门当户对的男人，每日柴米油盐平平淡淡过活。年老时，儿女承欢膝下，日日躲在阳台晒晒太阳，一日接一日，生命不知不觉走到尽头。

璧人懂，这些璧人都懂。

只是还是有点不甘心。

毕竟是仅仅只有一次的生命。

既然早已知道，死亡就是尽头，何不将过程填得绚烂。

璧人对话筒里头讲：“妈妈，偶尔……我也很想自私地纵情享受一下生活。”

虞太太沉默良久，轻轻说：“好了，我该去睡了，你也早些休息。”

璧人听虞太太挂断电话，电话里头开始“嘟”长声……璧人挂上电话，十指掩面，忽泪流不止。

静夜，璧人取了葡萄酒独自坐在飘窗上斟饮，瞧着窗外万家灯火一盏一盏熄灭，大家的休息时间，而她却睡意全无。

须臾，门铃响起。

璧人看看时间，午夜已过，真猜不出这种时候，还会有谁登门造访，安全起见，璧人决定无视。

然，敲门声依旧不绝于耳。

璧人起身，拖着疲惫的身子到客厅。

“谁？”她隔着大门问。

外头不答，依旧咚咚捶门。

璧人从猫眼里打探，竟是喝得东倒西歪的高以诚。璧人连忙将门打开。

高以诚一副醉得半死的模样朝她挥挥手：“嗨。”

璧人还未来得及询问缘由，以诚早已踉跄着脚步醉倒在璧人怀里。

璧人无奈，只得拉他进屋里，放水，擦身，伺候大爷就寝，忙完一阵，天已微微发亮，自己终于也倦得眼皮打架，索性蜷缩在床头地板上打起盹来。

累乏，睡得死死，一个梦也没有。

醒来，高以诚已将毛毯盖在她的身上，自己躺在床上，探着半个脑袋看着她。

“你醒了？”以诚笑着问。

“几点了？”璧人睡眼惺忪地问。

“不晚，才9点，还可吃一顿晚早餐。”高以诚用手捏捏璧人鼻尖。

璧人懒洋洋地起身，重重打个哈欠：“好，你要吃什么，我就去弄。”

“白米粥配着玫瑰腐乳，要是来半个有油的咸鸭蛋就再好不过。”高以诚双手垫着下巴说。

“再来草庐的油墩子、集集的大油条是不是就上佳了？”璧人白他一眼。

“不，太油腻，”高以诚翻个身平躺到床上，“我只要我挑的这些。”

“好好好。”璧人从地上爬起，洗漱完毕，跑去厨房鼓捣。

一小时后，她呼以诚出来用餐。

以诚半裸着身子跑去阳台，套上了璧人凌晨洗干净的衬衫，衬衫上除了阳光，还有薰衣草的香和虞璧人身上的味道。

他到客厅与璧人面对面就餐。

璧人舀了一碗白粥给他，配着腐乳、咸鸭蛋与脆黄瓜。

简简单单，清清爽爽。

以诚呼啦呼啦喝完一碗，端着空碗面朝璧人：“再给我一碗。”

璧人接过，再舀一碗递过去，借机问：“昨晚你怎么了，为什么喝成这个样子？”

以诚答：“同读剑桥的老同学来了上海，邀我们小聚，一不留神就喝高了。”

以诚笑，璧人半信半疑地盯着他。

“真的？”她确认。

“我为什么要骗你这个。”

“好吧。”璧人低头继续早餐。

以诚在心底苦笑，他确实不忍告诉她“真相”。

真相是什么？

真相是当晚司机载着母亲跑到了涧水落花同他兴师问罪。

母亲问他："听说你要去英国做水泥匠？"

高以诚汗颜，立刻解释："妈妈，我是去修缮教堂。"

"有什么不一样？吃饭叫用膳，上洗手间叫如厕，都是一个意思。"

"如果你硬是这么认为我也没有办法。"以诚套上耳塞继续躺在吊床听音乐。

高太太过来摘下它，大声问高以诚："谁是虞璧人？"

以诚答："我女友，想必妈妈来之前早已做好了功课，何必再来跟我确认？"

"你看看你做了什么？惹得千惠前几日哭哭啼啼跑到我面前来叫苦。"

"为什么找你？有病。"以诚夺下母亲手里的耳塞。

"当然来找我，你和千惠到底是要结婚的人。"

以诚叫起来："谁要跟她结婚了！"

"你们青梅竹马，两小无猜，你父亲与林伯伯早就翘首盼望你们早日长大成人。"

"所以呢？"

"你们两个成婚，门当户对。"

"高氏集团与林氏建筑强强联手？"以诚冷笑几声。

"锦上添花有何不好？"

"妈妈，我是您儿子，不是棋子，请不要利用我！"

"你在胡说八道些什么，"高太太怒，"结婚本来就是父母之命，媒妁之言！"

"古板，封建，莫名其妙！"

"那个虞璧人才莫名其妙，'莫名其妙'地教唆我儿子跑去英国做苦力！"

"妈妈，建筑师是我的梦想！"

“这栋‘涧水落花’不是你造的？哪里不能完成‘梦想’，何必千里迢迢跑去外国。”

“好了，妈妈，话不投机半句多，我们不要再争论了。”

“是的，我也不想跟你争论了，今儿来，我只是想告诉你，你休想跑去英国，还有这个‘虞璧人’也不要再见了，只怪我慈母多败儿，早日听你父亲的对你严加管教，就不会任你像匹野马一样没有教养，今后，我一定会与你父亲同一阵营。”

高太太拂袖而去，高以诚闷了半宿。

曾经家里只有父亲一个“对手”，如今又多了一个母亲，对他，无疑是雪上加霜。

以诚想得入神，璧人在他面前挥挥手：“嗨，想什么呢？”

“哦，不。”以诚笑笑，一口气喝光了面前的白粥。

他将空碗递到璧人手里：“再来一碗。”

璧人笑，端起以诚面前的空碗回到厨房。

以诚若有所思地望着窗外怔怔。

第二天，璧人去工作，安琪却意外病假。

中午，没有安琪陪伴，璧人只得一人前去员工餐厅用餐。

她今天点了青椒牛柳、番茄鸡蛋，外加一份粟米排骨汤，后捧着餐盘寻了一个空位坐下，不一会儿，有人过来问：“请问我可以坐下吗？”

璧人抬头，高以仁正捧着自己的午餐笑盈盈地冲着自己微笑。

璧人即刻伸手邀请：“请坐。”

高以仁坐到她对面。

“劳拉，那日之后，我想了很多。”高以仁思索片刻开口，“我太鲁莽，叫你受到惊吓，实在抱歉。”

“鸡皮疙瘩满地，”璧人佯装抖身，“好了好了，这种台词真让人受不了。”

以仁问：“我们还是朋友对不对？”

“我们一直是朋友。”璧人笑着回。

高以仁笑。

二人开始用餐，天南地北畅聊。

下班后与高以诚吃顿美味的西餐，随后由他送回，吻别晚安，这种恋爱最最自由美好。

有人会问，感情这么好，何不同居？分分秒秒腻到一起，才慰相思之苦呀。

不、不、不，又不是十七岁，十七岁牵个手都能编出一首诗来，这种年纪，还是彼此留些空间，迟早是要看腻的，有些距离感才好。

璧人舒服地泡着玫瑰花精油澡，一边听着悠扬乐曲，佳人的电话就进来：“姐姐，姐姐，你在做什么？”

“洗澡呀。”璧人懒懒答。

“一个人？”佳人神经兮兮地问。

“不，三个人。”

“啊？”

“还有两个男佣，一个替我搓背，一个替我修甲。”

“切，谁信。”

“不知道是谁，问出这种没有智商的问题。”

“好了啦，不跟你闹了，有正经事问你。”

“什么？”

“你说宝宝的名字取什么好听？”

“这种事情不该去和郭俊商量吗？”

“他说男的叫郭小俊，女的叫郭小佳。”

“简单直白，不错。”

“很没有文化好不好？”

璧人汗颜：“那你觉得怎么样才算有文化？听个名字就能读出一首诗来？”

“最低限度也得像非非的名字一样，我记得你当时说了一大串之乎者也。”

“是是、非非谓之知，非是、是非谓之愚？”

“对，对，对，就是这个。”

“《荀子》中的选句，你要是喜欢，我可借你原文阅读。”

“不用了，我想到了。”

“啊，这么快？”

“就叫：是是，郭是是。”

“什么？”璧人吓得魂不附体。

佳人已在那头兴奋地挂上电话。

璧人对这个幺妹没有任何办法。

三分钟后，电话又响起，一定又觉得“是是”哪里不佳。

璧人接起电话笑问：“又要改什么？这回叫‘大大’好不好？”

电话那头安静一片。

璧人提醒：“佳人。”

“璧人，是我，安琪。”

电话里头的安琪气若游丝。

“你怎么了，安琪？听上去很不对劲。”璧人警觉。

“璧人，现在你可以来我家里吗？”安琪在电话里头哭着央求。

“好，等着，我马上来。”

璧人立刻起身，擦身穿衣，驾车出门。

半小时后，璧人到安琪家里。

客厅大门敞开，安琪蜷缩在地板上，身边东倒西歪摆了好几个空酒瓶。

“你怎么了安琪？”璧人跑到她身边蹲下。

安琪抬头看一眼璧人，苍白的脸孔，空洞的双眼，已哭干了眼泪，她干干地苦笑了几声：“璧人，阿麦死了，我刚从尼泊尔带着他的骨灰回来，你看就在那里。”

璧人顺着安琪的视线望去，面前果真有一个白色陶瓷罐子。

“斗殴，听说对方是毒贩，拿着把 AK-47，朝他胸口开了一枪，一枪毙命，死得毫无痛苦。不过却在死后，被对手砍了他的右手回去复命，呵，我说他是罪有应得，这种人渣活该死无全尸……”安琪又木着一张面孔看着璧人，“璧人，想做什么就去做什么，生命很短，死也离我们很近。”

璧人上去抱住安琪，将她抱得死死。

“好了，安琪，痛苦就哭出来。”璧人鼻子酸楚。

安琪愣了一会儿，随后抱紧璧人号啕。

人生，总有一些突如其来与无法承受的生命之重。

璧人心颤。

两天后，安琪向亚美递上辞职信件，悄然离去。

克劳德不舍，拍着桌子喊：“她发什么癫，进来时，说好了共同进退，如今却一人打退堂鼓。”

比伯也遗憾：“每日听不到安琪的毒舌，我会不习惯。”

璧人垂着眸子，沉重地敲打着键盘。

屏幕上跳出小窗，高以仁呼：璧人，来一趟办公室。

璧人起身，走过去。

她敲门：“经理找我。”

高以仁神色凝重地抬头。

“璧人，坐。”高以仁伸手指示。

璧人走进，坐到他对面。

高以仁却似有难言之隐，迟迟不愿开口。

璧人看出他为难。

“经理，有什么事情，不妨直说。”她对高以仁讲。

“璧人，你跟进的 K 旅行社发来邮件，他们接到一批客人的投诉，在住过亚美后，时常接到陌生电话骚扰，对方还掌握其详细信息，此批客人曾在亚美留宿，K 方面怀疑有人故意泄露客人隐私机密。”高以仁眉头紧锁，又停顿下来。

“所以呢？”璧人问。

“K要我们查清真相，”高以仁吁口气，“在这段调查时间，HR要求对你这个当事人停薪留职，你手上的工作暂交给朱丽负责。”

璧人想一想回：“好。”

她起身离开。

高以仁对她说：“璧人，相信我们一定会还你一个清白。”

璧人感喟，微笑说：“谢谢。”

三十二岁必须懂得不争与等待。

清者自清，浊者自浊。

不必去过多解释，也无需去费力争执，一切交给时间。

璧人去HR签署相关处理文件。

在电梯里遇到满面春风的朱丽。

见着璧人，朱丽用颇为同情的口吻对她说：“璧人姐，熬过这段日子，一切都会过去。”

璧人看着她，心底顿时澄明。

高以仁前脚才跟她谈过，朱丽后脚就过来安慰。

分明猫哭耗子。

璧人对朱丽说：“朱丽，年轻人不要心狠手辣，目的性太强。”

朱丽先是呆住，随后露出了卸去假面的“轻松自在”。

她双手环在胸前，斜着眼盯着璧人看。

她冷冷说道：“这个社会本来就是弱肉强食，适者生存，既然是淘汰赛，那不是你死，就是我亡，谁做了谁的踏脚石都不奇怪。”

璧人不说话。

朱丽到达楼层悻悻而出。

当晚，以诚打来电话，告诉璧人去英国的时间以及航班信息。

他不忘叮咛璧人：“记得你说过要来送我。”

“是，当然，说不定我还有惊喜送给你。”

“惊喜，是什么？”以诚在那头乐。

“既然说是惊喜了，提前说还有什么意思？”璧人向他道晚安。

以诚泄气地挂上电话。

璧人笑，收起手机，打开电脑，浏览航空公司网页。

一封电子邮件进来，来自非非。

璧人打开。

非非在邮件上头写道：

妈妈，爸爸的新太太在昨天替我生了个妹妹，小小个，软绵绵，小小手臂像嫩藕，奶奶很伤心，父亲安慰她说他注定要做女孩的父亲，他们都不喜欢这个妹妹；可是，妈妈，我喜欢她，我一定会将自己最漂亮的连衣裙留给她，长大后，替她扎羊角辫，手牵手与她去商店买糖果……妈妈，很高兴我有了妹妹，哈哈。

璧人感喟，回复：

非非，一定好好爱她。

三天后，璧人送高以诚去机场。

以诚问：“你说过给我的惊喜呢？”

璧人不说话，抽出机票递给他看。

以诚狐疑，接过机票来看。

一张飞往英国的机票，航班与自己的一致，姓名却是：虞璧人。

以诚激动得说不出话：“璧人，你……”

“带我去泰晤士河划船。”璧人笑着对他说。

以诚点头，与她深深亲吻。

以诚拉着行李去办理托运，璧人坐在长椅上等待。

手机突然响起，美人的电话意外进来。

璧人接听。

“维明，你等下，我给妹妹打一通电话。”美人在里头对别人讲完，随后对璧人说，“喂喂，是璧人吗？我是姐姐。”

“是，姐姐。”璧人回。

“璧人，佳人要我给你这通电话，”美人对璧人说，“她说你现在鬼迷了心窍，找了一个小毛孩子做男友，她要我和你好好谈谈，希冀你悬崖勒马，早早回头是岸。”

璧人笑，她问：“那你怎么回答她？”

“我说：你姐姐这头倔驴，连母亲都没辙，我怎么拉得回来？”美人说，“但我还是打了这个电话，是因为：我想知道我的妹妹是否真的爱他？是否真的快乐？”

高以诚此刻已办理好托运，在远处朝璧人挥着手中的机票。

璧人想一想对美人说：“姐姐，我不知道明天我是不是还爱他，但至少直到此刻为止，我们还是深深相爱的；我也不知道明天自己是不是快乐，但我确定，到这一秒为止我们还是快乐的；我从来都知道‘明天’是不易的，我也晓得所有人都在为我们的‘明天’而担忧，可我觉得没有必要，明天？谁又能知道明天会发生什么？何必杞人忧天。”

就这样与姐姐挂上电话。

璧人起身向高以诚走去，二人相携，走向登机口。

到英国，圣约翰教堂的亚当神父亲自过来接机，并体贴地带着二人到了住所。

“抱歉，本应该替你们找一个更大的公寓，但是经费有限，只得烦请二位在这里屈就。”亚当神父不好意思地说。

二人毫不介意。

亚当神父看向以诚：“高先生，另一位新锐建筑师将与您负责本次项目，她叫胡旻，美籍华人，希望你俩合作愉快。”

以诚点头。

亚当神父转身离开，以诚细细看这间公寓，虽然狭小，但生活设施一应俱全，装潢也算温馨。

他满意地转头对璧人说："好了，接下去，要开始我们的事情了。"

璧人佯装糊涂："你说什么？"

"你说呢？"以诚邪魅地笑，不管一地的行李，直接拉着璧人进了卧室，锁上门。

白天，以诚去工作，中午一通电话报备，晚间璧人煮好一桌子料理等他回家。

工作第一天，以诚就一脸不悦地回家来。

璧人替他端上牛排，满上红酒，体贴地问："怎么了？"

以诚喝口酒，闷闷答："我与那个胡旻，没有办法交流，我说东，她说西，意见太多，没有办法融合。"

璧人笑，递上水果沙拉："两个人协作需要一段时间磨合，况且你们彼此完全陌生，有不同意见很正常。"

"她非要在设计里加上新的思维，我直接告诉她，'主办方邀请我们来是修缮，不是创作，恢复到经典原貌才是我们的工作'；她却反驳我，'既然如此，直接交给 3D 打印技术与泥水匠，何必兴师动众请这么一大帮子设计师过来？'我却被她说得哑口无言。"以诚将杯中红酒一饮而尽。

"我很赞同你的意见，但是她的想法也不无道理，你何不尝试跟她好好沟通一下？"

"找她？那个泼妇。"

"她是女人？"

"是，还是一个厉害的女人，说话像机关枪一样，一张面孔全无笑容，凶得要死。"

璧人笑着替他再斟一杯："那大丈夫更不要同小女子计较。"

以诚想一想答："我要么去尝试看看？"

璧人点头。

二人开始用餐。

第二天，高以诚就带来好消息。

当时璧人还在煎龙利鱼，以诚推开门笑着跑进来："璧人，璧人，我听从你的意见与胡旻做了恳谈，沟通很理想，我俩又与项目负责方进行了交流，终于说服他们允许一定范围内的创新。"以诚倒进沙发里，"原来各退一步，真的会海阔天空。"

璧人望着他笑。

以诚与胡旻的合作越来越顺利。

甚至回到家来，以诚都对她不吝赞美："没有见过这么英勇果敢的妮子，有自己的原则，在设计上面一丝不苟，与她合作，我也学到很多。"

璧人只得回："三人行，必有我师。"

但是，以诚与璧人相处的时间却越来越少。

要么以诚直接一通电话来说："与胡旻在研究设计稿，今晚不回来吃饭。"

要么索性不接电话，璧人坐在窗边等到深夜。

以诚也时不时加班，一夜不归。

翌日，璧人做了些鸡蛋卷与紫菜包饭拿去教堂。

到达施工地点，一路磕磕碰碰，正准备拉着工作人员询问高以诚的位置。

一个女子戴着一顶安全帽走过来："快去管理员处领取安全帽，此处在施工，乱石飞下砸到，概不负责。"

璧人目光炯炯，英姿飒爽，身上一袭白衣，在这种灰蒙蒙的施工地上，分外突出。

璧人刚想回应，高以诚从不远处跑过来："嗨，璧人。"

“你怎么来了？”以诚一脸欢喜地站在璧人面前。

璧人提起手上的食物，看着他布满血丝的眼睛：“来看看你。”

以诚接过拎袋，搂着璧人的腰转向前方：“嗨，胡旻，我女友带来了小食，要不要一起来吃一些？”

那名白衣女子大方答：“好啊。”

原来她就是胡旻。

三人坐到教堂一侧的长椅上，胡旻与以诚吃着食物，继续聊着工程的进度。

璧人偶尔想插一句话，以诚便不客气地说：“璧人，这个你不懂，不能提供专业意见。”

胡旻只微微抬起眼看看她。

餐后，璧人提着拎袋返回，以诚要送璧人至门口，走到一半又被拿着图纸的胡旻呼唤过去。

璧人只得与他就地挥手，孤单地转身离开。

接着又是等待，夜半，以诚短信进来：“项目紧，今晚不得不又在工作室睡一晚，宝贝，你一人乖乖睡。”

隔壁有声音传来，不知是哪个酒鬼在唱歌，寂寞的人在唱寂寞的歌。

也不知为何，竟想起了徐君生，曾经，璧人也是这样一夜一夜地等着他回来。

这种感觉使璧人无所适从。

她起身到厨房拿了一瓶葡萄酒，自斟自饮。

独坐到天明，佳人的电话却意外进来。

璧人接起。

佳人在那头问：“姐姐，这种时间英国应该是凌晨，又有何事惹得你无心睡眠？”

璧人反驳她：“那请问这位太太，你挑这种凌晨的时间来电话又是所为何事？”

“哦，我只是试试而已，昨晚我已给你发了邮件，可你没有回，所以我今天再打电话看看？”

“发生了什么？”

“妈妈住院了。”

“什么？”璧人心焦。

“只是做了一个胆囊摘除的手术，没有什么大碍。”

“我稍后就去订回程机票。”

挂上电话，璧人立刻上网操作。

下午，以诚拖着疲惫的身躯回来。

璧人将事情转告他。

以诚更加颓然地说：“所以，一定要回去？”

璧人郑重点点头。

以诚过来与她拥抱：“璧人，我舍不得与你分开，我还没有带你去泰晤士河划船。”

璧人轻轻回：“来日方长。”

以诚送璧人至机场，两人依依不舍分离。

璧人刚通关入内，以诚又被一通电话扰攘：“胡旻……设计要修改？好，我就回来。”

接着，一路狂奔出去。

璧人恻然，或许这才是他的世界。

夜晚的飞机，机舱内的人都已安静入睡。

璧人身边坐着的一位老者却东张西望，神色紧张。

璧人小声问：“老太太，你怎么了？”

老人哭丧着脸说：“我的婚戒找不到了。”

璧人只得起身帮她一同寻找，终于在对过座位下方，寻到指环。

“是不是这枚？”璧人郑重递上。

老太感激地接过，捧在手心：“谢谢，谢谢，这是我丈夫的遗物。”

璧人看她的左手，无名指上果真戴着另一枚。

璧人恻然。

二人回到座位躺下，璧人细心地替她盖上毛毯。

老人答谢。

璧人也躺了下来，却看到老人一直望着窗外。

“是不是睡不着？”璧人体贴地问。

老人面对璧人，点点头。

璧人侧过头来，微笑：“我也睡不着，如果不介意，我陪你聊聊天吧。”

“好啊。”老人笑。

璧人与她小声地开始天南地北地闲聊。

一段旅程，两人已成了无话不谈的朋友。

飞机抵沪，璧人亦替老人搬着行李下飞机。

老人感激不尽。

璧人只回：“应该的。”

老人说有人会来接机，璧人又送她至地下停车库。

正准备折返，登上电梯时，一个西装革履的中年男子跑到了璧人面前。

他笑着递上名片：“虞小姐，家母朴素，不肯我在机票上浪费钱，于是执意订了经济舱回国，幸得一路上有你照顾，她才有了一段愉快的归程，这是我的名片，日后若是有什么需要时某帮忙的，请记得一定要来找我。”

璧人看一样面前这个其貌不扬的男子，又张望一眼远处朝自己挥手的老太。

她笑着接过：“谢谢，时先生。”

时君转身，扶着老母上车，一名青年司机替二人开了劳斯莱斯的车门。

璧人回头看一眼手中的名片：茂名投资　时光中。

璧人莞尔，随手将它放进背包。

来不及回家收拾，璧人就马不停蹄地赶去了医院。

父亲正在伺候母亲用餐。

母亲却不是嫌汤太咸就是嫌饭太硬，啰里啰唆，气得老父直接扔下了饭盆、汤勺，坐到一边。

璧人走进去喊爸妈。

父亲看一眼，应一声。

母亲瞟了她一眼，语气酸涩涩地说："不是告诉你不要回来了吗？又不是什么大毛病，你待在英国陪那个毛头小子好了。"

璧人不答，只将行李放到一侧，端起饭碗，将骨头汤倒入其中，做了一份汤泡饭。

"因为我知道，我的母亲大人不肯好好吃饭，所以我特意打了飞的回来，没有办法，任何时间，她都是我最要紧的人。"璧人舀起一口汤饭，递给老母。

虞太太似笑非笑，也终于肯张大嘴巴乖乖吃饭。

不一会儿，佳人挺着个大肚与郭俊一起过来。

郭俊看见床前的璧人，尴尬地笑笑，之后约着老丈人到走廊外头吸烟。

佳人却不客气地问璧人："咦，姐姐，那个高二公子怎么没有跟你一起回来啊？"

璧人回："他忙。"

佳人大腹便便坐到旁边揶揄："忙到抽不出一天两天？还是他也在乎那些机票钱？"

璧人看着佳人不说话。

病床上的虞太太蹙起了眉头："好了，你也少说两句。"

"妈妈，我只是提醒姐姐这次要看清楚，她已错过一次，容不得错第二次。"佳人反驳。

"你姐姐自有分寸。"虞太太也站到璧人身边。

“妈妈，姐姐要是看得清，也不会出徐君生了。”佳人不依不饶，“我只是怕姐姐受到伤害。”

“啐，他要是敢伤璧人一分，我一定不饶他。”虞太太义正词严。

佳人却笑：“他们这种人家才不会把我们放在眼里，真正发起狠来，妈妈你一定会怕他们。”

“怕，有什么怕？如今我已成了一个‘无胆’之人，还怕什么？”虞太太强硬。

佳人白她一眼，掩嘴笑。

那边，璧人始终无言。

几日后，佳人去产检，璧人接虞太太出院。

回到家中，璧人将她扶上卧床。

虞太太却满怀心事地对她说：“璧人，一开始都是因为爱情，但到最后，支撑二人在一起的始终只有亲情，只是，那个人真的会与你结婚吗？”

璧人当然知道母亲在说什么。

她想一想答：“妈妈，结了婚也是可以离婚的。”

母亲即刻泄气地朝她扬扬手：“随便你，我再也不管你了。”

璧人不响，转身走到厨房，替母亲熬起了鱼汤。

再回到家中，是第二天的下午。

璧人替自己泡了红茶，坐在客厅与非非写电邮。

忽然，外头门铃响起。

璧人停止敲打键盘，跑去开门。

看见一个中年男子，灰白着头发，容颜疲倦地站在门口。

定睛一看，才知是徐君生。

璧人吓一跳，为什么曾经仪表堂堂的徐君生，会变成这种样子？

可见生活确是一把韧刀。

“璧人，好久不见。”徐君生站在门外微微笑。

璧人客气地邀他进来，替他倒了一杯红茶。

徐君生却留恋地环顾着四周。

“来，请喝茶。”璧人说。

徐君生道谢，与她面对面坐下。

徐君生说：“璧人，你还是这么漂亮，可我却老了许多。”

璧人不答，良久才问：“你怎么在这里？”

“哦，妈妈病重，父亲要我回来看看。”

“非非功课如何？”

“她从来没有要我替她的功课操过心。”

徐君生握着茶杯的手，竟有些瑟瑟发抖，半晌，他情绪激动地对璧人说：“璧人，是她找人拍了照片，是她处心积虑害得我们夫妻分离，是她害我失去了前程，一切都是她。”

璧人冷冷问：“谁？你的太太？”

徐君生顿时面色灰白。

刚进门时，他多希望璧人会念及旧情挽留，或者痛骂他一顿。

然，璧人脸上毫无波澜，可见她毫无留恋，心意已决，不能回头。

徐君生死心。

他垂头丧气地起身告辞，准备离开。

这时，却有人拿着钥匙开门进来。

璧人望去。

那人不是别人，正是高以诚。

第十六章
不离

高以诚问："璧人，这位是谁？"

璧人互相介绍："徐君生，我前夫；高以诚，我男友。"

徐君生再抬眼看一看以诚，又回望自身，自惭形秽，灰溜溜地低头离开。

高以诚也十分不悦。

他面朝璧人，提高了分贝："你回来是要与前夫见面的？"

璧人反问他："今日不用与胡旻商讨设计稿件？"

"什么？"以诚怫然不悦。

璧人赌气不语。

以诚亦一声不响地转身离开。

爱情里人人都是小心眼。

璧人站在窗口长吁口气，虽然不想承认，但见到青春无限的胡旻，璧人甚觉自卑。

但这种情感，也不知如何向高以诚倾诉。

那边高以诚也百般委屈。

胡旻确是对他说过："高以诚，你叫我看到了别样的天地，我喜欢与你在一起，这种喜欢，不止于一起工作。”

以诚却在当时装傻充愣，有一搭没一搭地回：“私下我们也可以经常见面的，璧人也喜欢结交新朋友。”

胡旻十分识趣，慢慢开始保持距离。

又急匆匆地告假回来，也不过是因为思念璧人。

当晚，两个人都没有睡好。

璧人在想：是不是要去一通电话道个歉。

而以诚则固执地在等这一通电话。

翌晨，璧人迷迷糊糊中被一阵电话铃声吵醒。

她捧来话筒接听，那里头笑：“劳拉，你已沉冤昭雪，快些回来复职，不要再窝在家中躲懒。”

是高以仁。

这头，璧人也来了百分精神，速速起身，将自己打理干净，套上正装出了门。

到以仁办公室，二人面对面而坐。

高以仁亲自替她端来了一杯咖啡。

璧人问：“究竟发生了什么？”

以仁答：“是克劳德在朱丽的电脑里找到了不该属于她的 K 旅行社信息，虽然当时只是因为他的电脑故障，想去朱丽那里借个网。”

璧人不意外，却依旧感喟。

“人力资源已对朱丽做出处罚，而你……”以仁笑着伸出手，“璧人，欢迎你回归。”

璧人扬起嘴角，与他握手。

二人又畅聊了一会儿。

秘书替以仁接进了一通内线，以仁神色凝重地接听。

挂断，高以仁深深吁气。

璧人问：“有什么为难的事情？”

以仁向他吐露心事：“劳拉，一些事，也不想对你隐瞒，其实亚美集团并不是外表看上去那样的光鲜亮丽，单亚美酒店已连续几年亏损，传统经营模式已毫无竞争力，尤其今年，更是充分感受到市场的残酷无情；而觊觎酒店的人，一个接着一个，父亲也十分苦恼，一方面他不想企业断送在自己的手上；一方面又苦于没有寻到良好的对策。”

以仁一阵苦笑。

当然，他并不是危言耸听。

回家后，璧人打开电视，经济新闻内正在播放专题节目：酒店业在传统与未来之间的平衡术。

主持人这么介绍今天的嘉宾：“‘H world’（华住）概念推出，让传统酒店人集体失语。这位了不起的、自称不懂酒店的业界人物，用他的合纵连横构建了一个伟大的酒店未来帝国。他就是季琦。”

看完节目，连璧人也备感压力，何况是高以仁？

电视里又在播送一则财经新闻：“茂名投资时光中，或开启亚美酒店收购计划。”

璧人惊一下。

新闻说：亚美已为“保壳”多次变卖资产，投资家时光中却对这种“不死鸟”情有独钟。

新闻采访时光中，那个其貌不扬的中年男人在镜头里说：“在我看来，没有哪家酒店的历史文化底蕴可以与亚美抗衡。”

等等。

这个人？好似在哪里见到过。

璧人思前想后，终于回想起机场的那一幕。

她速速取来皮包，掏出当日随意丢进去的名片。

再细细一看，可不就是：茂名投资　时光中。

璧人惊喜，立刻致电过去拜访。

那边的时光中也甚是意外，但也还不忘揶揄：“时某当虞小姐您贵人事忙，早已将我完全忘记了。”

二人约定时间、地点见面。

在一家中式茶楼，窗外可以阅览佘山美景。

时光中热情地替璧人斟了一杯金骏眉。

他笑说："虞小姐找在下所为何事？"

璧人直截了当地回："时先生曾许诺我，我若有麻烦事，可找时先生帮忙的。"

时光中放下茶壶："若非摘星偷月，在下一定尽力而为。"

"这件事在别人看来难如登天，但对于时先生来说易如反掌。"

"哦？"

"时先生，我是亚美酒店的员工。"

时光中收敛了笑容，半晌追问："所以呢？"

"我希望继续留在亚美酒店任职。"

时光中也直言不讳："易主，不一定裁员。"

璧人说："时先生，想要拥有一件东西，想必有很多方法。"

时光中问："比如？"

"时先生，你知道我是没有能力回答的。"

时光中笑出声："你有把握，我一定会买你面子帮助你？"

"不，完全没有，"璧人回，"但是我相信，时先生是一言既出、驷马难追的英雄好汉。"

时光中开怀，喝光了杯中茶水，璧人即刻重新满上。

就这样聊到了傍晚，璧人才回到家。

一出电梯，却看见高以诚手捧着一束玫瑰站在门口。

璧人欣喜，却依旧佯装镇定地问："你怎么来了？"

以诚将红玫瑰送到她怀里。

"这是？"璧人狐疑。

以诚回："当日我气冲冲离开，是因为吃了徐某的飞天大醋，你又误解我，于是我又开始闹孩子脾气，同自己说，虞璧人不先道歉，我一定不会来主动见你。"

璧人忍住笑意："那，今天为什么要来？"

"后来，我想：在爱的人面前，没有放不下的身段。"以诚不假思索地回答。

璧人与他紧紧相拥，笑得心满意足。

一周后，以诚带璧人去见自己的家人。

车子停在高宅门口。

璧人却有些无措。

以诚看着她："不要有压力，只是单纯一起吃个午饭而已。"

璧人点点头。

以诚下车，牵起璧人的手掌，一起入内。

高氏夫妇与高以仁坐在客厅。

见璧人与以诚进来，高以仁立刻笑着相迎："来了？"

高太太却不给璧人面子，直直拿起手机准备拨号，嘴里咕哝："喊千惠也一起过来吃一顿。"

却被高先生意外拦下。

高太太不明白，质问丈夫："你要干什么？"

高耀祖却不好意思地望璧人一眼，再次转向老伴儿："你跟我来，我来同你说。"于是，拉上她的手，一起走上二楼书房"密聊"。

以诚口袋内有铃声响起，他捧着手机跑到阳台去接听："亚当神父……"

以仁邀璧人坐下，命仆人端上了桂圆红枣茶。

璧人致谢。

以仁问璧人："劳拉，你为什么不告诉我，你与时光中相识？"

璧人害怕事情又有变数，着急地问："怎么了？"

"那日父亲与我上门拜访，那位时君说：你们亚美的好员工虞璧人比你们先来一步。"

璧人怯怯回："然后呢？"

“或许时君在不久后，将为成为亚美的股东之一。”

璧人如释重负地笑：“那真的太好了。”

“璧人，我们全体感谢你。”以仁郑重道谢。

璧人不骄不躁：“我也是亚美的一分子。”

以诚结束通话走到客厅来。

他坐到璧人身边，一把搂住璧人肩膀，面朝以仁：“哥哥，你不要‘璧人’‘璧人’呼个没完，日后，你还须客气地喊你弟媳一声‘弟妹’。”

以仁与璧人互望一眼，不置可否，只轻笑摇头。

此刻，在外头念幼儿绘画补习班的天天也跟着保姆回家来。

天天爬到父亲膝头，望着璧人笑。

以诚一把将他抱到自己腿上，指着璧人说：“天天，快喊婶婶。”

天天腼腆地看着璧人，轻轻喊一声：“婶婶。”

大伙儿都笑出声。

用人将饭菜陆续端上了餐桌。

以仁对兄弟说：“以诚，快上去喊爸妈下楼来吃饭。”

以诚放下天天，笑着应：“好啊。”

这是一家人久违的一顿愉快用餐。

而这顿饭后，高以诚就要出发再次飞英国了，此次璧人不会跟着去，因为除了爱情，这里还有她的事业；经历了这么多，她早已不是当初的她。今后每个明天的她都将是被幸福包围着的。